燕歌行
卷4
獨家買賣
酒徒
著

目錄

CONTENTS

第一章

古人的智慧

自打兩個靈魂融合以來，
朱八十一不止一次被古人的智慧給震驚到，說道：
「這樣吧，焦玉師父，你先在管子上開孔，
把你前幾天弄的那個藥鍋也焊上去，
咱們先裝點火藥試試再說！」

「我跟他沒交情！」王胖子撇撇嘴，「讓他給取了名字，老子就成了他的弟子門生！這天下，除了咱們都督之外，誰配做我師父！」

這就是王胖子的小心眼之處了。逯魯曾才名遠播，又是如假包換的進士出身，眼下不光在左軍當中，放眼整個徐州城內都甚受推崇。

為了表示歉意，趙君用不但補辦了拜師禮，還特別買通了黃河上的水寇太叔堂，搶在朝廷將祿家滿門捉拿的聖旨到達前，到北岸的修武城中把老夫子的嫡系親屬全給偷運了出來。老夫子在徐州紅巾中，隱隱成了所有讀書人的首領。

王胖子雖然不懂什麼官場手段，權力傾軋，卻感覺祿老頭有些太不知道進退了，所以寧願繼續做他的王十三，也不肯像別人那樣，以被祿老夫子賜名為榮！

作為當年蘇先生麾下僅有的幾個識字幫閒之一，劉子雲笑道：「行，哥哥就幫你一把。乾脆你就叫王別，不，王弼算了，姓王名弼，字輔臣，比哥哥我叫劉雄好聽一百倍！」

王大胖高興地拍著巴掌，口中念道：「王輔臣，這個名字好。比老祿的那個通什麼，德什麼強太多了，要我說，兄弟你才是當狀元的料子，那老祿頭只配給你提鞋。」

「胡說！人家是進士，我連個秀才都沒撈到！」

劉子雲被誇得非常不好意思，甩甩胳膊，轉身準備離開。王大胖卻又從身後一把拉住了他，用極低的聲音說：「要去就趕緊去，別磨磨蹭蹭的。我聽人說，咱們都督這幾天一直待在將作坊裡弄那個什麼槍管。他不是個聽不進去弟兄們話的人，你有什麼想法直接跟他說，比自己悶在肚子裡強！」

「謝謝輔臣兄！」劉子雲想了想，鄭重地向王大胖作揖。

今年開春以來，徐州紅巾的勢力在不斷膨脹，左軍的勢力也跟著水漲船高。但無論怎麼漲，他、王大胖、吳二十二、蘇先生、于司倉這些人都是一體的，大夥只要繼續抱成團，在左軍中的地位就無人能夠撼動。

「快去！自己人，別婆婆媽媽的！」王大胖揮揮佈滿老繭的手，笑呵呵地催促。

劉子雲向王大胖道了個謝，跑回自己的隊伍前，把訓練事項跟幾個百夫長粗略交代了一番。然後大步流星朝將作坊趕去。

最先豎起水車和水錘那一帶，已經被蘇先生用土牆完全圍了起來，包括進出的河道，都打上了兩重木頭柵欄，嚴防有人偷偷潛入。

因為品質遠超過其他各營的同類產品，眼下紅巾軍的大部分鎧甲、兵器和手雷，都被左軍的將作坊接了下來。每天院子門口擠滿了來提貨的各營司倉們，唯恐稍慢一步，原本該給自己的貨物被友鄰搶先提走。

知道劉子雲是最早跟著朱八十一的那批衙門幫閒之一，所以沒等他走到門口，已經有七八張堆滿了笑容的面孔迎了上來，每張面孔都像跟他無比熟絡一般，客套地打著招呼：

「哎呀！劉千戶，今天您怎麼有空過來了？」

「大劉哥，今天你是來提手雷麼？能不能跟黃老說說，讓把我們右軍的貨抓緊一些。弟兄們在前頭等著用呢！」

「劉哥，劉哥，您幫我問問鐵甲的事，別人那邊鐵板甲都裝備到百夫長一級了，我們後軍千夫長還沒份呢！」

「是你們潘都督鐵料運來得晚，怪不得別人！」

「我們潘都督前一段時間不是病著麼？你們右軍的鐵料，還不是從大總管那賴到的！」

「……」

沒等劉子雲接話，幾個年輕的司倉互相拆起了臺，誰也不肯放過這個交好左軍核心人物的機會，想為自己所在的營頭爭取更多的便利。

聽到眾人的吵鬧聲，劉子雲心中好生得意。這就是左軍，整個徐州紅巾裡獨一無二的左軍！打仗的時候，戰鬥力首推第一；不打仗的時候，依舊誰也離不開咱們。

「一定，一定！」一邊順口胡亂答應著，劉子雲一邊掏出腰牌，交給門口當值的士兵檢驗，然後逃一般進了院子，把所有可憐巴巴的目光拋在了大門外。

才走到小河邊上，就聽到一陣興奮的歡呼聲，就見朱八十一舉著一根長長的鐵管，放在左眼前反覆檢測。

「焦師父這個法子，比原來要好得多！」

此刻的朱八十一，身上哪有半分大都督的模樣，光著膀子，滿臉油汗，不仔細看的話，跟周圍的工匠們沒有任何差別。

被他口頭誇讚的那個鐵匠師父，則局促地搓著手，低聲回應：「成不成，要裝了火藥試過才曉得，這管子上面焊得縫隙太長了，怕是容易炸膛！」

「管它焊縫結不結實，先試試再說！」朱八十一擺了黑油乎乎的大手，鼓勵著：「鑽管子很難做得這麼長，鑽頭稍微歪一些就徹底廢了，不像你這根，完全是套著根棍子敲出來的，又長又直！」

「都督說得對，成不成，咱們先試試再說！」作坊裡的其他工匠，瞪著滿是血絲的眼睛，大聲嚷嚷。

最近一段時間，大夥都快被鑽銃管的事情給折磨瘋了，雖然有水鑽和鑽臺幫忙，但十根管子，往往只有兩到三根合用，並且長度只能保證在兩尺半左右，再長，前功盡棄的風險就成倍的增加。

而眼下作坊還承擔了整個徐州軍的兵器打造任務，每個工匠幾乎都忙得腳不沾地，實在無法忍受大量動輒返工的事情發生。

劉子雲這才發現，今天朱都督手裡拿的銃管，和前段時間作坊裡造出來的樣品不太相同，管徑比原來粗了一倍，上面還帶著一圈圈明顯的焊接痕跡，趕緊跑上前去，大聲喊道：「都督且慢！這種管子用不得！」

「怎麼？大劉，你也懂得造銃管？」朱八十一被嚇了一跳，看了他一眼，詫異地問。

「末將以前在蘇先生手下的時候，曾替人調停過一件壓水井的官司！」劉子雲解釋：「原本壓水井的管子，就是一截截鑄出來，然後再鍛接成形的，偏偏有人偷懶，用這種捲管法，結果新井裝好之後沒用幾天，管子就裂開了。那管子雖然比這根粗，但是道理是一樣的！」

「壓水井?!你居然見過壓水井！你在哪裡見到的？」朱八十一吃驚地問。

「當然是在徐州城裡啊！好多大戶人家都有！使用方便，還能避免貓狗掉進井裡弄髒了水！」劉子雲想都不想地答道。

周圍的工匠們紛紛點頭，主動替劉子雲作證。壓水井不是什麼新鮮玩意，在場很多人都會打造，除了用料比較貴，鍛接管子比較麻煩之外，沒什麼操作難度。

「弄不好就跟水車一樣，是個沒推廣開的發明！」

自打兩個靈魂融合以來，朱八十一已經不止一次被古人的智慧給震驚到，因此很快就恢復正常，說道：「那種管子可能需要十幾尺長吧，和咱們用的銃管還是有些不一樣的地方。這樣吧，焦玉師父，你先在管子上開孔，把你前幾天弄的那個藥鍋也焊上去，咱們先裝點火藥試試再說！」

「其實還可以把兩根管子套在一起，然後燒紅了套在鐵棍上，再慢慢敲打，把彼此間的縫隙敲沒了。」跟鹽丁們一道被俘虜來的工匠焦玉紅著臉提議，「劉將軍說的那種壓水井，我們老家那邊也有，管子也是套在鐵棍上敲出來的……」

唯恐朱八十一聽不懂，他乾脆蹲下去，用手指在沙地上畫了起來。

對朱八十一體內那個工科宅男的靈魂來說，理解正反旋線相對交叉的道理極為容易，因此高興地將焦玉從地上扶起來，說道：

「不用畫了，你說的辦法肯定能行，趕緊去再打一根管子套起來看，把你前幾天發明的那個藥鍋也焊上，以後用的時候，直接用艾絨點藥鍋裡的火藥就行了，根本不用再塞捻子！火繩槍這種東西，你要是今天就能把它造出來，老子就讓你也做大匠師，跟黃老歪拿一樣的工錢！」

「哇——！」眾工匠們齊齊吸氣，看向焦玉的目光充滿了羨慕。

按照朱八十一給作坊制定的薪俸標準，一個大匠師的工錢是匠師的三倍，普通工匠的九倍。學徒工的二十七倍，比劉子雲這個領兵的千戶還要高出一大截。

而這個焦玉，從跟著鹽丁們被紅巾軍俘虜到現在，不過是二十幾天光景，前後的待遇簡直是天翻地覆！

誰料那焦玉卻不知道是嚇傻了，還是不清楚大匠的待遇如何，居然又蹲了下去，繼續在沙灘上畫起了草圖。

「那個，都督您看，還可以在銃管後邊做個夾子頭，用銅簧拉起來，把點燃的艾絨夾在上面。需要用時，只要手指一撥機關，夾子就能放倒，剛剛讓艾絨點著藥鍋裡頭的火藥！」

「好，好！趕緊去做，需要什麼儘管說，今天這裡所有人員和物資都歸你調遣！」朱八十一連連點頭。

有銅簧做的機關，有艾絨做的火繩，雖然扳機和勾連部件暫時都是掛在側面，沒有像後世步槍那樣置於槍身內部和槍身底側，但整體上，一把可以被稱作火槍的東西，終於在自己眼前定型了。

然而焦玉接下來的動作，卻看得他的雙目間隱隱有些發麻。

只見此人熟練地用鐵鉗夾起一片大約三、四毫米厚度的熟鐵皮，先放在炭爐上燒紅了，然後捲在一根事先打好的鐵棍子上。緊跟著，用小錘指揮著兩名拎大錘的學徒，像奏樂一般「叮叮噹噹」在鐵皮上敲了起來，只用了半炷香功夫，便敲出另外一根鐵管的雛形。

隨即就是用青銅條進行熱融焊接，再接著，內外兩根槍管正反相套的過程稍微費了些力氣，中間不斷要拿銼刀調整內管粗細，待兩個管子嵌套完畢，再重新加熱之後，剩下的鍛合工作就可以交給一台百十斤力氣的小型水錘來進行，也差不多是一炷香左右時間，就完成了整個過程。

接下來，就是重新打磨槍膛了。

以前工匠們用鑽管法做火銃時，對此事最為頭疼。即便有了水力鑽臺幫忙，廢品率也一直居高不下。焦玉師父顯然並不看好水鑽的用途，只見他先找了個長長的木頭凳子，把半成品槍管架在了凳子左側半段，然後再將一根冷鍛出來的精鋼鑽頭架在凳子右半段，拿著木塊和竹條反覆調整。

通過肉眼觀察，令槍管和鑽頭基本上保持同軸，隨即在鑽頭後半段用皮索連上一個帶著搖柄的鐵輪，拿手用力一搖，鑽頭就「嗡嗡嗡嗡」地向槍管內部推了進去。

「你以前做過火銃？」朱八十一兩隻眼睛瞪得比牛鈴鐺還大，倒退了幾步，啞著嗓子問道。

「沒有啊！」焦玉全部精神都集中在控制鑽頭進程上，用力轉著手輪，頭也不抬地回應。

「那怎麼會用這個東西？」朱八十一卻不敢相信，強壓住心頭的訝異，用顫抖的聲音問。

臥式鑽床，皮帶傳動，雖然只是個小小改進，但整個徐州城內，卻無一人能想得出。包括他這個融合了後世靈魂的朱八十一，還有那個足跡貫穿東西的伊萬諾夫，也沒想到這兩項簡單的技術。

這已經不是突破，而是飛躍了。飛躍的跨度，絲毫不亞於原始黑火藥到朱八十一帶來的標準配方火藥！

眼前的這位焦玉，看起來卻是個如假包換的元末「土著」。從言談舉止到打扮神情，都與他這個融合了兩個靈魂的朱八十一沒有半點相似之處。

正驚愕間，卻聽見焦玉漫不經心地回道：「當然是師父教的了，小人不是世襲的匠戶，小時候家裡吃不起飯，就送小人去當道士，結果在道觀裡頭，除了掃地打水做飯擦桌子，就是給小人的那個道士師父打下手！」

「你師父，他教你用這個鑽床？」朱八十一聽了，心中越發覺得驚詫。

大夥都盯著看焦玉打磨槍管，因此沒人注意到他的失態。醉心於手頭工作中的焦玉也沒聽出自家都督聲音的變化，兀自低著頭，順嘴回道：「他沒教，小人自己在旁邊看會的。他整天擺弄這些東西，根本沒功夫教我！」

「你師父的道號是什麼？他的道觀在什麼地方？」

「歸來子，他的道觀就在小人老家那邊的山上，非常小的一座，後來被雷劈壞，就廢棄了！」

「你老家在哪兒？你師父呢？他現在在什麼地方？」朱八十一連連追問。

他狠狠咬了自己舌尖一下，好讓自己能保持清醒。

這絕對是個穿越者！和自己一模一樣的穿越者，比自己早來了很多年，並且熟練地掌握了一些基礎的機械製造工藝。除了這個答案之外，他找不出任何理由解釋眼前兩項工藝的來源。

焦玉顯然是個一心沉迷於機械製造的匠人，完全沒察覺朱八十一的震撼神情，順口答道：

「沒了！道觀被雷劈那天，他打發小人下山去買東西。才走到山腳下，忽然聽見『轟隆』一聲。再回頭，整個道觀都被劈塌了，火苗子竄起了三丈多高。等小的喊了大人一起回去救，師父他老人家早就飛升了，最後只在廢墟裡扒出一大堆廢銅爛鐵，抬到集市上賣了，然後村子中每家分了點錢，倒也吃上了兩三個月飽飯！」

焦玉說著話，開始倒著搖動手輪，將鑽頭一分分從槍管裡退出來，然後將槍管舉到眼睛上，對著亮處仔細檢查。

「再磨一遍就差不多了。」

「我來，我來，焦師父，你先歇歇！」黃老歪見獵心喜，一把推開焦玉，將半成品槍管夾在原始臥式鑽床上，搖動手柄繼續進行內部磨光。

其他工匠紛紛這摸摸，那摸摸，對著鑽床和皮帶傳動手鑽嘖嘖讚嘆，反把焦玉給擋在了人群外圍，站也不是，走也不是，不覺伸出黑黝黝的大手在自家頭皮上猛撓。

此時，朱八十一哪裡還有興趣繼續觀察工匠們如何學習使用鑽床，全部心思都在焦玉那個死去的師父身上，虛弱地問：「那你從你師父那裡還學了些什麼東西？他留過圖樣給你麼？造東西的圖樣？」

「沒了！」焦玉想了想，憨憨地搖頭，「師父也做過一個類似的水車，就像咱們的差不多。不過不是自己用，是給村子裡磨麵，裡邊有很多大大小小的飛輪。他飛升那會兒，我年齡還小，不太會修。結果沒多久，水車也壞了。被村裡人劈開當柴燒掉了！」

「暴殄天物，絕對是暴殄天物！」朱八十一心裡不停地狂叫，恨不能將焦玉的腦袋劈開，看看裡邊到底還藏著什麼有用的記憶。

有很多飛輪的水車，就是利用了多個齒輪傳動的水力機械。眼下將作坊裡的水車內部只有三到四個齒輪，效率就已經把外邊常見的水車遠遠甩出了一大截。而焦玉師父的水車，居然有十幾個，那怎麼可能僅僅是個水力磨坊！分明是一台工業母機！

「都督？您老這是怎麼了？需要小的把黃師父叫來麼？」見朱大都督一副快要發瘋的模樣，焦玉急急叫喚著。

此時，他想的卻和朱八十一完全不一樣。師父死的時候他還小，這麼多年過去，原本就淡薄的師徒之情早就被歲月磨得絲毫不剩。記憶裡唯一覺得彌足珍貴的，就是那兩年在道觀裡，自己每天都能吃上飽飯，並且偶爾還能喝上幾口師父剩下的肉湯。

「哦！」畢竟已經在生死之間走過好幾遭了，朱八十一意識到自己的失態。趕緊衝焦玉搖頭，「不用，讓他折騰去吧。他和你一樣，擺弄起活計來就什麼都顧不得了！」

「嗯，是！」焦玉笑著撓了自己腦袋幾下，有些欲言又止的樣子。

「有話就說！只要你留下跟著我幹，什麼條件都可以提！」朱八十一將焦玉當成了寶，鼓勵道。

這番惜才之心，明顯超出了整個時代。把焦玉嚇得一哆嗦，拼命擺手道：「不敢，小的不敢！都督肯賞小的一口飯吃。小的高興還來不及呢，怎麼還敢跟您老人家提條件，就是……」

「就是什麼？說！別吞吞吐吐的！」朱八十一跟工匠們打交道，知道最直接的溝通辦法就是擺起面孔來。

果然，焦玉的口齒瞬間流利起來，以連珠炮般的速度說道：「那都督您剛才說的，說封小人做大匠師的事……」

「該記的你記不住，就記住這個了！」朱八十一又是好氣又是好笑，在焦玉肩膀上拍了一下，承諾道：「成！大匠師兼將作坊副管事，黃老歪不在的時候，這裡就由你說了算！」

看看呆若木雞的焦玉，又道：「以後火槍和火炮的事，也都歸你統一負責，我這就去交代黃老歪，讓他全力支持你！」

此時的朱八十一，在工匠們眼裡的形象，半點兒不亞於後世的企業大老闆，說出的話沒有人敢質疑，哪怕是對新來的工匠焦玉再不服氣，大夥也只能捏著鼻子接受此人一步登天的現實。

而焦玉，也天生是做技術主管的料子，在朱八十一和黃老歪兩個的全力支持下，拎著一根火筷子，將工匠們指揮得團團轉。很快就將一把配備了藥鍋、繩夾和扳機的火槍給造了出來。

雖然模樣與朱八十一期待中的火繩槍還有一定的距離，但跟最初連老黑所造的那支大抬槍比起來，已經可以用「脫胎換骨」四個字來形容了。至少在朱八十一眼裡，此物完全可以被稱作火槍！

按照規矩，第一次試射肯定要焦玉親自動手，但是朱八十一卻捨不得讓自己剛撿到的寶貝死於一場武器實驗事故，因此不顧焦玉的滿臉激憤，強行命令眾人將火槍綁在一個木頭架子上，然後又在扳機處繫了一根繩子，剩下工作則交給徐洪三這個有過大抬槍操作經驗的人來完成。

徐洪三巴不得多在自家都督面前有所表現，當即爽利地答應一聲，快步上前，先取了一根長長的艾絨，湊到火爐上點燃了，夾在火繩夾上面，然後按照最近幾天的觀摩，用木頭勺子從火藥袋裡舀出一小勺大約三錢左右火藥倒進槍口，再將一粒事先準備好的鉛彈用銼刀磨圓，從槍口塞了進去，接著再用一根通條推著鉛彈入內，連同裡邊的火藥一併壓實，然後再次用勺子舀一點點火藥，輕手輕腳倒進與槍管經小孔相連的藥鍋裡……

一連串動作忙活下來，他手腳雖然麻利，所花費的時間也足夠普通人拉五次角弓了，而他此刻卻依舊不能立刻開火，把火槍重新擺平了，槍口對準靶子，然後才快速向後退了五六步，拉著繩子，回頭向朱八十一請示。

「開火！」朱八十一揮了一下胳膊，隨即將眼睛死死地盯在槍管後半段。

那裡是火藥被壓實後集中存放的地方，如果發生炸膛，也是同樣的位置，所以最吸引大夥的目光。不但朱八十一眼皮一眨不眨地盯著，黃老歪、連老黑和其他工匠們也都屏住了呼吸，把心臟提到了嗓子眼兒處。

「嗤！」徐洪三輕輕一拉繩子，末端點燃了的艾絨被火繩夾著，快速下壓。藥鍋裡火藥立刻被點燃了，白煙跳起了足足有三寸高，緊跟著，綁在木頭架子上的火槍猛的抖了一下，「呼」地一聲，將彈丸噴在了五十步外的靶子上。

「呼啦啦！」也不管朱八十一會不會生氣，黃老歪帶著一干工匠們全都衝了上去，將火繩槍從木頭架子上接下來反覆查驗。

「沒炸膛，連變形的跡象都沒有！」

「銃口也沒任何變化，就是裡邊好像有點髒，用通條裹了布擦擦就好！」

「扳機放在側面，容易把火銃扳歪，不如挪到下面去，然後在木頭槍托上掏個洞，把機關都從洞裡穿過來，跟夾火繩的夾子連上。這樣，點火時肯定更穩當！」

「胡扯，機關全都挪進去，那得掏多大的窟窿，槍身立刻就不結實了，不如只挪扳機，把其他零碎東西還留在側面。」

「那怎麼可能？」

「怎麼不可能，你看，扳機這樣伸進去，再這樣橫著拉出個軸來，然後再這樣連一個小齒輪，這樣橫著拉一個銅簧，上端……」

「我看這個夾子的形狀還可以改一改，不能完全是直上直下的，前頭拐個彎再橫過來，這樣下壓時，更容易找正藥鍋！」

「藥鍋上面弄個蓋子，大風天，省得吹散了引火藥！」

……

都是經驗豐富的老師傅，只要開了一戶窗，剩下的根本不需要操心，很快大夥就群策群力，拿出了一整套的改進方案。

「焦玉，火槍是你造出來的，你自己看著弄！等會兒弄完了，咱們繼續試！」朱八十一心裡也非常興奮，丟下一句話，快步走向遠處的靶子。

「都督，入木半寸，不如連哥那桿大抬槍威力大，但五十步距離穿破皮甲應該沒啥問題！」黃家老大立刻搶先一步跑上去，用鐵鉤子挖出陷在靶上的彈丸說道。

「等會兒加大用藥量再試，你負責把每次用藥量拿小秤稱一下，要最低精確到分！」朱八十一有意培養這個機靈的小夥子，吩咐道。

「小的這就去找藥秤！」黃老大連聲答應著，飛速跑開了，須臾後取來一桿藥秤，擦拳磨掌，準備大幹一場。

眾工匠也在焦玉的統一指揮下，按照大夥都認可的方案，重新去改進火槍，又忙碌了大約一個時辰左右，再度將火繩槍綁在先前的木頭支架上。

這回，火繩槍就愈發接近朱八十一期待中的模樣了，雖然傳動裝置仍然留在槍的右側，看起來有點兒扎眼，但扳機卻完全挪到了槍桿下方，並且在周邊打上了防護圈，即便不用眼睛去看，單憑一隻右手也能準確地將食指送到扳機位置。

「還是用繩子慢慢加大裝藥量，每次增加二分為宜！」見焦玉站到了火繩槍後，朱八十一趕緊出言阻止。

「是！」焦大匠無奈，只好怏怏地後退。

但是這次，他卻無論如何不肯再將試射交給徐洪三來完成了，而是把拉動扳機的繩子緊緊地攥在自己手裡。

徐洪三也不跟他爭，與黃老大一起開始精確測量用藥量，並負責調整槍口方向。劉子雲見狀，趕緊去找了紙筆，負責記錄。四個人齊心協力，開始了一輪又一輪的試射。

「槍管太燙了，再打下去，三槍之內肯定得炸膛！」黃老歪摸了一下槍管的溫度，立刻得出了結論。

「的確太燙，都發紅了！」焦玉也摸了一下，然後看著手指上被燙紅的皮膚，不得不承認道。

「再做個套子，裡邊裝滿水，就能讓槍管熱得慢一些！」

「那得多沉啊，還不如每人帶一塊棉布呢，用的時候沾滿水，隨時都可以在外邊擦槍管散熱！」

「胡扯，戰場上，倉促間哪裡找水去?!」

……

工匠們又湊在一起議論了起來，試圖將這桿火槍調整到最佳狀態。

被聘請到左軍將作坊後的這七八個月，是他們這輩子拿錢拿得最多，最開心的日子，也是最受人尊敬的日子。一個工匠頭拿比千夫長還高的薪俸，穿和對方一樣的甲冑，這種日子以前有誰敢想過？所以大夥寧願捨了老命，也得把朱都督親自抓了這麼多天的事給辦瓷實了！

朱八十一卻沒有參與大夥的討論，而是帶著劉子雲和黃老大、徐洪三等人，一起走到靶子旁。

楊木做的靶子，此刻已經面目全非了，有兩顆彈丸至少打進去有一寸半深，差一點就將靶子打了個對穿。

「已經超過破甲錐了，即便是咱們自己的板甲也能打過去，直接傷到穿板甲的人。唉，就是使用起來的麻煩勁兒……」

憑著以前使用弓箭的經驗，徐洪三準確地判斷出火繩槍的威力超過了常用的弓箭，只是在操作複雜程度上依舊令人不敢恭維。

「拿厚紙糊成筒子，事先將火藥和彈丸都裝在裡邊，然後作戰時，將筒子一端拿刀子割開，把火藥和彈丸一起倒進去，然後再拿通條壓！」

這時候，就體現出穿越者的優勢了。朱八十一雖然不懂得如何造火繩槍，卻知道火器發展的大體正確走向。

「甚至不需要刀子，在槍柄上方專門釘個鐵片，中間打出個豁口來，一方面可以用來瞄準目標，另外一方面，就用來割火藥包。反正藥包也是紙糊的，很容易割開！」

「還有這裡！」他蹲在地上，畫了個槍管的草圖，然後在頂端狠狠點了一下，「這裡做個鐵圈當準星，開火之前，必須用這個鐵圈和後面的那個缺口鐵片將人套在裡邊，像木匠畫線一樣，三點一線！」

「都督英明！」黃老大喝了聲彩，撒腿跑回去，把都督大人的最新指示，傳達給自己的父親和正在擺弄火槍的工匠們。

「高明，都督高明！」

「當然，都督可是佛子轉世的！」

……

眾工匠們立刻馬屁如潮，把朱八十一直接捧到了天上。

「胡說些什麼！」朱八十一紅著臉，像喝了二斤酒一般醉醺醺地說道：「槍管冷下來沒有？冷下來後就繼續試。其他人也別閒著，趕緊照著剛才的樣子再打出幾根槍管來，然後多試驗幾回。靶子也要向遠了挪，三天之內，無論如何要將最大裝藥量、最遠射程和最大使用次數給試出來。拿到結果後，我請所有人去臨風樓，酒菜管夠！」

「都督折殺小人了！」

「使不得，我等什麼身分，敢去吃都督的酒！」眾工匠紛紛拜倒，紅著眼推辭。

這年頭，匠戶的地位極低，忙碌一整天能混出隔夜之糧已經感恩不盡，誰敢指望像現在這樣，每天兩乾一稀，頓頓有菜，並且還有大筆的工錢可以託人帶回家！如果再不知足，還想跟朱都督一起到酒樓裡吃酒，那不是等著被人戳脊梁骨麼！

「什麼使不得的，就這樣定了！老黃，你先派幾個徒弟去訂些酒菜，大夥這幾天辛苦了，咱們今晚加菜，等所有事情都忙活完，再一起去外邊快活！」朱八十一擅用後世趕工的不二法寶，只要一頓美酒大餐吃過，再神氣的工程師都沒臉皮再半途退場。

眼前這些匠戶們，不就是這個時代的頂尖工程技術人員麼！他又何必吝嗇幾頓酒肉！只要能把徐州軍儘快推進火器時代，就是砸鍋賣鐵也值得！

因為**火器的出現，才避免了文明一次又一次被野蠻征服**。朱八十一記不得這句話是誰說的，卻認為這句話說得極有道理。

隨著時間的推移，隨著對這個世界認識的增加，**某種使命感和緊迫感在他的心頭越來越清晰**。

我來了，我看到了，我便不能准許無辜的生命再被踐踏，不准許野蠻再度毀滅文明，不能容忍某些悲劇再度發生，哪怕在原來的世界裡，這些都是命中註定！

九個多月來，不但手下的弟兄們在變，他自己也在變，在適應，在努力，在不斷開拓著自己的視野，提高著自己的目標。特別是連續幾次勝利之後，他將目標定得更高，也更清晰。

現在，他已經**不再想著要去找朱元璋**，去抱這個歷史上勝利者的粗腿，而是**帶領身邊關愛自己，自己也關愛的人，走出一條完全屬於自己這群人的道路，不必去迎合歷史，也不必去迎合所謂的命運！**

「我再強調一遍！」望著跪在地上死活不肯起來的大夥，他鄭重地說道：「只要出了這個軍營門，我就是朱屠戶，朱老蔫兒，而不是什麼朱都督。朱老蔫請自己的鄰居吃飯，誰也說不出什麼話來。三天後，朱屠戶會在臨風樓等著你們，誰不去，就是不給我面子！」

說罷，又用力一揮手，大聲令道：「好了，現在都起來去幹活！老子最煩看到有人磕頭，這裡需要的是匠師和大匠師，不是一群磕頭蟲！」

「還不快起來幹活！」黃老歪吼了一嗓子，帶頭衝向岸邊的水車。「誰再當孬種，以後就別說是咱們都督的鄉親！」

「幹活了幹活了，幹完活，才有臉去喝都督的酒！」連老黑、焦玉等人也大聲回應著。

在他們幾個的帶動下，眾工匠和學徒們，該試槍的繼續試槍，該造槍管的繼續造槍管，很快，就讓將作坊裡重新飄滿清脆悅耳的叮叮噹噹聲。

有了水車、水錘、鑽床和手搖鑽機這些器械的幫助，第二支雙捲法製造的槍管，也很快捧到了朱八十一面前。比第一支邊設計邊製造的那根看起來更工藝精良，表面和內部兩道已經磨平的焊縫，也更加美觀均勻。

朱八十一毫不猶豫地命人將這根槍管也安裝上木柄、扳機、火繩夾、片狀彈簧等附件，製成第二支真正意義上的火繩槍，然後安排人手和第一支一起繼續進行各項性能測試。

正所謂一回生，二回熟，當黃老歪安排人將燈籠挑起來的時候，第三、第四支火繩槍也在工匠們手中誕生了。

與此同時，第一支火繩槍在經歷了反覆射擊，冷卻，再射擊，再冷卻的多次折騰之後，終於遺憾地炸了膛。

但是並沒有像朱八十一預料的那樣爆炸，而是沿著外層套管的焊縫裂開一條三寸長的口子。從口子向內看去，可以清晰地看到內層槍管在不同的位置，也裂開了長長的一條。

因為內外兩條焊縫螺旋方向恰恰相反的緣故，火藥燃燒產生的高溫氣體無法在第一時間放出，所以無法產生爆炸效果，也沒有出現能夠殺死人的破片。

「要是在兩層槍管之間再鍍一層錫或銅的話，可能炸膛的機會更小！」焦玉惋惜地看著自己親手打造又親手毀掉的槍管，跟朱八十一商量。

「就是重量會再增加三成左右，製造起來會多花一點時間！」

「一共射擊了多少次?!」朱八十一關注的卻不是如何提高槍管的耐久度，而是目前製造工藝下槍管的具體性能。

「二十三次！」劉子雲盯著記錄回道：「最後五次的用藥量分別是七錢，七錢一分、七錢二分和七錢二分五釐！當時焦大匠已經察覺到槍管有些變形了，就沒敢像原來那樣兩分兩分地增加裝藥量！」

「威力如何？射程呢？」朱八十一想了想，繼續追問。

劉子雲快速在記錄紙上看了一下，慚愧地道：「裝五錢藥時，八十步能破甲，射程最大能到一百六十步，然後就沒法了，無論裝多少藥，都很難打得中更遠的靶子！」

「嗯！」朱八十一低聲沉吟著，在自己心裡默默地換算。

八十步，邁腿一次為一跬，邁腿兩次為一步。這個時代的八十步，基本上就是後世的一百二十米。一百二十米的有效射程，二百四十米的最大射程，恐怕已經是滑膛槍的極限了。

「其實，末將覺得，四錢半藥最好！」偷偷看了看朱八十一的臉色，劉子雲硬著頭皮說道：「四錢半火藥，基本上能讓四錢重的彈丸在六十步上有破甲能力！再遠，除了徐隊長和陳德這種練家子外，一般人都瞄不準了。而蒙古人的普通羽箭根本破不了硬鎧，更甭說是咱們的板甲了。真正有殺傷力的破甲錐和重箭必須走到五十步以內平射，咱們火繩槍以六十步破甲為目的，剛好把他們給吃得死死的！」

「嗯！」朱八十一笑了笑，對著劉子雲輕輕點頭。不追求過分華麗的技術指標，只追求永遠比競爭對手領先半步，這大劉還真有一個難得的清醒頭腦。

想到這兒，他將目光轉向焦玉，問道：「如果按目前的工藝，把全部工匠都集中起來，你估計每天能造多少支槍？」

這個問題有點複雜，焦玉在燈籠下算了好半天，才吞吞吐吐地回道：「啟稟都督，按照小的這樣，一個大工帶倆徒弟算，每人每天不停，可以打四到六根槍管出來。前提是得保證鐵板供應得上，那個一百二十斤重的小型水錘也都輪得到。不過咱們這裡，鐵板都是用那個五百斤重的大號水錘砸出來的，小號水錘也只有兩台……」

「按最保守算，你估計目前情況下，作坊每天能造幾支火繩槍出來？」朱八十一滾燙的頭腦恢復了冷靜。

第二章

歪批楚漢

逯魯曾被朱八十一突然放浪形骸的舉動嚇了一跳，
不禁附和道：「善，此言甚善！
霸王當時不施仁義，又無故謀害義帝，
即便聽從亞父的話殺了劉邦，恐怕也不能長久。
唉，亞父之謀，現在看起來的確短了些！」

焦玉抓了自己的腦袋幾下，想了想道：「那就不需要全部工匠都上了，留下四到六個活兒細的，帶著徒弟幹，其他人還是該忙活什麼就忙活什麼去吧。每人每天四根，再扣除後來加工廢了的，二十支火槍頂天了，再多，都督您就得換地方開作坊了，這個作坊裡再擺不下更多的水車了！」

「那就先按每天十五支火繩槍的速度造，十天後，先給我交出一百五十支火繩槍來，不惜工本！」朱八十一揮了下手，拍板道。

「是，都督！」焦玉答應著，臉上的表情卻隱隱透出一絲失望。

「那個中間夾錫的槍管也可以繼續弄，需要的材料和錢，就去老黃那兒領，我讓他全力支持你！」朱八十一稍加琢磨，明白了焦玉的失望原因，笑了笑道：「加錫、加銅、加銀粉都行。只要你能造出連打一百發以上都不炸膛的槍管來！」

「是，都督！您儘管等著瞧吧！」焦玉興奮地道，抄起手裡被炸爛了的槍管，衝向了溪邊的火爐。

「科學怪人！」朱八十一嘴裡吐出一個大家都聽不懂的詞，然後將頭轉向親兵隊長徐洪三，「等會從親兵隊裡調四個人過來，貼身保護焦大匠！」

「是，都督！」徐洪三應諾著，隨即兩眼瞪成了一對牛鈴鐺，懷疑是不是自己聽錯了，「保護焦大匠？他，他……」

一個工匠頭走到哪都有四名親兵跟隨，這派頭，簡直比紅巾軍的千夫長都大！以徐洪三的眼界和人生經驗，想破腦袋也接受不了這種古怪安排。

「讓你去你就去，別囉嗦！」朱八十一瞪了他一眼，「這個人的作用，至少能頂三個千人隊。去吧，給黃大匠也派四個親兵，免得老傢伙嫉妒。另外，從王大胖那邊調一個訓練好的百人隊來，專門負責保護將作坊，沒有我和蘇先生兩個的手令，咱們左軍之外，連隻蒼蠅都不准放進來！」

「是！」徐洪三聽得心中一凜，不敢再問，小跑去執行任務了。

「都督，末將這幾天也想留在作坊裡！」站在一旁的劉子雲也心有所感，忍不住提出要求。

「怎麼，你想讓手下兄弟優先裝備火繩槍？」朱八十一察覺到對方的心思，笑著問。

劉子雲被問得臉色微微發紅，承認道：「不敢隱瞞都督，末將的確覺得這火槍兵大有可為，末將原本帶的擲彈兵，就是前所未有的新兵種，這大半年多來總算有了些心得……」

「行！」對於麾下將領們力爭向上的想法，朱八十一向來抱持鼓勵態度，點點頭道：「那你也去調一個百人隊來吧，一邊熟悉武器的使用，一邊把感覺不對勁的地方指出來，跟工匠們一道琢磨如何改進。」

「是！」劉子雲喜笑顏開，向自家都督行了個禮，飛一般去了。

擲彈兵因為手雷的性能問題，幾乎形同擺設。但是在火槍兵身上，他看到了濃濃的希望。這是一個全新的兵種，雖然開槍速度慢了些，但殺傷威力卻是壓倒性的。

如果讓火繩槍手也穿上左軍親兵和將領們一樣的全身板甲，或者讓他們站到刀盾兵身後的話，則可以讓敵軍弓箭手走到二十步，甚至十五步內才能發揮作用。

從六十步到十五步這段距離，對敵軍的弓箭手來說，就是一段死地。火繩槍手可以從容地將槍口對準他們的前胸，把他們當作靶子來一一射殺！

六十步外用羽箭漫射，六十步到十五步內用火槍，十五步到十步這個距離，則用手雷和標槍伺候，幾個兵種只要搭配得當，看天下還有誰能靠近徐州左軍的五步之內！

而這樣裝備起來的徐州左軍，有三千戰兵足以在縱橫兩淮。有一萬戰兵，打到汴梁，收復北宋舊都也不成問題。倘若假以時日能擴張到十萬乃至更多，便足以橫掃天下，什麼探馬赤軍，什麼蒙古鐵騎，都再沒有招架之力！

「千戶大人小心！」他想得太激動，以至於身後親兵們的喊聲根本就沒聽見，跑著跑著，跟迎面過來的蘇先生裝了個滿懷！

「哎呀——！」蘇先生老胳膊老腿兒，哪經得起身穿鎧甲的他正面相撞，當即一個跟頭滾出了五六步遠，半晌沒喘過氣來！

「軍師！」眾親兵趕緊搶上去，扶起蘇先生又拍又敲。折騰了好一陣，老先生才終於恢復清醒，指著劉子雲呵斥道：「都多大個人了，沒個正形！走路也不看道，要是撞到了別人身上，你看老子怎麼揭你的皮！」

劉子雲原本就出自蘇先生門下，此刻雖然做了千夫長，依舊對老先生尊敬有加。因此挨了罵也不還嘴，訕訕地賠罪道：「該打，該打！您老沒事吧，要不要去找個郎中過來？」

「你還嫌動靜不夠大啊?!」蘇先生沒好氣兒地瞪了他一眼，數落道：「算老子倒楣，遇上你這麼個二愣子！都做千夫長的人了，還整天莽莽撞撞的，跟人家徐達學學，那才叫有大將之風！」

「是，您老說得是！」劉子雲低下頭，擺出一副受教狀，「您老這是準備去哪兒，怎麼沒坐轎子啊？」

「那破玩意兒又悶又顛，老子坐不慣！」蘇先生撇了撇嘴，「只有暴發戶才弄個轎子窮得瑟！你剛才是不是從作坊裡頭出來的？咱家都督呢，他是不是還在裡邊？」

「在！剛才他還說起您老來呢！您老找他有事情麼？」劉子雲扶住蘇先生。

「就沒一個讓人省心的，堂堂一個左軍都督，天天跟工匠們混一起，也不嫌寒磣！」蘇先生擺出長者模樣，絮絮叨叨地說。

劉子雲沒好意思反駁，笑笑道：「還不是為了給大夥弄幾樣新兵器麼？咱們徐州軍有手雷的事，這幾仗下來，恐怕已經弄得人盡皆知了，都督不再弄些新玩意兒出來，以後怎麼還能一直按著朝廷的腦袋打！」

「打，打，打，就知道打。他是左軍都督，又不是匠作營裡的大匠！」

蘇先生明明知道劉子雲說的是事實，卻兀自擺出一副非常不滿意的模樣，繼續嘮叨。

「你也不勸勸他，還跟著他一起胡鬧！這做大事有做大事的規矩，上下得有個序，各司其職，各安其位才好。他一個左軍主帥都去掄錘子打鐵了，讓你們這個千戶、百戶們該怎麼辦?!」

「對，您老說得對。您老趕緊過去勸勸他，我們的話未必如您老的話管用！」劉子雲順著對方的話敷衍。

「什麼事都由我一個人去說，那要你們這幫傢伙何用！」蘇先生又狠狠瞪了他幾眼。

瞪過之後，卻又長長的嘆氣，滿臉無奈，「唉——！算了！反正最近也沒啥大事，就由著他去折騰吧！哪天我老人家兩腿兒一蹬，就眼不見為淨啦！」

「那怎麼行？兄弟們還都等著您老提攜呢！」劉子雲趕緊接過話頭，又幫蘇先生拍了幾下身上的塵土，說道：「您老找都督有事？要不要我跟您一起進去？」

「不用了，你自己忙去吧。」蘇先生這才心滿意足，擺擺手，示意劉子雲可以離開了，「有人給咱們都督送了一份請柬過來，邀他明天晚上過府飲宴。我就不明白了，這不逢年也不過節的，姓祿的是請哪門子客啊！」

「那老匹夫，他還想收咱們都督做徒弟不成?!」聽聞請客的人是逯魯曾，劉子雲的眉頭立即皺了起來，冷著臉道。

老進士逯魯曾雖然是個外來戶，但是名氣大，學問大，又做了徐州軍長史趙君用的老師，因此在整個徐州軍內，根本沒人把他當作俘虜看。特別是在一些讀過書的人眼裡，簡直比芝麻李、彭大等人威望還高。

但在劉子雲、于常林這些紅巾軍將領眼裡，老進士不知進退的舉止，無疑非常惹人討厭。

徐州軍能走到今天這一步，都是大夥一刀一槍拼出來的，關詩詞歌賦屁事！何況逯魯曾在第一次被俘時，還擺出過一副寧死不降的模樣。最後是被趙君用使計逼得走投無路了，才不得已陣後倒戈，實際上對徐州軍未必有多忠心。

「子雲，這就是你不對了。咱們徐州軍將來要取天下，自然就要容得了前來投奔的任何人。」蘇明哲自己對逯魯曾也不是很喜歡，但看到劉子雲滿臉不高興，他還是很大氣地勸告：

「**千金買馬骨**的典故你沒聽說過麼？這老祿頭就是那塊臭馬骨頭，哪怕他從前跟咱們曾經在戰場上生死相見過！咱們也得把他當個寶貝給供起來，這樣天下豪傑才會蜂擁來投！算了，跟你說你也不懂！趕緊去忙你的吧，我親自把請柬給都督送過去，免得他到時候忘了去赴宴，讓外邊那幫無聊傢伙覺得他故意怠慢讀書人！」

「也是！那老匹夫，甭看幹啥啥不靈，名氣卻真的不小！」劉子雲苦笑幾聲，無奈地搖著頭走了。

這年頭雖然蒙元朝廷不拿讀書人當一回事，但兩宋三百年尊賢禮士的影響，卻不是蒙元統治者短短幾十年內就能消除得掉的，所以但凡能考取功名的人，在民間號召力都極其巨大。更何況這逯魯曾還是做過一任國史院編修的飽學鴻儒！

故而即便心裡頭再不待見此人，大夥也不會阻止自家都督前去赴宴。以免給外界造成朱八十一輕慢士子的印象，影響左軍的未來發展。

更甚者，蘇先生還會將祿老頭主動邀請的事，大肆宣揚出去。

朱八十一對逯魯曾也沒什麼好的印象，受朱大鵬那一半靈魂的影響，早就自動把逯魯曾歸類到所謂的「磚家教授」裡頭，幹啥啥不靈，幫倒忙的事倒是一個頂倆，嘴巴上還整天七個不服八個不忿，彷彿不按照他那一套辦，天就會塌掉一般。

不過，念在老頭好歹學歷沒造過假的份上，他還是決定硬著頭皮跟此人周旋一番。就算給趙君用面子了，免得自己跟老趙剛剛緩和起來的關係再度變得劍拔弩張。

於是，在蘇先生的努力攛掇下，第二天傍晚，朱八十一停下手頭的所有事情，帶著徐洪三等十幾名親兵，大張旗鼓地來到逯魯曾的府邸。

那祿家已經提前敞開了大門，府中所有男性在祿老頭的帶領下，出迎到大門口，然後前呼後擁將朱八十一請進了正堂。

待正式開席，卻只有逯魯曾自己相陪。賓主二人各自坐在一張兩尺來高的矮几之後相對而飲，每道菜上來，都是一式兩份。由兩個手腳俐落的僕婦從托盤裡端了，分別擺到賓主各自的案上。

那菜，也是裡裡外外透著斯文，每個碟子只有巴掌大小，還只裝了三分之一，其餘三分之二，則全是精雕細琢的裝飾，或者是鵲登枝頭，或者是大鵬展翅，或者是松鶴延年，看得朱八十一目不暇給，嘴巴和舌頭卻大半時間都空閒著，只能不停地往嗓子眼兒裡倒酒療饑。

自打兩個靈魂融合以來，他跟蘇先生等人一直都是同一張桌子上胡吃海塞，幾曾見過如此講究的酒宴！因此怎麼吃怎麼覺得彆扭，跪坐的腿也像生了惡瘡一樣酸得難受。

好在逯魯曾請他來的目的，也不是為了品嘗美食。酒過三巡之後，就放下銀盞，自謙道：「老夫福薄，不得已舉家遷至徐州避禍，倉促間也置辦不起像樣的菜肴，只好拿些粗茶淡酒宴客，怠慢之處，還望都督海涵！」

「老先生這是哪裡話來！」朱八十一非常不適應對方的說話方式，卻不得不硬著頭皮客套，「朱某就是個屠戶，吃穿哪有多少講究，像今晚這樣精致的美食，說實話，平生還是第一次見到呢，怎敢胡亂挑剔！」

「屠戶?!」逯魯曾眉頭皺了皺，有點不習慣朱八十一身居高位了還總是以屠戶自居。「都督過謙了！都督側身賤業是許久以前的事，眼下這徐州城中，誰還敢對都督等閒視之！」

「不過是八九個月前的事，算不上久！」朱八十一聳聳肩，對逯魯曾的說法不以為然：「並且朱某覺得，當屠戶自食其力，也沒有什麼不好，至於別人怎麼看我，我不都還是我麼？」

「這……」

逯魯曾被噎得一口酒憋在嗓子裡，好半天才勉強咽下去，撫掌道：「爽快，都督真是個爽快人！如此，倒顯得祿某見識短了。的確，當屠戶也沒什麼不好，想當年，漢大將軍噲就是屠狗之輩，誰曾料到他後來能青史名垂！」

「漢大將軍噲？」朱八十一努力在屬於朱大鵬的那份記憶裡，找到關於樊噲的掌故。搖了搖頭，笑著回應，「您老說的是鴻門宴上吃了一個生豬肘子，然後陪著劉邦借尿道逃跑的那個樊噲麼？老實說，那事他們哥兩個做得可不是很上道！」

「噗——！」逯魯曾剛剛端起酒盞來慢品，不小心嗆了一下，大半盞酒都噴到了衣服上。

這下，他無論如何都斯文不起來了，大笑道：「這對君臣的確不太上道，但也是沒辦法的事，自古成大事者都不拘於小節，樊噲和劉邦要是當時不尿遁，恐怕後來就沒兩漢四百年江山了！」

「那可未必，項羽原本就沒起殺心，否則第二天不會再提兵打過去麼？以楚霸王當時的軍力，真是想要劉邦的命，直接帶領人馬拍過去就是，又怎麼會在乎劉邦跑到什麼地方?!」朱八十一也舉起酒盞抿了一口。

老進士聞言，頻頻點頭，「都督說得是！兩軍交戰，實力才是第一位的，項羽當時如果真的有殺人之心，恐怕劉邦逃到天上去也得被他追回來，所謂逼得高祖尿遁，不過是讓彼此都有個臺階下罷了！」

「主要是做戲給范增看！」朱八十一在將作坊裡擺弄了一下午火鉗子和鐵錘，早就餓得兩眼發昏，來到祿府後又沒能吃上幾口「硬菜」，光是往肚子裡倒酒，因此這會兒酒精上頭，用筷子敲了一下空蕩蕩的菜盤，借題發揮道：

「亞父麼，雖然沒啥真本事，但輩分在那兒擺著呢，惹了他會影響自家軍心，所以項羽雖然不屑採納他的詭計，卻得哄著他老人家點兒。呵呵，酒宴上殺人，算得什麼英雄！當時殺了劉邦，就能保證後來沒有張邦、李邦、王邦再起來跟項羽來爭奪天下？我看未必！」

逯魯曾被朱八十一突然放浪形骸的舉動嚇了一跳，不禁附和道：「善，此言甚善！霸王當時不施仁義，又無故謀害義帝，即便聽從亞父的話殺了劉邦，恐怕也不能長久。唉，亞父之謀，現在看起來的確短了些！」

「豈止是短了一些！」朱八十一用醉眼斜睨著逯魯曾，冷笑著道：「如果朱某沒記錯的話，他最初是輔佐項梁的吧？項梁的結局是什麼？還不是中途就死在了秦軍手裡！」

沒等逯魯曾瞪圓的眼睛眨一下，他又冷笑著說道：

「明明自己根本就不是當謀士那塊料，還總自比是諸葛亮，不，諸葛亮是後人，咱們往前算！比那個呂不韋本事都大，人家呂不韋雖然做了秦始皇的便宜老子，卻也給秦國打下了雄厚的家底。接班的人只要不胡亂糟蹋，按部就班的來，也能把六國給平了！

「他姓范的呢，既沒給大楚建立一個穩定的根據地，又沒替項羽挖掘出任何人才來，稍微不合意，說撂挑子就撂挑子，結果活活把自己給氣死了不算，還害得項羽落下個不能容人的惡名！這種驕傲自大，目光短淺，還總把自家那點臉面置於楚國整體之上的傢伙，怎麼好意思做人家的謀士！早點洗洗睡了才是正經！」

這番話，逯魯曾聽在耳裡，再對比自己最近的經歷，不覺顧影神傷，嘆了口氣，拱著手說：「都督高見，祿某受教了！想祿某當初，也是自視甚高，卻不知……」

「哎，老祿，我可不是說你！」朱八十一這才意識到自己的話有點指桑罵槐之嫌，而他今晚前來赴宴，是為了跟逯魯曾所代表的文人階層搞好關係，可不是為了當面打臉，因而趕緊擺手道：「真的不是說你！你能考中進士，學問肯定沒得挑，至於打了敗仗的事，那主要怪韃子朝廷氣數已盡，換了岳飛和戚繼光下來幫他……」

「不，又說錯了！唉，頭暈！」朱八十一捲起手指，輕輕敲打自己的腦袋。「換了岳飛和金兀朮聯手幫他，也救不了他的急。偶爾贏一仗兩仗沒問題，到最後，照樣還得流竄漠北！」

「啊？」逯魯曾雖然已經投靠徐州軍了，卻依舊不敢看輕蒙元的實力，詫異地問：「都督何出此言？莫非連番大勝之後，已經令都督目空如斯麼？」

朱八十一笑了笑，回道：「這不是很簡單的事麼？天下老百姓都餓得起來造反了，他卻還忙著給佛像鍍金求保佑！不是捨本逐末麼？我就不信一個金塑的佛像擋得住幾百萬人的詛咒！況且就算那佛像有靈的話，豈敢為了幾兩金粉就跟全天下人都對著幹！那今後誰還敢信佛啊！沒了信徒，再跟什麼天主教、真主、玉皇大帝這人同行打起來，他釋迦摩尼拿什麼跟人爭啊！」

「這?!」

逯魯曾是儒家信徒，向來講究不語怪力亂神，可對於佛教、天主教、伊斯蘭教和道教，多少都瞭解一些，聽朱八十一將這漫天神佛比作人間諸侯，頓時覺得非常不適應；而不問蒼生問鬼神，的確是當今蒙元皇帝妥歡帖木兒的真切寫照，依靠求神拜佛來獲取國泰民安，本就是緣木求魚！

「再說，那妥歡帖木兒是蒙古人的皇帝，憑什麼騎在我漢家男兒的頭上！我漢家無人了麼？還是漢家男兒個個都犯賤，非願意給人當驢子騎？即便老祿你是儒家，也講究一個什麼左衽右衽的區別吧！」朱八十一明顯是酒勁上來了，想收都收不住。

華夷之辨，一直是蒙元儒者無法面對的難題，雖然有一大堆無良敗類曲解春秋，愣把「入夷則夷，入夏則夏」的話安到了孔夫子頭上，可真正有點學問的人，誰都知道那純粹是胡攪蠻纏，根本經不起任何推敲。

逯魯曾雖然不是什麼硬骨頭，節操卻依舊比後世的某些「磚家叫獸」強了點兒，至少做不出對著白紙黑字信口雌黃的事情來。聽朱八十一說得激憤，不覺又紅了臉，訕訕地回應：

「都督說得是，夫子雖然不恥管仲小器，卻也曾經說過『微管仲，吾其被髮左衽矣。』是我們這些後輩子弟不爭氣，有辱聖人門楣！」

「還有，我記得孟老夫子也曰過，那些率獸食人的，不配統治一個國家！」人的大腦被酒精刺激到一定程度後，會以某種非常興奮的狀態高速運轉，朱八十一目前就處於這種狀態，說出來的話根本不經考慮，但乍聽起來絕對能唬得人兩眼發直。

「他老人家是不是還說過，民為貴，社稷次之，君為輕？還說過，君之視臣如草芥，則臣視君如寇仇！老祿你學問多，你告訴我，大元朝皇帝現在的做法算不算率獸食人？他把老百姓逼得都沒活路了，老百姓該不該造他的反。還有，老祿，你別躲，直接回答我，誅商紂王不算殺君，是不是也是你們儒家的觀點？」

「庖有肥肉，廄有肥馬，民有饑色，野有餓莩，此率獸而食人也。獸相食，且人惡之，為民父母，行政，不免於率獸而食人，惡在其為民父母也？」

「民為貴，社稷次之，君為輕；君之視臣如草芥，則臣視君如寇仇；賊仁者謂之賊，賊義者謂之殘，殘賊之人謂之一夫，聞誅一夫紂矣，未聞弒君也！」

…………

這些話都是出於亞聖孟子之口，自誕生之日起，就像夜空中的恆星一樣照亮了整個華夏文明！

身為儒家子弟的逯魯曾，如何能不記得?!只是身為飽學鴻儒的他，從前每每讀到以上文字，都只是佩服亞聖當年膽大，什麼話都敢公然宣之於口，今天聽了，卻發現以上詞句字字誅心，不知不覺間，冷汗順著脊梁骨淋漓而下。

大元朝從立國到現在，哪一天不是在率獸食人？自己身為儒門子弟，不思為民請命，卻施施然與猛獸為伍，這不是為虎作倀，又是在幹什麼?!

按照孟子之言，眼下紅巾軍所作所為又有什麼錯？難道飯都吃不上了，還不起來造反，還要乖乖待在家裡等著餓死麼？

正深省間，卻見朱八十一突然坐在地上，用手拍打著自家大腿，繼續說道：

「誠然，蒙元朝廷是個龐然大物，像徐州這樣大小的地方，恐怕沒有一千也有八百。蒙古皇帝有的是本錢，再敗個十次二十次，都未必傷筋動骨。

「萬一他真的把全國的力量集中起來，毀掉我徐州軍也是易如反掌之事，但老祿你別忘了，天下也不止我徐州一地，到處都有活不下去的百姓，有知恥男兒！有潁、徐二州的例子為鼓舞，早晚有一天。他們會和我等一樣揭竿而起，待全天下反抗之火都燒起來，你且看蒙元朝廷拿什麼來撲？

「到那時，即便朱某，即便李總管、趙長史、毛都督和朱某等人都已經不在了，爲知沒有個芝麻張、芝麻王、芝麻趙，大夥前仆後繼，總有把蒙古人趕回老家的那一天。數百年後，華夏子孫提起這一段歷史，有誰不會挑起大拇指，讚李總管和朱某等人一聲鐵血男兒?!屆時，誰還會在意哪個曾經中過蒙古人的狀元，當了多大個官?!」

說罷，用手在矮几上一撐，搖搖晃晃站起來，拜道：「行了，老祿，謝謝你的酒和菜。這一頓吃得不錯！朱某已經喝過量了，就不再叨擾你了！告辭！咱們改天再聊！」

「都督且慢——」逯魯曾這才如夢方醒，推開面前的矮几，連滾帶爬地去拉客人的衣角。

「老祿，你這是幹什麼？你也喝多了？」朱八十一雖然醉得步履蹣跚，卻也不忍看著一個白髮蒼蒼的老頭子在自己腳邊爬，趕緊蹲下身去，雙手將逯魯曾從地上拉起。

「有話就說，別來這一套，就憑你是趙君用的師父，這徐州城還有誰敢讓你受委屈？」

「不，不！都督誤會了！」逯魯曾像抓住救命稻草一樣反手拉住朱八十一的衣袖死死不放，「祿某並非有事要求都督，今日請客，是有一策想當面獻給都督！」

「你，獻策給我？幹什麼不直接去獻給趙長史，他才是我們徐州軍的二當家。」朱八十一有點反應不過來，看著滿臉惶急的逯魯曾，詫異地說。

「祿某雖然與趙長史有師徒之情，但此策卻非都督不能懂！」

這才是他宴請朱八十一的真正目的，先前品評人物也好，指點江山也罷，其實都不過是一種鋪墊手段，他萬萬沒有料到，朱八十一竟然絲毫不解風情，大放一番厥詞後拔腿就想走。

如果讓朱八十一稀裡糊塗地走掉，他半個月來的所有努力可就全都白費了，因此老進士顧不上再考慮什麼禮貌不禮貌，拉著客人的衣袖苦苦挽留道：

「都督莫笑，君用的學識不算太差，但胸襟氣度卻嫌小了些，而祿某此策，卻非有志滌蕩天下者不能為之！」

「噢?!」朱八十一愣愣地看著逯魯曾。

「都督，且上坐。」唯恐朱八十一會逃走一樣，逯魯曾拉著他的衣袖吩咐道：「來人，把酒菜撤了，給都督上茶。上汴梁龍鳳團。」

「是！」外邊伺候的僕人聞聽，趕緊答應著跑進來，七手八腳抬走矮几，收拾了殘羹冷炙，重新擺了一張方桌，接著用銀壺裝著早就燒好的茶湯，給兩人各自斟了半碗。

朱八十一脫身不得，只好耐著性子喝了幾口，然後將茶盞放下，笑道：「好了，醒酒茶也喝了，您老人家有什麼錦囊妙計，趕緊拿出來吧！」

「都督既然知道楚漢之事，可否告知祿某，以昔日項羽霸王舉鼎之力，最後怎麼反為漢高所擒？」老進士卻又賣起了關子。

「您老是想提醒我，徐州非龍興之地吧?!」朱八十一天天為徐州紅巾的生存而苦心積慮，立刻從逯魯曾的話裡聽出了對方的意思。

「都督果然見識高遠！」逯魯曾帶著幾分佩服道：「祿某來徐州半個多月了，都督是唯一一個在眼前形勢下還能居安思危之人。僅憑此一條，就不枉祿某在都督身上花了那麼多心思！」

「行了，老祿，你既然誠心給徐州軍幫忙，就別藏著掖著，有什麼好的計策趕緊拿出來吧！」朱八十一受不了對方的說話方式，擺擺手道：「徐州軍上下認識到這一點的，不止是我一個，只是大夥都喜歡悶頭做事，不習慣坐而論道而已！」

「都督言之有理，徐州軍上下的確不乏明白人，但是做得卻遠遠不夠，或者空有努力卻不得其法。」到底是給蒙古皇帝做過御史的人，說起話來頭頭是道。

朱八十一卻不太吃他這一套，皺了下眉頭，催促說：「朱某願聞其詳，請您儘量說白話，朱某讀書少，聽不懂太多典故！」

「讀書少，能將楚漢舊事如數家珍？讀書少，能將春秋和孟子信手拈來?!」逯魯曾反問了一句。

「這……」朱八十一登時語塞。

他自然不能告訴對方，後世有一種叫做網路的東西，最是高深不過，憋了好一陣才說道：「徐州四下無險可守，所以無法當作大後方，我的意思您老明白麼？就是無法讓老百姓安心的種地、打鐵、做買賣。老百姓生活無法安定，對軍隊的支持力就有限，所以項羽當年幾乎百戰百勝，打了一場敗仗就無法翻身了；而劉邦卻背靠著四川天府，只要自己不死，總有翻本的機會！祿老，我這話說的對是不對？」

「然！」逯魯曾用力撫掌，「都督果是天縱之才，敢問徐州有何應對之策？」

「打出去，和潁州紅巾連為一體，給徐州軍奪取更大的戰略縱深！」

既然逯魯曾誠心幫忙，朱八十一也不瞞著他，將目前芝麻李和自己即將要做的事如實道來。

逯魯曾聽了，先是微微冷笑，而後又換了一副惋惜的表情，長嘆著說：

「類似的話，君用也跟老夫說過，李總管和朱都督的做法，看上去亦未嘗不可！然而都督和李總管想過沒有，徐州紅巾和潁州紅巾能否真正結為一體，互為唇齒？若是真的可以做到親密無間的話，為何只見徐州紅巾朝潁州方向打，卻沒見潁州紅軍向徐州方向派來一兵一卒？」

「你……」

朱八十一聞聽，立刻火冒三丈，斗大的拳頭舉起欲朝老進士的臉上砸，可看到老傢伙明明兩條大腿直打哆嗦，卻死命抬著腦袋不閃不避的模樣，心中的怒火又變成了一片冰涼。

祿老頭貪生怕死，那是如假包換的，否則也不至於當初丟光鹽丁被徐州軍活捉，隨後又在紅巾軍大破月闊察兒的戰役中選擇了當場投降。

讓一個如此怕死的人，冒著全家被殺的風險替韃子朝廷離間徐州紅巾和潁州紅巾的關係，顯然是不可能的。既然祿某人不是兵書上所說的死諫，那他說出先前一番話的理由只有兩種，第一，他的確通過各種觀察發現了潁州紅巾和徐州紅巾之間的裂痕；第二，他老人家急於有所表現，想用這種方式來證明自己。

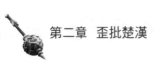

顯然後一種的可能性最大。否則老祿頭何必又是宴請，又是婉轉迂迴什麼的，直接把剛才那番話跟趙君用去說就行了。相信以趙君用的小心眼，絕對是一挑撥一個準！

「老賊是麼？老而不死便為賊！老夫已經年近古稀，叫一聲老賊半點沒錯！」見朱八十一的拳頭遲遲沒有打下來，逯魯曾冷笑道：「正因為是個黑了心腸的老賊，所以才不敢把別人想得太好！都督且莫羞惱，容老夫再問一句，如今全天下紅巾，真的能算做是親密無間的一家麼？」

這句就比先前那句更欠揍了，殺傷力也更大。朱八十一現在已經不是去年靈魂剛剛融合那會兒，對天下局勢兩眼一抹黑。自打成為左軍都督以來，他幾乎是手不釋卷，兩隻耳朵也在不停地收集著周圍的所有資訊。

據他瞭解，如今天下打著紅巾軍旗號的義軍恐怕不下二十餘家，其中規模與徐州紅巾不相上下的，或者遠在徐州紅巾之上的就有四、五家之多。

近一點的如韓林兒、劉福通所部潁州紅巾就甭提了，那是芝麻李一再努力想前去會合的對象；遠一點的，還有佔據了鄧州、南陽一帶的布王三、張椿，自號北鎖紅巾；佔據了襄陽、鞏縣、秭歸一帶的孟海馬，號稱南鎖紅巾。

還有一個不遠不近，像巨石一樣壓在劉福通部身後的，便是以徐壽輝、彭瑩玉二人為首的淮西紅巾，已經自己建立起了天完政權，年號治平，向東兵臨安慶，池州，甚至連蘇杭一帶，也有人開始起兵回應。

如果這四家紅巾軍能聯合起來，齊心協力對付蒙元朝廷，整個河南江北行省早就見不到一個元兵了！

然而，理想和現實的差距永遠是存在的，目前為止，除了芝麻李在一直努力試圖打通和劉福通等人的聯絡之外，其他各路紅巾都老死不相往來。甚至徐壽輝的天完政權已經隱隱有要和韓林兒、劉福通兩個兵戎相見的趨勢，準備在驅逐蒙元之前先爭一爭到底誰是天命所在！

以上這些都是眾所周知的事實，朱八十一想否認都否認不了，當然更沒臉用拳頭來逼逯魯曾閉上眼睛假裝沒看見。

他咬牙切齒地喘息了好一陣兒，才朝地上吐了口吐沫，恨恨地說道：「管他有幾個人想當皇帝呢，只要他們肯跟韃子拼命，老子就當他們是自己人！你想挑撥老子跟他們分道揚鑣，呵呵，老子雖然笨，但是你還是別費力氣了吧！」

「老夫不敢！」逯魯曾今晚絕對是豁出去了，搖搖頭。「老夫全家都搬到徐州來了，徐州紅巾若是遭遇什麼不測，老夫豈能獨善其身?!老夫今天之所以把都督請來說這樣一番話，是想告訴都督，想跟別人聯手抗元，首先你得保證自己有和別人聯手的家底！」

「你這是什麼意思？」朱八十一愣了下，瞪圓了眼問。

姓祿的老匹夫今晚沒說過幾句人話，但他一家老小的性命，跟徐州軍已經綁在了一起卻是不爭的事實。萬一徐州軍被剿滅，蒙元朝廷屠城之時，恐怕不會放過他姓祿的全家任何一個人。非但如此，就衝著他接連葬送了兩支大軍的「奇功」，恐怕把他綁到大都城去當眾千刀萬剮都不解恨。

「剛才都督也說了，徐州是四戰之地，很難被經營做老巢！」

逯魯曾終於引起了對方的重視，收起冷笑，正色道：「而李總管和朱都督兩個都出征在外，萬一徐州有失，你二人就成了無本之木，無水之魚，縱使別人不對你二人起歹心，恐怕糧草、輜重和兵源三方面的補給也要處處受制於人。時間久了，難免會和主人家生出嫌隙！」

「你怎麼能認定趙長史守不住徐州？」朱八十一聽得心中一緊，卻硬著頭皮問。

祿老頭說得沒錯，親兄弟還得明算帳呢。萬一失去了徐州，芝麻李和自己二人即便能如願跟劉福通匯合，恐怕也是客將身分，處處要受對方掣肘。倘若那劉福通是個心胸寬廣，目光遠大的還好，定然不會做出什麼讓「親者痛，仇者快」

的事情來。

但不怕一萬，就怕萬一。歷史上那位劉福通如真的能高瞻遠矚的話，恐怕最後驅逐蒙元的重任，也不會落到朱元璋頭上！

正鬱鬱地想著，又聽逯魯曾繼續說道：

「君用是老夫的弟子，老夫自然會全力幫他，守住徐州軍的根本，然徐州恰恰卡在運河之上，威脅南北航運。朝廷即便失敗的次數再多，只要能湊齊了一哨兵馬，肯定還會持續不斷地朝此地用兵。

「君用和老夫能頂住一次兩次，接連不斷地打下去，可未必能禦敵於百里之外了，而憑城據守的話，即便最後能耗走敵軍，城外的農田、礦山恐怕也都成了一片白地。如此三番五次下來，這徐州守得住和守不住，又有什麼分別?!」

「這——！」朱八十一再度語塞，兩眼死死盯著逯魯曾，臉上的表情千變萬化。

祿老頭兒最後所說的，也是他一直擔心的。然而，他只擔心自己帶兵打出去之後，趙君用疏忽誤事。卻沒想到，即便趙君用盡心盡力替大夥守老家，徐州城還是起不到根據地的作用。只要元軍能成功兵臨城下，附近的農田、礦山就將全部化作廢墟，連帶著左軍自己放在城外的作坊為了不落入蒙古人手裡，恐怕都得逼著黃老歪等人自己將其付之一炬。

逯魯曾知道他已經被打動了，抓起茶盞，慢條斯理地品味起來。

朱八十一被老傢伙的悠閒姿態撩撥得心頭火起，一把將茶杯奪下來，重重地拍在了桌案上，「老匹夫，別賣關子。到底該怎麼辦，你要是有好主意就趕緊拿出來！剛才你自己也說過，萬一徐州不保，你一家老小也得死在這裡！」

「都督平素就是這樣向人問計的麼？」逯魯曾翻翻眼皮，繼續做死豬不怕開水燙狀，「莫非老夫在都督眼裡，連個掄錘子打鐵的工匠都比不上？」

「你就是比不上！」朱八十一心中大罵，嘴巴上卻不敢把想法直接說出來，「工匠是我左軍所聘，朱某自然能隨便給予犒賞，而您老是趙長史的恩師，朱某何德何能，敢在您老面前提賞賜二字?!」

這話，說得就有點兒水準了。既給足了逯魯曾面子，又杜絕了對方要脅自己的希望。

逯魯曾果然吃這一套，以手拍案笑道：

「好一個趙長史的恩師，老夫無奈之下收了個弟子，如今看來，反倒讓老夫被拴在了此子身上。也罷，想必都督也有都督的難處，老夫自己不敢向你討要什麼賞賜，如果老夫之策，都督聽了之後覺得還算有點用途的話，就請都督答應，將來遨遊九天之時，對老夫的後人多少看顧一二。都督，不知你意下如何？」

「我，看顧你的後人？」朱八十一詫異地反問了一句，不明白老進士為什麼如此看好自己的前程。

說實話，將來能走到哪一步，他自己都沒把握。憑什麼答應照顧別人家的後輩！然而，既然對方不在乎他開空頭支票，朱八十一當然也不會一點希望都不給老進士留。

想了片刻，點點頭，「好，那朱某就答應你，今後祿家有需要朱某看顧的地方，朱某絕不敢辭！」

「多謝都督！」逯魯曾聞聽此言，立刻走到朱八十一面前長揖及地。

「喂，老祿，你這是幹什麼！」朱八十一被老人鄭重其事的模樣嚇了一跳，趕緊伸手攙扶。「就憑你給我們獻計，用月闊察兒去捅脫脫的刀子，徐州軍將來還能虧待了你的後人麼？千萬別這樣，您那麼大歲數，朱某承受不起！」

「老夫已經年近古稀，即便沒投靠徐州，又能多活幾年？」逯魯曾突然又執拗起來，堅持把一個揖做完了，這才抬起頭滿臉蒼涼地說道：「之所以苟延殘喘到現在，就是想於亂世當中給子孫尋條活路。都督有勇有謀，又心懷慈悲，今後成就必不會小，所以老夫才厚著臉皮請你來府，只圖將此策賣個好價錢！」

說著話，又一揖拜下去。

朱八十一愣愣地不知該如何回應。**又一個賭他將來必然成大氣候的**，並且押上了全家，這怎能不讓他覺得肩頭一片沉重！而眼下，他不過是徐州軍的一個左軍都督，往高裡算，也就和北元那邊的管軍萬戶等同，憑什麼讓大夥如此寄予厚望?!

「老夫雖然不知兵，對天下之勢卻多少知道一點！」

逯魯曾接下來說的話，卻令他目瞪口呆。

「徐州乃四戰之地，易攻難守，自楚霸王之後，便無一人以此為根基，而此地卻能借運河與黃河兩條水道，上接汴洛，下連淮泗，即便是古宋的蘇杭二州，舟師順流而下的話，也不過是半個月的水程。」

「嘶——！」朱八十一倒吸一口冷氣。

往南發展的事，他不是沒考慮過，但把徐州拋棄不要，渡江去攻取蘇杭，卻是打死都不敢想，且不說路途遙遠，後勤補給難以為繼，就是後勤補給充足，憑著區區一千多戰兵和四五千輔兵就想把蘇杭一帶席捲而下，那豈不是神仙麼？三國時代的孫策也未必能做得到！

逯魯曾卻根本不在乎他的想法，繼續指點江山：

「而李總管交代都督的，不過是兵臨歸德，令睢州一帶的元軍不敢輕易東下，牽制敵軍，哪裡用得到都督親自出馬？挾我徐州接連三度大勝之威，遣一勇將，帶一支偏師，打著都督的旗號就已經足夠了，左右不是虛張聲勢而已，除非奉了朝廷的嚴令，誰敢輕易過來試探此軍的虛實？」

這倒是一句大實話，朱八十一之所以慢吞吞地督造火繩槍，慢吞吞地做出征準備，就是因為芝麻李給他的任務沒什麼壓力。幾個巴掌大的縣城，並且當地官府早就成了驚弓之鳥，估計沒等紅巾軍開到城下，主政的蒙古人和色目人自己就跑了，根本不用再費什麼力氣去強攻。

但是公然與芝麻李的軍令背道而行，卻不是朱八十一所願，更何況，逯魯曾的建議實在是過於異想天開，半點兒成功的把握都沒有！

「老夫不是勸都督現在就去取蘇杭，老夫好歹也是考中過進士的，不會如此不知輕重！」

逯魯曾偷偷看了看朱八十一臉上的表情，又說：「那是以後都督要做的事，以都督目前的實力還吃不下那麼大的地盤，眼下，都督只需要借舟船之便，向東南走三百里水路就是了。如果將士們全部登舟，不在岸上耽誤時間的話，不過是三天的路程。」

這還算是個靠譜的主意，朱八十一有些心動。

「三百里，您老想讓我去打哪兒？」

「淮安！」逯魯曾道：「此乃天下官鹽中轉發運之地，府庫充盈，金銀銅錢堆積如山，其城北臨黃河，西接洪澤，有一支水師在握，配以徐州軍當晚在黃河上所用的神兵利器，朝廷即便來了百萬大軍，恐怕也奈何都督不得。萬一風雲際會，則借運河南下，克揚州、拔鎮江，將東南蘇杭二州納入囊中，屆時天下財稅，三分之二盡入都督之手，朝廷兵馬再多，無糧無餉，又能奈都督何?!」

偏師向西威逼睢州，主力趁機順流而下攻取淮安，然後以此為踏板，伺機窺探吳越。到底是崇天門下唱過名的進士，這份眼光，比蘇先生、于常林等人開闊了十倍都不止！

只是如此一來，將置徐州於何地？況且，淮安也同樣是卡在南北漕運的大動脈之上，蒙元朝廷既然不肯放棄徐州，自然也不會放棄淮安！萬一其取傾國之力來攻的話，左軍是先顧自己還是先顧整個徐州紅巾的老巢？

第三章

東床坦腹

「今晚這個朱八十一，她看得是否入眼！」
貼身丫頭將來註定是要陪嫁的，所以逯魯曾也不瞞她。
小鞾立刻紅了臉，道：「小姐說了四個字，東床坦腹。
這四個字是什麼意思，婢子一點兒都不懂！」

朱八十一用手輕輕拍打著桌案，好生猶豫不下，逯魯曾見此，笑著用手指在茶杯裡沾了沾，一邊在桌子上慢慢勾畫，一邊問道：「都督可是擔心在你走後徐州城之安危？都督天縱之才，能看得懂此圖乎？」

「你畫的是……」朱八十一瞪大了眼睛，目光隨著逯魯曾的手指慢慢移動。兩條水道，一個大湖，還有數十條大大小小的河川縱橫其中，毫無疑問，這是兩淮地區的輿圖。他手裡原本就有一份，比祿老夫子現在畫的這幅還要詳細百倍！

「此乃淮安、此乃是徐州，此處就是李總管正在攻打的宿州！」

逯魯曾拿了三個茶杯，放在自己用茶水勾勒的草圖上。

「宿州南北各有一河，其南，水流平緩，可乘二十石的輕舟順流而下，入清河，轉往淮安，航程不會超過三天。其北，水流湍急，可乘兩百到四百石的大艦直入黃河，然後無論向東前往淮安，還是向西前往徐州，都不過是一天的水程！」

朱八十一又倒吸了口冷氣。

為了早日達到傳說中的名將標準，手中的兩淮輿圖已經被他翻看過不知道多少遍了，幾乎把每道河流和每座丘陵都刻在了腦子裡。然而他卻從沒想到，將輿圖去繁就簡之後，得出的景象會如此直觀。

徐州、宿州、淮安，地圖上呈等腰三角形分佈的三個點，被四條大大小小的河流完美地連接在一起。要知道，這可是十四世紀中葉，而不是朱大鵬所在的二十一世紀，既沒有什麼貨運鐵路，也沒有飛機和汽車。行軍打仗，往往一個戰兵所需要的鎧甲、兵器、乾糧，需要兩名輔兵替他來運送。

即便有馱馬或者騾子等牲口幫忙，每一匹馱馬所能背負的糧食，也不過是三百斤上下，其中還有將近一半要給牲口當作精料，否則沒等走出多遠，運送輜重的牲口就會因為營養不足而活活累死在路上。

而借助河道來行軍的話，一般輕舟載重量也能達到二十石，足足是馱馬的八倍，並且船隻本身不需要消耗任何糧食！

至於行軍速度，陸地和水上更是沒法比。陸地行軍，不光要考慮士卒們的體力問題，還要考慮沿途的地形，要不停地派遣斥候，以免遭到敵軍的伏擊。謹慎一點，每天行軍三十里便是極限。

就算不怕任何陷阱，大步前進，一天跑下來，最多也就是八十里上下，再多，就要出現大批士卒掉隊的現象。而借助水運順流而下，一天卻能走二百餘里。逆流而上雖然艱難些，如果雇傭到經驗豐富的船老大，每天至少能走五、六十里路，並且士卒下了船後，基本就立刻可以投入戰鬥，不需要通過長時間休息來恢復體力！

「淮安為南北咽喉，江淮要衝，除了鹽利豐厚，錢糧充足之外……」

見朱八十一差不多被自己說動，逯魯曾決定再添一把火。

「其民間作坊雲集，光是在其東北韓信城內，大小金鐵作坊就不下百家，日夜紅星亂飛，爐口騰起的紫煙，站在淮安城牆上都能看得見！都督如果得了淮安，便可以將左軍的作坊直接挪到韓信城中，而後以韓信城為兵城……」

朱八十一的眉毛向上挑了挑，將作坊是左軍的核心所在，眼下徐州紅巾的大半鎧甲兵器都出於此。在他的心中，此地也是必須嚴加保護的重中之重，必要時即便毀掉，也不能讓它落到元軍之手。

而在芝麻李、趙君用等人看來，他的這種舉止就有點捨本逐末了，雖然將作坊提供的手雷、鎧甲和冷鍛兵器，讓徐州紅巾各部都受益匪淺，但幾百年養成的傳統卻不是一朝一夕就能改變的。匠戶的地位低下，是民間的傳統認知，芝麻李、趙君用等人的眼光也無法跳出時代的局限。

而逯魯曾不過才到徐州半個多月，就敏銳地發現了將作坊對整個徐州紅巾的重要性，不可謂眼光不夠毒辣！如果他把這種觀點灌輸給趙君用，並且慫恿後者去染指將作坊……

想到這兒，朱八十一的手緩緩地向腰間摸去，五指牢牢握住殺豬刀柄，雙眉間散發出逼人的寒氣。

逯魯曾被他爆發出來的殺氣嚇了一大跳，趕緊擺著手，解釋道：「都督息怒！老夫沒有窺探將作坊的意思！老夫見你麾下的左軍，只有兩成不到才穿上那種整塊鐵打造的寶甲，所以才想提醒你一條獲取工匠的捷徑。除此，老夫別無他意，老夫可以對天發誓！」

「發誓就算了！」看把老進士嚇成如此模樣，朱八十一心裡有些負疚，握在刀柄上的手緩緩鬆開。

「朱某向來不相信什麼誓言！只要善公不起對我左軍不利的心思，朱某也不會故意找你的麻煩！」

「不敢，老夫絕對不敢！都督可以去查，老夫來徐州之後，可曾跟任何人探聽過你左軍的秘密？」逯魯曾抬起袖子抹了一下額頭，用顫抖的聲音保證道。

他萬萬也沒想到，朱八十一**一旦動了殺機之後，氣場居然如此可怕，就像一把從地獄裡拔出來的刀子一般，沒等見血，已經令人魂飛魄散！**

「善公見諒！」朱八十一拱了拱手，算作道歉，「非朱某剛才有意要嚇唬您老，實在是將作坊對於朱某和左軍至關重要，所以乍一聞聽有人關注此地，自然而然地會做出一些本能反應！」

「應該的，應該的！」逯魯曾慘白著臉繼續擦汗。「換了老夫，也是一樣，誰心裡沒幾樣別人碰不得的東西？只是老夫剛才的諫言……」

「朱某回去後會仔細考慮。只是淮安城那麼多作坊，其鐵料從何而來……」朱八十一不禁喃喃自語。

「都督所憂極是！淮東一帶多水少山，罕見有金鐵出產！」逯魯曾侃侃而談道：「但徐州、宿州與清河上游的懷遠盛產石炭與生鐵，三地與淮安有河道相連，以下游之鹽易上游之金鐵，往來皆可得巨利。昔日官府重刑亦不能禁，都督只要下令廢鹽鐵之禁，何愁商船不絡繹而至?!屆時甭說為徐州紅巾打造兵器鎧甲，為天下紅巾供應兵器鎧甲，亦不愁無鐵可用！」

「這老頭子居然勸我搞自由貿易?!」朱八十一暗自偷笑，對逯魯曾的評價再度飆升，「祿公以前在蒙元那邊為官，可知淮安城的虛實如何？」

這句話，逯魯曾等了一整晚了，當即從口袋中摸出一疊帶著體溫的文稿，雙手捧到朱八十一的面前。

「都督請看！此為淮安城的佈防詳情。老夫這半月來，花了無數心思才替都督打探清楚，那淮安乃為淮東路治所，城內屯有蒙古兵五百，漢軍三千，管事的蒙古達魯花赤者逗撓是個糊塗蛋，天天喝酒摔跤，不幹任何正事。

「他的副手褚布哈倒是個將才，卻跟者逗撓脾氣不合，無緣染指兵權。還有一個叫劉甲，綽號劉鐵頭，此人，都督需要小心提防，他通常居住在韓信城內，都督只要以迅雷不及掩耳之勢殺到城外，將韓信城和淮安府城分隔開，殺他便易如反掌！

「此外，下面的鹽城、安東等地還屯有鹽丁數萬，皆是當地官員的苦力，經常聚眾鬧事，對朝廷無任何忠敬之心，都督若是兵臨淮安，只要對付蒙古兵和那三千漢軍就足夠了，無需考慮周圍各地的鹽丁！」

「哦！」朱八十一雙手接過逯魯曾的心血，繼續請教：「敢問善公，若是我軍沿河而下，途中還有邳州和宿遷兩城，朱某該做如何處置？」

「宿遷位於黃河南岸，朝廷未派任何兵馬把守，城內只有地方官員招募的數千民壯，給自己壯膽可以，絕對不敢出城；至於邳州，上次都督打到北岸去，城裡的官員都不敢出來捋都督虎鬚，如今都督從水上經過，他們豈敢自己給自己找麻煩?!

「都督不必管這兩個地方，自顧往淮安去，待取了淮安，掉過頭來，宿遷便不戰而克了。至於黃河北岸的邳州，有餘力就發兵去毀了此城，無餘力的話，就留在那裡，一群嚇破了膽子的窩囊廢而已，活著和死了沒什麼區別！」

「噹！」門外忽然傳來一聲金屬撞擊聲，將屋內的氛圍瞬間破壞得支離破碎。

「誰？要聽就滾進來聽！」逯魯曾氣得板著臉，向著門口大聲呵斥。「藏頭露尾，老夫家中何時有了不可見光之人？」

「老爺，是奴婢！奴婢奉小姐的命過來給您送參湯，結果不小心把一個杯子掉在了地上！」一個雙手端著托盤的婢女惶恐地從門外走了進來，跪在地上，向老進士連聲賠罪。

「去後院找管家婆子自己領五板子！」逯魯曾瞪了小婢女一眼，沒好氣地斥道。

小婢女淚水在眼眶裡打轉，然而當著客人的面也不敢求饒，只好放下端參湯的托盤，站起身，倒退著走了出去。

逯魯曾見她離開，立即換上一副笑臉，無奈地說：「這丫頭自幼跟老夫的孫女一起長大，所以有些恃寵而驕！唉，老夫治家無方，讓都督見笑了！」

「善公待下人寬宏，是她們的福氣！」朱八十一緩頰道：「想她也是無心之失，五板子就免了吧！否則那麼瘦的身子骨，真的打出點兒毛病來，反而壞了你逯家的名聲！」

「既然都督求情，老夫就饒她這一次，免得老夫那孫女知道後，又要跟老夫折騰！」

逯魯曾原本也沒打算真的跟一個婢女較真，立刻順水推舟，「來人，通知管家婆子，五板子先寄下，下次再犯，加倍懲罰！」

「是！」門外立刻響起僕人的回應，隨即便是一陣窸窸窣窣的腳步聲，朝著後院而去。

逯魯曾無奈地搖搖頭，將目光轉向朱八十一，「都督，咱們剛才說到哪裡了？唉，年紀大了，記性也差了！」

「善公剛才說道，如果我軍兵發淮安，沿途定然不會受到任何攔阻！」朱八十一笑道。

「對！剛才就說到這裡！」逯魯曾在自己腦袋上輕拍了一下，繼續說道：「不過，都督最好還是偃旗息鼓，悄悄地把船隊開到淮安城下去，也好打那邊的人一個措手不及！」

「好！」朱八十一也正在做偷襲的打算，立刻站起身，向逯魯曾做了個揖，道：「多謝善公指點，令朱某茅塞頓開！如果我軍兵臨淮安的話……」

「不敢，不敢！」逯魯曾側身避開，不肯受朱八十一的道謝。「都督是天縱之才，祿某怎敢在都督面前提指點二字，不過都督如果下定決心對淮安用兵的話，除了手上這份冊子之外，再找一個對淮安城附近地利水文比較瞭解的人在一旁協助，想必旗開得勝的把握會更大一些！」

「您老準備跟朱某一起去？」朱八十一反應極快，道：「太感謝了，朱某的左軍中，正缺一個如善公這樣的智者！」

「這個……」逯魯曾臉上露出幾分扭捏。猶豫再三，才紅著臉道：「非老夫不肯應都督之募，實在是老夫非用兵之才，給都督出些謀略，紙上談兵還可以，真的到了兩軍陣前，只要聽到鼓角之聲，老夫就什麼都想不起來了！」

「啊？我明白了，原來您老是天生當軍師的命！」

想起老先生前兩次在戰場上的表現，朱八十一恍然大悟。與今晚運籌帷幄的狀態比起來，前兩次被紅巾活捉了的那個逯魯曾，完全就是另外一個人。

原來毛病在這裡，老人屬於傳說中那種**典型的謀士，只適合出主意，定計劃，卻不適合親臨戰場**。換成現代人的說法，就是抗壓性嚴重不夠，適合慢條斯理地想主意，一聽到喊殺聲就會緊張得大腦裡一片空白。

「唉！」逯魯曾嘆了口氣，苦笑道：「真要能給都督做個軍師，也算這把年紀沒白活。老夫——！老夫恐怕連軍師都做不了。畢竟軍師還要一直站在主帥身邊，老夫卻——唉！」

「您老也不用難過，至少您老今晚給咱們徐州紅巾獻了一個良策！」朱八十一見狀，少不得要出言安慰幾句，以免把老進士給鬱悶出什麼毛病來，讓徐州紅巾少了這一重寶！

「至於領兵打仗，原本就是我們這些武夫的事情，您老能制定出大方略，已經足夠了！」

「都說都督待人寬厚，今天見了，果然如此！」逯魯曾笑道：「行了，都督不必寬慰老夫了，人怕的是不能自知，而不是知不足。況且老夫都一大把年紀了，即便沒這些毛病，上了戰場也是給別人添麻煩！老夫剛才想給都督推薦的人，不是自己，而是……」

說著話，他回頭向門外大聲喊道：「德山——！來人，把德山給老夫喊來。老夫讓他認識一下什麼才是**真正的英雄**！」

「您老可別這麼誇我！」朱八十一嚇了一跳，立刻學著逯魯曾先前的模樣搖著頭，道：「英雄兩個字，朱某可當不起！」

「都督志在滌蕩宇內，又怎當不起這英雄二字！」逯魯曾擺出一副漢末遺風的姿態，力讚道。

雙方又閒扯了幾句，不多時，家僕帶了一個滿臉忿忿的年輕人進來。

逯魯曾立刻拉起他的手，鄭重向朱八十一介紹道：

「這是老夫的劣孫德山，都督先前在大門口見到過的，已經行過冠禮了，但文不成，武不就，唯獨對各地山水名勝、風土人情多少有點兒涉獵。都督既然要向陌生之地用兵，帶著他，也許能派上一點用場！」

「求之不得，求之不得！」有了吳良謀等一干北岸少年做鋪墊，朱八十一豈能不明白逯魯曾的意思，當即同意了對方將孫子塞到左軍做長線投資的請求。

「唉，不是老夫想給都督添麻煩。只是人越老越是隔代親啊！」逯魯曾卻又有些捨不得自家骨肉，嘆著氣道：「老夫厚著臉皮苟活於世，就是因為他，還有他的親妹妹。小字叫做雙兒，去年方才及笄！若是老夫當日死了，朝廷肯定會把他們全都沒為官奴。唉！」

「那韃子皇帝對您老又不是真心，您老早該棄了他們歸隱山林，況且打了敗仗的責任也不能全算在你頭上，他們明擺著要殺你頂缸了，難道你不跑，還乖乖地伸著脖子給他們殺麼？沒這道理吧！」朱八十一少不得又出言勸解。

逯魯曾抓著他的手，嘀咕道：「雙兒也是這樣跟老夫說的！老夫這個孫女，可是比劣孫強太多了，要才學有才學，要見識有見識，要女紅有女紅，平素養在深閨，大門不出二門不邁……」

這下，朱八十一可是沒法再接口了，人家誇自家孫女好，他總不能說一句「拿出來讓我看看」吧？只能安靜地聽著，聽老人把這個時代公認的美德，全都大言不慚地安到自家孫女身上。

好不容易等老進士停下來喘氣的工夫，他才找到機會，將話題往祿德山身上岔，「德山兄何時行的冠禮，可有表字？」

逯德山看了他一眼，撇嘴冷笑，不想回答問題！

「小畜生，都督問你話呢！」老進士像發了神經一般，衝著自家孫子大喝。隨即又堆了滿臉的笑容，替他說話道：「都督別跟他一般見識，他第一次見到像都督這麼魁偉的豪傑，心裡怕得厲害，所以不敢說話！」

「回都督的話，在下今年春天行的冠禮。德山是在下的表字，至於名字麼，單單一個梁。」先前一直冷笑不語的陸德山終於有了回應，好像舌頭上拴著根金鏈子一般。

「梁就是梁，還單單一個梁字，你不會說話麼?!」

逯魯曾聞聽，又是大聲數落。隨即將頭轉向朱八十一，陪著笑臉說道：「他一手顏體字還過得去，都督如果需要人抄抄寫寫什麼的，儘管交給他就行了！」

「那就直接到我的參謀部裡，先做一個參軍吧！具體職責以後慢慢再定，明天先去軍營裡熟悉一下，跟同僚們打個招呼！」

朱八十一當然不能跟一個書呆子一般見識，笑笑說。

「還不快謝過都督！」逯魯曾狠狠拍了自家孫兒一巴掌，逼著他向朱八十一道謝。

「謝都督！」祿德山依舊是一副不願屈才的模樣，撇著嘴。

看出少年人依舊是不情不願，朱八十一少不得又將左軍參謀部的性質與職能跟逯魯曾交代了一遍，以免老進士覺得自己待慢了他的寶貝孫兒。

看看天色不早，便主動起身告辭。

逯魯曾帶著家中所有男丁將他恭敬地送到門外，待他的身影徹底消失在黑暗後，立刻把所有兒孫都叫到正堂裡，面色嚴肅地說道：

「總算把德山硬塞給他了，老夫也算了結一樁心事。德馨和德厚兩個，老夫也會抓緊時間安排，至於你們倆……」

他看向兩個兒子，叮囑道：「待淮安被左軍攻克之後，立刻找個說辭，把各自的家眷全搬過去。咱們祿家已經遭過一次難，無論如何都經不起第二次了！」

「是！」兩個兒子和兩個年紀較小的孫子齊聲答應，對老人的未雨綢繆不敢表示任何異議。

被老人推給朱八十一的逯德山，卻是非常不服氣，口中輕哼了一聲，嘟囔道：「您老也太看得起他了，不過是個有些匹夫之勇的土匪罷了！這徐州城安居不得，到了淮安就萬事大吉了?!依孫兒之見，他能不能把淮安打下來還是兩說呢！」

「放屁！」逯魯曾指著自家孫兒破口大罵，「別以為老夫不知道你剛才在琢磨什麼？你那點兒小心思還能瞞得了老夫?!他要是匹夫，這徐州城內外就沒一個明白人了！包括你，甭看肚子裡裝著幾本書，跟人家比起來，簡直就是目不識丁！」

「爹，您別生氣。德山他見識少，所以難免會看錯人，您老慢慢教他就是了，千萬別氣壞了身子！」兩個兒子趕緊上前，一邊替老進士捶背，一邊婉言替逯德山說情。

「他不是見識少，他是有眼無珠！」老進士狠狠地瞪了逯德山一眼，有些恨鐵不成鋼。「比起雙兒差得遠了，至少雙兒能看出來此子絕非池中之物！」說罷，用手在桌子上用力敲了一下，喝道：「雙兒，聽夠沒有，聽夠了就趕緊給我滾出來！再躲，爺爺就豁出這張老臉，直接把你用轎子送到他家去！」

「嘩啦！」門口的梅瓶被碰翻在地上，瞬間摔了個粉碎，緊接著一陣凌亂的腳步聲向後院逃去，轉眼消失得蹤跡全無。

「這小妮子！」老進士搖搖頭，無奈地又將目光轉回自家的兩個兒子，「老大，老二，你們兩個怎麼看？」

「除非他事先就知道您要跟他說什麼，找師爺寫好了答案，否則能將史記上的典故和聖人之言信手拈來，並且絲毫不見生硬，沒十年苦讀之功絕無如此可能！」逯魯曾的長子逯鯤評論道。

老二逯鵬聽了，也點頭附和道：「是啊！依孩兒之見，他平素那副粗胚模樣，十有七八是裝出來給人看的，實際上，說是滿腹經綸也不為過！」

他父子三人都是飽讀詩書的鴻儒，自然而然就容易把自己的情況往別人身上套，所以越想越覺得朱八十一的學問非同一般。

只有逯魯曾的孫兒逯梁還不服氣，聽祖父和父親如此推崇朱八十一，反駁道：「誰知道他是不是恰巧就懂這麼幾句，然後全都賣了出來。爺爺剛才您跟他談得不深，若往深了談，他肯定當場露餡！」

「住嘴！」

「退下！恰巧就懂這麼幾句，改天你也給我恰巧懂一次看看！」

三個大人立刻板起臉，衝著祿德山大聲呵斥。

恰巧就會這麼幾句，那怎麼可能？現行的史記有一百三十篇，春秋二十篇，孟子七篇，恰巧就讀過其中三篇，並且一晚上全用上了，那得多大的運氣?!即便朱某人家裡是開書鋪子的，早就知道明目，他也得挑上一陣子吧！更何況今晚逯老進士的很多話都是即興而來，事先根本沒打過任何腹稿！

「退就退！」逯德山委屈地嘟著嘴，向祖父、父親和叔叔施了個禮，梗著脖子朝門外走去。

逯魯曾見狀，氣得一拍桌案，教訓道：「站住！收拾你的行李，明天你就搬到左軍的營房裡去。除非你立下了大功，或者被人家開革了，否則不准回來！」

「爺爺——」逯德山的眼睛紅了起來，大聲抗議。

看到孫兒眼淚在眼眶裡打轉兒，逯魯曾忍不住又是一陣心軟，嘆了口氣，柔聲道：「去吧，以後你就會明白，祖父全是為了你好！就你這種性子，即便是太平時節，考中了狀元，在官場上也得被人吃得連骨頭渣子都不剩。更何況眼下已經是大爭之世！

「去跟了朱八十一，給他做個幕僚，將來他若是真的成就霸業，憑資格，你也少不了州府之位。假若爺爺我真的看走了眼，他將來成不了大事，只要他活著一天，也絕不會讓手下人吃什麼虧。這一點，祖父我絕對可以保證！」

「是！」逯德山雖心有不甘，卻不敢跟自家長輩硬頂，答應了一聲，耷拉著腦袋走了。

「唉——！」望著他的背影，逯魯曾忍不住低聲嘆氣。

嘆過之後，又強迫自己振作起精神，對自家大兒子說道：「老大，你也別捨不得，咱家讀書人太多了，所以孩子們一個比一個文弱。亂世當中，這絕不是福兆！讓德山去軍中染些兵戈之氣，趁著他性子還沒完全定型，也許還能給咱們逯家打磨一個頂梁柱出來！」

「父親的苦心，孩兒明白！」逯鯤輕輕點頭。「只是德山明顯不服朱都督，到了人家的幕府後……」

「無妨！」逯魯曾擺擺手，「這些日子，老夫打探過這位朱都督的作為。他那人雖然在戰場上頗負凶名，對手下人卻是最寬厚不過，只要犯的不是殺人、搶劫這些傷天害理的大罪，頂多是命人拉下去打一頓板子而已，並且從左軍開衙到現在，被他親自下令打了板子的，好像還不到三個人！」

「那倒是德山之福！」逯鯤聞聽，心裡立刻一塊石頭落了地。

「非但如此，朱都督心胸也非常人能比！」彷彿是為了安慰自家長子，又彷彿是為了給家人一個解釋，逯魯曾繼續說道：「他手下有一個羅刹人和一個阿速人，都甚得倚重。而這兩個，全都是曾經在戰場上跟左軍生死搏殺過的！連仇人他都敢放心大膽啟用，咱家德山那點小孩子脾氣，在他眼裡還算個事兒?!」

「也是！」祿家老大點頭。「德山也不是個完全不知道輕重的，至少在大事上，不會故意扯他的後腿！」

「扯後腿，他哪有機會啊！」逯魯曾抬起頭，得意地大笑，「參軍，參軍，你還以為他立刻就能參贊軍務啊！實際上，咱們這位朱都督身邊，像德山這種參軍有一二十個，都是別人硬塞給他求照顧，他不好意思拒絕的。說白了，那就是個養閒人的地方，如果德山自己不努力表現，這輩子都甭想拖任何人的後腿！」

「原來如此！那德山可是有得熬了！」逯家老大和老二搖頭苦笑，都對逯德山的今後的日子深表同情。

逯魯曾卻又收起笑容，將目光落在老二逯鵬臉上，問道：「老二，除了學問之外，你對朱都督其他方面的感覺如何?!咱家雙兒也不小了，為父我剛才說的可不是句玩笑話！」

「您真的要把雙兒許配給他？」逯家老二嚇了一大跳，瞪圓了眼睛反問。他雖然認定朱八十一不是個白丁，但剛剛認識就準備做此人的岳父，卻覺得實在是快了些，快到根本沒有任何心理準備。

「不是許配，是先問問你和雙兒的意思！」逯魯曾擺擺手，「雙兒年紀不小了，我原本打算在大都給她找個合適人家，然而那邊的官宦人家胡化得厲害，嫁入門的媳婦，要麼使出手段，將丈夫和家人治得服服貼貼，要麼被丈夫和家人欺負得死去活來，所以老夫一直猶豫，不敢輕易做出決定，現在……」

想到失落在大都城內的老妻和另外幾個兒子，他心裡就又是一陣難過。凡是住在修武，沒肯跟著黃河水匪們搶先離開的親戚們，都被朝廷以附逆之罪殺了個乾乾淨淨。以此推斷，大都城裡的老妻和年齡稍小的幾個兒子們，想必也不可能還留在人間。所以剩下的這幾個，他必須趕在自己去向老妻謝罪之前，都安排得妥妥當當。只有那樣，九泉之下見了老妻，他才不至於用袍子蒙上臉，連一句道歉的話都沒勇氣說。

見到父親突然老淚縱橫，逯鵬原本想說幾句反對的話也不忍說出口了，嘆了口氣，「若說學問，在義軍將領當中，朱都督肯定排得上號；比趙師弟，恐怕也要強上幾分，只是不知道他的性情如何，畢竟他是個領兵打仗的將領，刀頭舔血的時候多，花前月下的時候少！」

「我聽說，徐州城破之後，李總管論功行賞，把城內回回孔目的妻妾女兒全都賞給了他，結果他一個都沒留，全都讓手下的將領們領走了！」老大祿鯤將所聽聞的說了出來，「他在城中的那座府邸，據說現在也是左軍的長史派人管著，他自己日日都住在軍營中，從來不近任何女色！」

「這……」逯鵬立刻皺起了眉頭，滿臉擔憂。

這年頭大戶人家的孩子，從十四五歲時，就由貼身丫鬟進行啟蒙，到了十八九歲還不近女色的話，長輩們就要為他的性向擔心了。特別是在有頭臉的人間，龍陽之癖可算不得什麼好名聲。

「你們倆瞎擔心個什麼，雙兒是老夫的心頭肉，老夫能不仔細替她打聽清楚麼！」逯魯曾用衣袖在臉上抹了兩下，呵斥道：「這小子家世貧寒，跟著芝麻李起兵之前，吃住都在豬肉鋪子裡，哪有心思想那男女之事？起義後，身邊都是芝麻李、彭大這種粗胚，更沒人替他操心這些，況且他雖然長得老相，實際上今年還未到弱冠……」

「啊——！」逯鯤和逯鵬兩個驚呼出聲。

剛才見面，他們覺得朱八十一至少是而立之年，特別是那一雙眼睛，彷彿已經活了兩輩子一般，比父親逯魯曾的雙目看起來都要深邃！誰料想，那個看上去

活了幾百年的老妖怪，卻還是個半大娃娃，比德山還要小上許多。這如何能不讓人感到吃驚！少年老成的事，雖然二人都聽說過，可誰曾見到如此老成法！

「窮人家的孩子，風吹日曬的，所以看起來就長得急了些！」

在逯魯曾眼裡，朱八十一卻是怎麼看怎麼順溜，甚至連臉上的橫肉都泛著玉器的光澤。

「不過你們看他那眉眼還有嘴角，分明帶著幾分稚氣。唉！越是這種從小沒人疼的孩子，越是珍惜親情。你們兩個想想，為父說的有沒有道理？」

「父親說的極是！」老人都認準朱八十一了，做兒子的豈敢反對，只好笑笑說：「孩兒看那朱都督倒也還算順眼，只是不知道雙兒自己是什麼意思！她娘走得早，您老又事事都由著她，孩兒這個當父親的，恐怕未必能做得了主！」

「說得對，她的終身大事，當然得去問問她本人！」逯魯曾大聲喊道：「來人，把小鬟給老夫找來！」

「是！」僕人們大聲答應著，立即去傳小姐的貼身婢女小鬟。

不一會兒，先前差點被逯魯曾下令打板子的那名丫鬟小心翼翼地走了進來。

「老爺，小鬟來了，您有事儘管吩咐！」

「去，問問你家小姐。今晚這個朱八十一，她看得是否入眼！」貼身丫頭將來註定是要陪嫁的，所以遂魯曾也不瞞她，直接問道。

「是！」小顰向遂魯曾施了個禮，卻沒有離開，而是咬了咬嘴唇，小聲道：「其實婢子來之前，小姐已經猜到了老爺的意圖，所以小姐……」

「啊！那她怎麼說？」遂魯曾焦急地打斷。

小顰立刻紅了臉，用蚊蚋般的聲音回道：「小姐說了四個字，東床坦腹。這四個字是什麼意思，婢子一點兒都不懂！」

東床坦腹，說的是東晉時代的一段逸事。

晉代郗太傅與和王丞相家聯姻，派了個門客拿著自己的親筆信到王家商量。王丞相見了信之後，就對門客說，我把家中適齡的男子今天都安排到東廂房，你自己隨便挑就成。

結果王家的適齡男子們都開始梳洗收拾，唯恐不夠乾淨，只有王羲之躺在床上，露著肚皮睡覺。門客覺得此人無禮，回去向郗太傅彙報。結果郗太傅卻覺得王羲之不做作，便把女兒嫁給了他。

遂魯曾父子三人都是飽學鴻儒，當然知道這個典故，便揮揮手，吩咐婢女退下。隨即三人互相看了看，搖頭而笑。

「雙兒大了！」唯恐自家弟弟太失落，遂鯤安慰道。

「也罷，此子雖然是個武夫，學問卻未必太差。如此安排，我也算對得起雙兒她娘了！」逯鵬勉強笑了笑。

「亂世當中，你們兩個還想怎麼挑！」逯魯曾分析道：「找個像你我這樣的讀書人，刀子砍過來時，能護得住她麼?!就這麼定了吧！明天我就去找君用，讓他先探探朱八十一的口風。然後再給找個合適的媒人，讓他代替朱八十一到咱家來提親。」

「願聽父親大人安排！」逯家老大和老二齊聲回應。

是啊，還能怎麼挑呢！逯家已經被朝廷視為反賊的同黨了，榮華富貴都成了過眼雲煙，而紅巾軍這邊的新貴當中，如今哪個不是家中妻妾一大堆。唯獨朱八十一至今還是孤零零一個，雙兒嫁過去不用挨別的女人欺負；而逯家，從此也得到了一個強援。

大戶人家的女兒，生下來就註定是要給家族編織關係網的。而逯家，此時此刻在紅巾軍這兒，最缺的就是靠得住的關係。從這種角度上說，逯雙雙與朱八十一也算門當戶對，天作之合。

只是這個時代婚嫁，可不像朱大鵬那個時代一般簡單，兩個人看對了眼，帶著戶口本去民政部門登記就行。這個時代，即便是早已定下來的事情，男方也得走一個三書六禮的過場，彷彿弄得越麻煩，越能顯示雙方對此事的重視一般。

徐州軍長史趙君用是逯魯曾的關門弟子，按輩分，算是逯雙雙的師叔。如果朱八十一娶了逯雙雙，他就能順理成章做了朱八十一的長輩。這樣非但能極大地緩和雙方間原本不太和睦的關係，對他日後在徐州紅巾中的地位鞏固也頗有助益。因此，接到逯魯曾的請求之後，趙君用立刻答應全力玉成此事。

不過答應雖然答應了，趙君用卻不能直接就去找朱八十一，問問對方願不願意娶逯魯曾的孫女為妻。正像逯魯曾即便再想把孫女託付給朱八十一，都不能親自出面一樣。

作為女方的名義師叔，他也不能親自去張羅這件事，那會給外人逯家的女兒嫁不出去的感覺，有損女方的名聲。此外，萬一朱八十一這個愣頭青真的像外界傳言那樣有龍陽之癖的話，他直接被對方拒絕了，也實在是沒意思。

於是乎，趙君用只能把這件事再託付給自己的心腹李慕白，然後由李慕白先去聯繫左軍的長史蘇明哲，先通過蘇老先生先給朱八十一敲足了邊鼓，接下來再想辦法將此事向更深一步推進。

結果繞來繞去，還沒等蘇明哲把朱八十一的口風探出來呢，左軍將作坊的第一批一百五十桿火繩槍已經裝備到位了。

朱八十一大喜，立刻將麾下兵馬分成兩路。一路交給吳二十二和王弼，由他兩個帶領兩百戰兵和一千名輔兵，打起自己的旗號，向碭山、虞城一線發起佯攻，擺出一副不破睢陽誓不甘休的姿態。

另外一路，卻是一百親兵、八百戰兵和四千輔兵，坐上從逯魯曾手裡接收的和偷偷跟船幫租借來的四百石大船，偃旗息鼓，順流殺向了淮安。

一石米折合後世計量單位的話，差不多是六十公斤。載重四百石的大船就是兩萬四千公斤，下艙裝輜重，上艙載人，四千來號弟兄連同輜重，不過是二十幾艘船便輕鬆裝下了。

芝麻李佔領徐州之後，僅僅是設卡抽稅，並沒有試圖掐斷南北航運，最近跟船幫暗中接觸之後，又大幅提高了通關效率，因此眼下黃河上，來往船隻穿梭不停，大小桅桿聳立如林。二十幾艘常見的運糧船，破曉前出發，彼此間再故意拉開一段距離，外人不仔細追著看，根本發現不了這是一支運兵的艦隊。

左軍當中，原本就有一些曾經在水上討生活的漢子，一個多月前在北岸擊敗阿速人後，船幫又送過來整整一百名夥計。這些人都是操船的好手，特別是順流而下時，個個都嫻熟無比。

如此，船隊便穩穩當當地上了路。

待大夥將那竹篾編織的硬帆完全張開之後，速度頓時高得驚人，一日功夫就抵達了宿遷附近。

當天晚上在駱馬湖裡找個了隱蔽處，集結起來休息。第二天破曉前，又是悄悄地分散入過往的商船群當中，風馳電掣般奔向目的地。

宿遷距離淮安就只剩下兩百多里路了，如果不考慮偷襲的成功率，再走一個白天和小半個晚上就可以搶灘登岸。朱八十一卻沒敢弄險，而是按照隊伍中船幫夥計頭目朱強的提議，日落之後借助夜色的掩護，在距離二十餘里處的一個叫清河口的位置，將艦隊重新集結起來。

到了這裡，朱八十一才終於明白，輿圖上自己看過無數遍，並且數天前跟逯魯曾兩個不斷提起過的清河，就是後世淮河的一部分，只不過此河眼下上游叫做淮水，下游與黃河相連這段才叫清河而已。

而這滔滔滾滾的黃河末段，到了後世則只剩下一條巴掌寬的小水溝，不是親眼所見，誰也想像不出其往日的恢弘氣勢！

不過現在朱八十一卻沒有時間懷古傷今，趕緊讓讓大夥燒水做飯，恢復體力。左軍的弟兄們都是徐州一代土生土長，自幼見慣了水患，也沒幾個人暈船。

因此一宿睡足之後，個個都變得生龍活虎。

第三天早晨起來，卻沒有將船隊再次分散，而是打出「陳家商行」的旗號，從清河口出發，大搖大擺地繼續趕路，在上午辰時就抵達了韓信城下。

那韓信城北門碼頭上，早已密密麻麻彙集了上百艘從各地趕來的大小船隻，全都下了錨，準備接受官府的搜撿和盤剝。

只有在這裡被官府的差役們搜撿完了，然後繳納上一筆高額的稅金，才能轉入城西的運河水道，去淮安府西側的碼頭上，卸下運來的貨物，然後再裝上食鹽、芒硝、瓷器和其他各種兩淮特產，返回各自的出發地賺取豐厚的利潤。

憑著船幫夥計頭目朱強的指引，艦隊熟門熟路地找了碼頭邊緣位置下了錨，然後擺出一副初來乍到、不懂規矩的模樣，放出跳板，開始一車又一車地往岸上堆糧食袋子。

「你們在幹什麼？」正在碼頭上的巡檢李良一看，立刻帶領二十多名手下撲來，「不懂規矩麼？這韓信城碼頭什麼時候成了卸貨的地方?!」

「哎呀，這位大老爺，臨來我們家大掌櫃真的沒說過！您老通融一下，我們這幾袋糧食是城裡商鋪要的，等給他送過去，我們立刻就離開！」

一身大管事打扮的陳德見狀，立刻帶著胡大海和吳良謀兩個快步迎了上去，一邊衝著巡檢李良打躬作揖，一邊將悄悄地將幾張大額交鈔塞到此人手中。

他不賄賂還好，一看賄賂居然是連擦屁股都嫌硬的交鈔，李強立刻勃然大怒，抬起手來，先狠狠抽了陳德一鐵尺，然後衝著身後的衙役們喊道：「去你奶奶的通融，來人，給老子把船扣了，老子懷疑這幾艘船上藏著兵器！」

「是！」眾鹽丁聽令，操著木棍鐵鍊就要往船上衝。

陳德哪裡肯讓，先用肩膀又硬扛了一鐵尺，然後順手抓住巡檢李良的胳膊向下狠拉，「喀嚓」一聲，就將此人的右臂給卸脫了臼。

隨即，他左腳輕勾，肩膀下壓，將對方摔在身前，一隻腳狠狠地踏在後背上，用搶過來的鐵尺劈頭蓋臉地打了下去，口中罵道：

「你奶奶的個不長眼睛的！連咱們陳家的船隊都敢搜，老子看你是活膩歪了，老子今天就成全你！」

「你幹什麼，別打，他是我們巡檢！」眾鹽丁欺負人欺負慣了，哪裡見過如此陣仗？一個個把鐵鍊木棍舉起來，就是不敢往前衝。

「幹什麼？替你們家老爺教訓教訓這個不長眼睛的。劉鐵頭在不在？讓他出來跟我們管事說話！」胡大海上前一步，擋在陳德的身前，惡狠狠地看著眾鹽丁。

劉鐵頭是判官劉甲的諢號，按照大元朝的標準，淮安府的判官乃從三品顯職，連下面的州尹見了，都要搶先施禮，恭恭敬敬稱一聲劉公，誰敢當眾叫他鐵頭？眾鹽丁登時被胡大海等人的氣勢給鎮住了，丟下幾句狠話，連滾帶爬地跑進城裡去搬救兵。

直到此刻，周圍的其他商販和夥計們才明白發生了什麼事，都嚇得縮進各自的船艙裡，大氣也不敢出一聲。

等了一會兒，見周圍沒有別的動靜，才有幾個好事者悄悄探出半個腦袋，向陳德喊道：「喂，我說那位新來的管事，你趕緊開船去別處躲一躲吧！這劉老爺平素可就住在韓信城裡邊，等會兒他來了，你要是拿不出過硬的關係，不死今天恐怕也得脫層皮！」

「他算個什麼東西啊！從三品判官，我呸！」陳德擺出一副初生牛犢不怕虎的模樣，朝自己腳底下呻吟的李良臉上狠狠吐了一口吐沫，罵道：「得罪了我們家老爺，說把他的判官擼了，就一擼到底！連個吃飯的木碗都不給他留！」

「你小子有種！」幾個好事者聞聽，剩下的勸解話也不再說了，趕緊鑽回自家船艙，招呼著夥計們拔錨啟航，將陳氏船隊周圍的水面全部讓開，以免一會兒遭了池魚之殃。

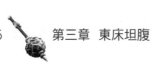

那陳德卻是七個不服八個不忿，一邊用左腳的靴子尖折磨著李良，一邊繼續地叫囂：「奶奶的，幾天沒來淮安府辦事，連個兔子也敢自稱老爺了。想當年，我們陳家子弟橫掃兩淮的時候，家主也沒這麼囂張過，還什麼劉鐵頭，我呸，待會兒老子就去摸一摸，看看他的頭到底是不是鐵做的！」

「好，那老夫就讓你摸一摸！」

話音剛落，城門口突然傳來一聲斷喝，緊跟著，一名滿臉橫肉的武將，帶著五十多名膀大腰圓的士卒氣勢洶洶地殺出來。

此人三步兩步走到陳德面前，雙手抱著拳，招呼道：「這位小兄弟，下官就是劉甲，不知道這位小兄弟的家主是哪位老大人，居然屈尊派了船隊來到劉某的地頭上。」

「你就是劉甲?!」陳德一腳踢開已經進氣多出氣少的巡檢李良，皺著眉頭上下打量來人。

見他死到臨頭居然還如此囂張，判官劉甲還真有些拿不定主意了。如果對方的後臺是個漢官，絕對不會用如此不知死活的商隊管事。當然，自己就算將此人立刻打死，也不用擔心落下什麼麻煩。

可從對方的囂張架勢上看，他的後臺很有可能是個色目人或者蒙古老爺，這問題可就複雜了。至少，自己不值得為了一個不入流的巡檢跟他們直接產生衝突。

想到此節，淮安府從三品判官劉甲強壓住怒氣，拱手道：「正是！小兄弟從何而來？劉某手下人眼拙，若有得罪之處，還請多多包涵！」

「你還知道你手下的人眼拙啊！」陳德在家中遭難之前，就是個紈褲子弟，因此裝做豪門家奴根本沒有任何破綻，「連我們陳家的旗號都認不出來。你自己看，這個東西你認識麼？」

說著話，從腰間摸出一面青銅權杖，隨手遞給胡大海。

「老胡，拿過去給劉大人開開眼界！」

「是！」胡大海接過權杖，大搖大擺走向劉甲，「你自己看吧，我們東家到底是哪位！」

劉甲不敢怠慢，雙手接過權杖，舉在眼前仔細觀看。只見權杖正面凸著鑄了個日頭，陽光四射，另外一側，則是無邊無際的火焰，洶湧澎湃，彷彿要燒光整個世界。

「這是大光明盾！」劉甲心裡打了個哆嗦，立刻大聲命令，「快來人——」

「晚了！」胡大海掄起左胳膊，一肘子砸在他的頸窩處，隨即右手從腰間抽出鋼刀，順勢來了一記鐵鎖橫江，刀光過處，血流成河！

肘錘，奪刀，橫掃，三個動作一氣呵成，宛若行雲流水。那跟在劉鐵頭身後的士卒雖然也都是精銳，卻因為先入為主地把胡大海當成了某個蒙古太君爪牙，一點防備都沒做，倉促間立刻被他突了進去，殺了個人頭滾滾！

再看劉鐵頭，挨了一肘錘之後還想努力穩住身形，可惜此刻他的腦袋瓜子距離陳德已經不到三尺遠，而那陳德又做過多年的殺手，焉能把握不住如此好的機會？當即快速向前衝了半步，雙手鎖住劉鐵頭的脖子，全身猛的發力。

只聽「喀嚓！」一聲，直接將劉鐵頭的脖子折得跟後脊梁骨貼在了一處，七竅出血，氣絕身亡！

第四章

鐵甲軍

「鐵甲軍？！」吳良謀從盾牌下探出一道目光仔細觀看。
只見敵軍正中央位置，迎上來一隊全身被鐵甲包裹的壯漢，
每個都足足有八尺半高，
手裡拎著把寒光閃閃的長柄斧子，宛若兇神惡煞。

「殺人了，他們殺了劉大人！」幾個冒死前來相救的親兵沒想到劉甲劉鐵頭連一招都沒堅持住就死於非命，愣了愣，扯開嗓子大叫。

這個失誤足以致命！記室參軍吳良謀拎著一把匕首衝上來，轉眼間就將他們捅翻了三個。其他幾人這才如夢方醒，不敢戀戰，慘叫著向城門口逃去。

「別戀戰，奪門！」伊萬諾夫扯開嗓子大吼一聲，騰身而起，率先跳上了碼頭，手中盾牌和短刀舞得像風車一般，將攔在自己面前的元兵砸得東倒西歪。

那些元兵紛紛揮刀反擊，刀刃砍在盾牌上，「叮叮噹噹」火星四濺。伊萬諾夫的腳步卻絲毫不做停留，直接從人群裡闖過去，邁開大步直奔城門。

「不想死的給老子閃開！」胡大海作戰經驗沒有伊萬諾夫豐富，反應速度卻非常的快，見到後者丟下元兵悶頭朝城門口衝，也將手中寶刀舞成了一團球形閃電。凡被閃電沾上一點的元兵，全都慘叫著倒在地上。

「各隊按預定次序登岸！」朱八十一的身影很快出現在碼頭上，舉著鐵皮喇叭大聲指揮著。

「盾牌兵跟著吳良謀，長槍兵跟著陳至善，弓箭兵跟著阿斯蘭，火槍兵跟著劉子雲，其他人統一跟著徐達。先上先走，不要等，快！」

「登岸！上了岸後立刻往城裡衝，咱們在城門裡頭集結！」

在李子魚、朱晨澤、徐一等百夫長們的指揮下，全副武裝的左軍戰兵像一群鋼鐵怪獸般，轟隆隆地跑過跳板，沿著窄窄的碼頭直接向城門口湧了過去。

見到如此多的鐵甲武士碾壓過來，再看看自己身上單薄的皮甲。碼頭上，原本士氣已經低落到了極點的守軍士兵再也堅持不住，丟下兵器和受傷的同伴四散奔逃。

「別戀戰，跟上距離你最近的百夫長！跟上距離你最近的黃肩牌兒，一起朝城裡頭衝！」朱八十一高舉著鐵皮喇叭，一邊跟著人流朝城門口跑，一邊大聲命令。

徐洪三帶著已經衝到碼頭上的親兵們，將自家都督的命令一遍遍重複。

有些亂，但比預想中的最糟糕情況要好得多！畢竟平素訓練的時候，大夥已經做過類似的演習，萬一找不到自家百夫長，就緊跟距離最近的黃護肩。

而金黃色的銅護肩，在辰時的陽光下，被照得格外醒目，就像一根根定海神針，將混亂的人流聚集在自己周圍，然後滾滾向城門口湧去。

城門口的十幾名當值的蒙元士兵已經被搶先衝進來的胡大海和伊萬諾夫給聯手殺散。二人一左一右，立刻順著馬道衝向敵樓。那裡邊有城池的最基本防禦設施，鐵門閘的機關，萬一被敵軍放下來，後果不敢設想。

正如二人所料，敵樓裡當值的漢軍牌子頭見勢不妙，立刻撲向內門鐵閘的絞盤，一旦讓他將卡住絞盤的機關搬開，城內外的紅巾軍就要被硬生生隔成兩段。關鍵時刻，阿斯蘭飛奔而至，一邊沿著馬道向上跑，一邊轉身張開了角弓，「嗖！」的一箭，將撲向絞盤的百夫長射了個透心涼。

「放箭！向絞盤放箭！咱們的人穿著鐵甲！」吳良謀大吼道，越俎代庖地指揮起了弓箭兵。

二十幾名剛剛跑到城門口的弓箭兵聞聽，根本來不及分辨這個命令的對錯，紛紛拉開角弓，向著敵樓中絞盤附近區域來了個一陣漫射。

正在衝向絞盤的三名士卒被亂箭射中，倒在敵樓中，大聲慘嚎。

第四個衝上來的就是胡大海，肩膀上挨了兩箭，被藏在外袍下的鐵甲擋住，發出刺耳的「叮噹」聲。

緊跟著衝上來的是伊萬諾夫，冒著被自家羽箭誤傷的危險，大步流星撲到絞盤下，將手中鐵盾狠狠地卡到機關當中。

「嘎嘎——嘎！」控制護城鐵閘的機關呻吟著，顫抖著，晃來晃去，最終回歸了平靜。伊萬諾夫這才緩過一口氣來，擦了把臉上的血水和汗水，向著城門外大聲罵道：「別射了，再射老子就成刺蝟了！趕緊進城！」

「進城，進城後重新集結！」吳良謀帶著距離自己最近的戰兵們，連滾帶爬向城門裡鑽去。

剛從城門洞裡鑽出來，斜下就射過來一排羽箭，他趕緊用訓練中跟老兵們學到的保命技巧，將頭低下，用盔纓對準羽箭來的方向。

一陣珠落玉盤般的脆響傳入耳畔，肩膀、胸口、小腹、頭頂等處，瞬間至少挨了七八支箭，全被板甲彈了開去，像枯柴一樣落在地上。

「沒事！果然沒事！」吳良謀大喜，帶領三十餘名刀盾兵，衝向門口冒出來的元軍弓箭手。

「殺光他們，讓他們知道知道咱紅巾軍的厲害！」

三十多名刀盾兵齊聲吶喊，在跑動中形成一個完整的橫隊，迅速推向元軍弓箭手。

那些元軍弓箭手不甘心的射了兩輪，卻根本沒起到任何作用。用五百斤水錘冷鍛出來的鐵甲，二十步外連破甲錐都能擋得住，更何況他們倉促射出的羽箭！只聽「叮叮噹噹」的金鐵撞擊聲不絕於耳，刀盾兵們的推進速度卻沒有下降分毫。

「寶甲，他們穿的是寶甲！」弓箭兵們立刻慌了神，紛紛將角弓扔下，抽出腰間的朴刀迎戰。

「來得好！」一馬當先衝過來的吳良謀哈哈大笑，掌心處的匕首就像吐信的毒蛇，「噗！」「噗」兩下，捅死了一名蒙元弓箭兵，然後將對方的朴刀高高地舉了起來，力劈華山！

「喀嚓！」距離他最近的那名蒙元牌子頭的肩膀，連著腦袋一道被砍飛了出去，血水從剩下的半邊軀體裡竄起三尺高。

吳良謀將匕首甩向另外一名敵軍的鼻梁，手中朴刀倒掄起來，來一招海底撈月。第三名元軍士卒躲避不及，被他砍掉了半邊大腿，倒在血泊裡翻滾哀嚎。

吳良謀對此視而不見，從身後撲向一名正在和刀盾兵對招的蒙元士卒，乾淨俐落地砍斷了此人的脊梁骨。陳德帶著百餘名集結起來的長槍兵衝上，圍著剩下的蒙元弓箭手四下攢刺。

論殺人的效率，長槍兵無疑遠遠超過了刀盾兵，剩餘的蒙元弓箭手轉眼被屠殺殆盡。

長槍兵總教頭陳德用力一歪腦袋，衝著吳良謀大喊：「向前推，沿著街道向前推！這是附城，只有一條主街，沿著主街推過去，別管兩側和身後！」

「刀盾兵跟我來！」吳良謀雖然以前沒打過仗，卻知道陳德說得絕對有道理。舉起胳膊，大聲喊道。

「刀盾兵跟著陳參軍！」剛剛從輔兵隊調到戰兵隊充任百夫長的徐一急於表現，扯開嗓子命令。

已經殺入城內的刀盾兵迅速湧過來，跟著他和吳良謀兩個，沿著青石板鋪就的街道快速向前推去，見到敢擋路的敵軍，就亂刀砍成肉醬。

「長槍兵跟著我！五列縱隊，一邊向前推進一邊整隊！」陳德故意跟吳良謀等人拉開十幾步距離，舉起一把從血泊中撿來的長矛命令。

最近一個月，長槍兵被他手把手的指點武藝，因此對這個年齡不大，身手卻數一數二的陳教頭，都佩服得五體投地。此刻聽到他的叫喊，立刻從四下裡湧了過來，在他的身後快速集結成五列縱隊，像長龍一樣沿著街道朝前碾壓。

前後不過是十幾息功夫，吳良謀那邊已經被一夥倉促趕來的漢軍擋住。看人數，足足有他們的三倍。只是鎧甲和兵器方面都差得太遠，訓練程度也低了不止一截。雙方膠著在兩個鋪子之間的街面上刀來槍往，殺得難解難分。

「前三排，舉標槍，正前方十五步，投！」擅長把握戰機的陳德，可沒心思等著吳良謀和敵人分出結果，立刻扯開嗓子，命令麾下長槍兵們使出殺手鐧。

「嗖！」十五支平素被長槍兵們背在身後的短標槍騰空而起，掠過自家弟兄的頭頂，撲進敵軍當中，給所有躲避不及的蒙元士兵來了個透心涼！

韓信城主街前半段最寬處也不過是六、七步模樣，十五根標槍順著街道走向擲出去，幾乎沒有一根落空。登時就把守軍的隊伍砸出了一道巨大的裂痕，前後裂成血淋淋的兩段。

那陳至善卻還不肯甘休，繼續扯著嗓子命令道：「前三排蹲下，第四、五、六排，舉標槍，正前方二十步，擲！」

「嗖嗖嗖！」又是十五桿雪亮的標槍，帶著淒厲的風聲騰空而起，在半空中頓了頓，一頭扎進了元兵當中。

「啊——」慘叫聲不絕於耳，根本沒地方躲避的蒙元守軍登時又被射翻了好幾個，雙手抱著透體而過的槍桿，在血泊當中來回打滾。

再沒有比親眼看到同伴躺在自己面前求生不能、求死不得更打擊士氣了，正蜂湧著向前擠的元軍士卒本能地停住腳步，倒退著向後縮去。而那些已經跟紅巾軍刀盾兵交上手的，則再也得不到身後的任何支援和補充，很快就被吳良謀等人給屠殺殆盡。

「把盾牌舉起來，跟著我！齊步，推！」吳良謀抹了把臉上的血，聲音裡透出幾分瘋狂。

太過癮了，太痛快了，**原來沙場爭雄竟是如此痛快的一件事。怪不得古人會說，醉臥沙場君莫笑！醉臥沙場君莫笑，古來征戰幾人回**！打仗的滋味居然如飲瓊漿！把刀柄握在手裡，就可以隨意剝奪敵人的性命。而那些笨拙的傢伙，根本來不及招架或者反擊。即便偶爾慌慌張張地砍過來一刀，也因為力道不足，或者發力方式不對，徒勞地在自己身上留下一串火星。

那火星卻遠不如血光耀眼，只要你一刀剁下去，就能看到**一個驚慌的靈魂跳躍著逃出軀殼，像野火一樣在半空中淒厲地燃燒，燃燒，燃燒殆盡**！

「咚！」有桿長矛砸過來，被他用盾牌隨手擋了一下就倒飛出去，不知去向。

兩名不甘心的元軍牌子頭各帶幾名手下，借著臨街的屋簷掩護衝上前，試圖給他來個左右夾擊。跟在吳良謀身後的刀盾兵們立刻頂了上去，與自家記室參軍並肩迎敵。

入城後，這短短半炷香時間裡，帶著兩片青色護肩的吳參軍，已經依靠不輸給任何人的武藝和勇氣，徹底贏得了大家夥兒的尊重，刀盾兵們願意跟他站在一起，彼此護住對方的空檔，同生共死，齊頭並進！

「推，用盾牌推！咱們這邊人多！」

吳良謀與六名刀盾兵肩並肩站在一排，大聲給所有袍澤出主意。

街道寬度有限，任何陣形都難以發揮出作用，而將手中盾牌並在一起，如牆而進，卻是一個非常切合實際的辦法。敵軍只要無法突破盾牆，彼此間就無法做戰術配合，而面對面你一刀我一刀地硬砍，穿著鐵甲者絕沒有輸給穿皮甲者的道理。

果然，當盾牆一結起來，兩小股撲上前的元軍立刻就抓了瞎。他們當兵吃糧的時間長，個人勇武和作戰經驗也許遠遠超過了吳良謀和他身旁的紅巾軍，然而，在武器、甲冑和整體配合方面卻遠遠的不如。

朴刀、長矛與盾牆接觸，只能在盾牌上留下一道淺淺的白印，而盾牆後的鋼刀刺出來，卻能輕易地刺穿他們的鎧甲、皮膚和肌肉，將他們一個挨著一個地放翻在地上，再踏上無數隻鐵靴子，筋斷骨折。

「結盾牆，結盾牆！」更多的紅巾軍刀盾兵追上來，以吳良謀為軸心，將盾牆變得更寬。轉眼間就完全堵死了街道的正面，就像一頭剛剛醒來的洪荒巨獸，每一片鱗甲都閃著寒光。

「頂上去，刀盾兵全頂上去，頂住吳參軍他們的後背！」跟上來的陳德大聲幫忙。

雖然他也是個初次上戰場的生手，然而從小在軍營中的耳濡目染，卻讓他知道這個時候什麼是最佳選擇。

「頂上去，護住吳參軍的後背！」刀盾兵百夫長易錘子大聲叫嚷著，舉起鐵面棗木盾，推在前排袍澤的脊背上，助對方一臂之力。

層層疊疊的盾牆迅速成形，笨重卻堅實無比，羽箭、長矛和鋼刀，都對這面由盾牌組成的鐵牆無可奈何，而吳良謀等人只要並肩向前推，就能令擋路的蒙元士兵節節敗退，冷不防再從盾牌後刺出一刀，收穫一具屍體。

單個人能起到的作用瞬間被壓縮到最低，而**配合與紀律**，卻**一躍成了決定勝負的關鍵**。幾名被推著接連後退的蒙元士兵不小心踩在自家袍澤的屍體上踉蹌著倒地，正在緩緩向前移動的盾牆，則毫無停頓地從他們的身體上推了過去，然後繼續緩緩向前，看不出受到了任何影響。

死亡，突然變成了極為簡單的事情，簡單得連個臨終前的悲鳴都無法被人聽見。那緩緩前推的盾牆，冰冷得不帶任何生氣，不斷從盾牆後透出來的刀光，則變成了猛獸的牙齒，每一次閃亮，都是血肉橫飛。

人血順著盾牆表面淅瀝淅瀝下淌，被上午的陽光一曬，很快就騰起一層層粉紅色的霧氣。盈盈繞繞，忽濃忽淡，**彷彿一團團憂傷的靈魂，掙扎著不願意從人**

世間離開。

在這妖異的霧氣深處，不斷有標槍投射出來，遇到大股的元兵，則將他們砸個七零八落；遇到小股的冥頑不靈者，便先將其中最勇敢的那個射翻於地，然後將剩餘的人交給盾牆，倒推著他們踉蹌著後退，或者轉身逃走，或者倒下被鐵靴子踩成肉醬！

只是半炷香的功夫，六百八十步的長街就被硬生生推平了二分之一，鮮血沿著街道兩側像小溪般流淌。倉促集結起來的守軍，則一波接一波被推垮，一波接一波地倉惶後退，誰也奈何不了盾牆分毫。

一直到城中央的市易署衙門附近，守軍的頹勢才稍稍緩解，這裡的街道陡然加寬了數倍，為了顯示官府威儀和方便將稅金裝車而特意修建出來的市易署前庭，為守軍提供了更大的施展空間。

倒退回來的蒙元將士，在一名漢軍千夫長的指揮下重新集結，排列成一個碩大的方陣，上百名弓箭手爬上府衙兩側房頂，居高臨下，向緩緩推進的盾牆射出一波波箭雨。

「叮、叮、噹、噹！」吳良謀的頭盔和肩膀上，至少又挨了五箭。

雖然沒能破甲，卻讓他緊張得臉色發白。他身邊和周圍的弟兄們，也都被從天而降的羽箭射得煩躁無比，不得不將盾牌斜著舉高，以防有流矢正好射在自己毫無遮擋的眼睛處，稀裡糊塗地丟了性命。

這下，盾牆的推進速度終於出現了停滯，而被盾牆推得節節後退的守軍士兵，則在羽箭的掩護下迅速跟紅巾軍脫離接觸，把長街的前半段完全讓出來，自己則小跑著去跟市易署前的蒙元大部隊會合。

「兩排橫隊！」偷眼向前瞅了瞅，吳良謀果斷地發出變陣命令。

他現在越來越有當將軍的感覺了，隨口發出一道命令，周圍的人就能毫不猶豫的執行，並且執行得有模有樣。這樣的軍隊，試問哪個人指揮起來不過癮！就是造價貴了些，一天一操，三餐管飽。而蒙元皇帝的宿衛也不過是三天一小操，半個月一大操，並且還要自帶乾糧！

正得意間，忽然聽見陳德在身後不遠處高聲喊道：「吳參軍，吳參軍，趕緊把隊伍停下來！對面也有鐵甲軍！」

「鐵甲軍?!」

吳良謀高高地將已經砍出豁口的鋼刀舉向半空，示意身邊的弟兄在原地結陣，不要繼續向前，同時從盾牌下探出一道目光仔細觀看。

只見對面的敵軍正中央位置，緩緩迎上來一隊全身被鐵甲包裹起來的壯漢，每個都足足有八尺半高，手裡拎著把寒光閃閃的長柄斧子，宛若兇神惡煞。

「變陣，六列方隊！六列方隊！」吳良謀的頭皮登時一麻，聲嘶力竭地叫喊了起來。

重甲斧兵，小小的韓信城中，居然隱藏著一支重甲斧兵，那是傳說中可以正面對抗蒙古鐵騎的存在，今天居然從韓信城市易署裡頭冒了出來。

「長矛手押上，護住刀盾兵兩翼！」

關鍵時刻，長矛兵百夫長徐一果斷下達了命令。

光憑著區區幾十名刀盾兵，肯定頂不住迎面殺過來的重甲斧兵，雖然對方人數也只有七八十左右，跟左軍刀盾兵的規模不相上下。

「吳參軍退後，第一排交給俺！」

刀盾兵百夫長易錘子從後排擠上前，用屁股將吳良謀生生地頂到了第二排。他不喜歡爭權，所以先前打順風仗時，不介意吳良謀替自己指揮刀盾兵，而眼下到了**真正需要拼命的時刻，則當仁不讓地站在整個百人隊的最前方。這是百夫長的榮譽，也是整個左軍的傳統**。

「吳參軍退後！」

「吳參軍您後面指揮就行！」

「吳參軍是文官！拼命的事情交給俺們！」

搶在跟對面的重甲斧兵正式交手之前，刀盾兵中的牌子頭們用肩膀和屁股將吳良謀一層層地向後擠去。每個人的力氣都非常巨大，每一個人都擠得理直氣壯。

「你們要幹什麼?!」吳良謀紅著眼睛大聲抗議，但是無濟於事。先前對他言聽計從的弟兄們都變得不安分起來，誰也不肯讓他站在自己的前方。

直到他的身體被完全擠到了最後一排，才有人衝他笑了笑，安慰道：「您就站這兒吧，別搭理他們，他們都是粗人，不會說話。咱們都督曾經交代過，打仗的時候，讀書人必須放在隊伍最後！」

「我不是讀書人！」吳良謀揮舞這鋼刀，大聲抗議。

平生第一次，他沒因為自己讀書比別人多而感到驕傲。相反，有一種被歧視的屈辱湧上心頭，讓他的臉色比盾牌上的血跡還紅。

然而，他的抗議卻淹沒在一陣淒厲的號角聲中，市易署前庭上的蒙元士兵都發起了反擊，跟在重甲斧兵之後，像蝗蟲一樣壓了上來，高高舉起的鋼刀倒映著上午的陽光，讓人心底一陣陣發寒。

「弓箭手清理房頂！」朱八十一的聲音從身後不遠處傳來，穿透淒厲的號角。阿斯蘭帶著九十多名弓箭手以六列縱隊，沿著街道快速衝上，仰面朝房頂上的元軍弓箭手射出一排箭雨。

雖然來得倉促，他們射出的箭矢卻比敵軍整齊得多，登時就將二十多名元軍弓箭手從房頂上射了下來，摔得筋斷骨折。

其餘蒙元弓箭手顧不上再向吳良謀等人放箭，紛紛逃向屋脊的另一側，尋找合適位置隱蔽。阿斯蘭立刻又將第二支羽箭搭在弓臂上，一邊拉，一邊大聲喊道：「正前方四十步，拋射！」

「嗖！」又是九十多支鵰翎羽箭越過吳良謀、易錘子等人的頭頂，砸向迎面走來的鐵甲斧兵。

「叮叮噹噹」，羽箭砸在鐵甲上，濺出一串串淒厲的火星，迎面壓過來的蒙元斧兵隊伍頓了頓，繼續向前推進。每一步踏下去，都令地面來回晃動。

「標槍，斜前方十步，擲！」陳德咬了咬牙，果斷地發出了一道命令。

護在刀盾手兩翼的槍兵們將最後一支短標槍舉起，成排地向斜前方壓過來蒙元重甲輔兵投射。

只有五、六名敵軍受傷倒地，其他人繼續緩緩前壓，能將戰馬射個對穿的標槍，居然奈何不了對手身上的重甲，只是讓他們隊形稍微顯得凌亂了一些，腳步也不再像先前一樣整齊。

「刀盾兵，跟我來！」易錘子毫不猶豫地舉起刀，發出一聲咆哮。排成六列方陣的紅巾軍刀盾兵們齊齊回答了一聲「殺！」迎著敵軍的重斧大步向前衝去，整個隊伍中，沒有一人回頭。

「轟！」兩支身穿鐵甲的隊伍迎面撞在了一處。

整個韓信城都為之輕輕一顫，滾滾紅霧從隊伍相接處濺起，分不清哪些來自蒙元重甲，哪些來自徐州紅巾。

利刃和盾牌碰撞，刀鋒和鐵甲相交，轟鳴聲和摩擦聲交匯在一起，淹沒傷者的慘叫和垂死者的悲鳴，令聞者心臟抽搐，兩股緊繃，有種又酸又冷的感覺從下腹直抵兩腿中間，隨時都可能噴射而出。

百夫長易錘子用盾牌抵住來自對面的斧桿，刀刃像毒蛇一樣沿著盾牌邊緣朝前捅去。這是伊萬諾夫手把手教給他的絕招，屢試不爽。

然而這次，他只收穫了一聲刺耳的摩擦，用五百斤水錘反覆冷鍛出來的鋼刀，居然被對手身上的甲葉給擋住了，任他使出全身力氣，都無法再前推進分毫。

有股滾燙的血漿噴在他的臉上，將他眼前的世界燒得通紅一片，緊跟在他左側的戰兵肖老二，頭顱被一把大斧齊根斬下，右手還緊緊握著半截鋼刀，至死不肯放鬆。

「老肖！」牌子頭蘇大咆哮著上前補位，用盾牌砸向對面斧兵的臉，鋼刀由下向上猛撩。

「咚！」他的盾牌被對手用斧子直接拍飛回來，砸在自己的臉上，頭破血流，手中的刀刃也帶起一團鮮紅的肉塊，對面的重甲斧兵慘叫著丟下斧頭，雙手捂住襠部，身體來回搖晃。

「去死！」蘇大看準機會，跳起來，一刀砍在此人頭盔和護頸連接處，深入數寸。緊跟著，他自己也被一把斜向砍過來的利斧劈中，胸甲上開了條巨大的口子，當場氣絕。

「去死！」百夫長易錘子一步撲進對手懷裡，用盾牌頂住此人的胸口，推著此人連連後退。右手中的鋼刀上下左右，像納鞋底一樣向前亂捅。

一次，兩次，三次，接連三次都被鎧甲擋住，沒有任何效果，被他用盾牌頂住的重甲斧兵咆哮著反擊，卻因為斧柄太長，無法使上力道，只是拍得易錘子的背甲向下塌陷，嘴巴裡噴出幾口鮮紅。

「去死，去死，去死！」易錘子強忍著來自背後的劇痛，繼續用刀亂捅。

終於，他找到了一絲熟悉的感覺，刀刃在兩片鐵甲的連接處扎了進去，將對手刺了個腸穿肚爛。

「頂上去刺！頂上去刺！」易錘子抽出鋼刀，大聲朝身邊的弟兄們招呼。臨近的紅巾軍將士紛紛響應，冒著被巨斧一劈兩半的危險，衝入對手的懷裡，用盾牌頂住對方的胸口，刀刃尋找鎧甲的縫隙。

有人成功，大部分人失敗。敵我雙方的隊伍犬牙交錯，再也分不清彼此，在刀盾手和重甲兵的兩側，則是雙方的長槍兵，你中有我，我中有你，膠著在一起，誰也不肯退讓分毫。

「弓箭手朝兩側迂迴，向重甲兵身後拋射，打散他們的隊伍次序！」朱八十一舉著鐵皮喇叭，焦急地發佈命令。

太亂了，戰場上的情況太亂了，亂到他根本無法及時做出調整。而更多的敵軍，卻從韓信城的另外一個門湧了進來，千方百計向市易署的前庭位置靠攏。

「給我騰一個位置！讓火槍兵上！」負責指揮火槍兵的劉子雲乾著急卻幫不上忙，急得兩眼直冒火。

前後左右都是自己人，他找不到任何攻擊目標，而火繩槍可不比弓箭，彈道走的完全是直線，根本沒有拋射的可能。

「笨蛋，你不會帶人上房頂啊！」剛剛衝過來的徐達扯開嗓子喊了一句，隨即把頭轉向自己身後的擲彈兵和輔兵。

「李子魚，帶著擲彈兵上城牆，把對面敵樓搶下來，順著城門往下扔手雷，斷敵軍後路！」

「是！擲彈兵跟我來！」

正愁發揮不了作用的副千戶李子魚答應一聲，帶領三個完整的百人隊，掉頭衝向了大夥進攻路上那座城門兩側的馬道。

「輔一隊，輔二隊，從左右兩側向前迂迴，有擋路的院牆直接推倒！」徐達抬頭四下看了看，果斷地發出第二道命令。

「輔三去清理街道，給炮車騰地方。」

「輔四，輔五，搭人梯，送火槍兵上房頂！」

「輔六，給我把市易署的院牆鑿塌。其他人整隊，等院牆一倒，立刻推著炮車，朝市易署大門口壓！」

……

他是個臨危不亂的性子，越是關鍵時刻，越能沉得住氣，所發出的命令聽起來雖然雜亂無章，但是輔兵們在他的指揮下，卻都找到了自己該做的事情，以百人為單位，分頭行動。

很快，通往前方的道路就多出了兩三條，每一條都能給正在戰鬥的紅巾軍袍澤提供支援。

劉子雲帶著十幾名身手最矯健的火槍兵，借助人梯爬上了房頂，不理睬近在咫尺，目瞪口呆的守軍弓箭手，將火繩槍從肩膀上取下來，迅速開始裝填。

按照朱八十一的提醒，每一粒鉛彈都用紙筒和四錢半火藥捲在一起，成排地擺放在一個豬皮背包中。劉子雲迅速取出其中一個紙捲兒，俐落地在槍管後方的瞄準缺口上一蹭。

厚厚的紙捲立刻被割出了一道二分長的口子，露出了裡面的黑色火藥。劉子雲屏住呼吸，哆哆嗦嗦地朝藥鍋中倒了一點火藥，然後按照最近幾天剛剛摸索出來的經驗，將剩下的火藥倒進槍膛。最後，將彈丸塞在槍口上，用通條用力向裡頂去。

一下，兩下，前方喊殺聲不絕於耳，他卻強迫自己不分神去看。直到槍管裡的火藥已經被壓實了，才吐出肺裡的氣，然後趴在房檐上，將槍口對準了距離自己最近的一名重甲斧兵。

「嗖！」有支從屋脊另外一側飛來的羽箭，貼著他的後脖頸飛過，帶起幾根斷髮，是敵軍的殘存弓箭手，他們雖然不知道房頂上的紅巾軍將士手裡端的是什麼，卻本能地察覺到了危險。

「滾！」劉子雲非常霸氣地朝羽箭射來方向吼了一句，用力吹燃銅夾子上的艾絨，目光通過缺口、準星對準二十步外那名重甲斧兵的腦袋，狠狠扣動了扳機。

「嗤！」艾絨被銅夾子帶著壓進藥鍋，點起一股白煙。緊跟著，槍口處火光猛閃，「乒」地一聲，將目標的頭顱打了個粉碎。

「呯！」「呯！」「呯！」……又有十幾桿火繩槍陸續噴出鉛彈，或者擊中目標，或者不知去向。

四名正在酣戰的重甲斧兵胸前冒出一股紅光，仰面而倒。紅巾軍的刀盾兵趁機從他們留下的縫隙擠進去，用盾牌抵住各自對手的胸口，鋼刀繼續尋找鎧甲的縫隙。

「妖法！妖法！」有幾名重甲斧兵大叫，顧不上攻擊近在咫尺的對手，目光四下亂掃。重達六十四斤，**連長槍都很難刺透的步人甲，居然稀裡糊塗地就從裡邊冒出了血來，而敵軍使用的兵器，他們卻看都沒有看見。如此怪異的情景，讓他們怎能不震驚?!**

更令人震驚的事情還在後邊，從市易署的大門裡，忽然探出來兩個金燦燦的銅鐘，鐘口迅速翹起，迅速調整方向，對準重甲斧兵後面的援軍。

緊跟著，鐘口處有火光一閃，天地間響起兩聲悶雷。再看鐘口所指，原本密密麻麻的人群瞬間塌下了一大塊，三十多具屍體出現在那裡，血流成河！

「妖法！」正在與紅巾軍交戰的蒙元士卒先是愣了片刻，然後隨即扯開嗓子尖叫了起來。

妖法，一定是妖法！銅鐘會噴火，一下子就能劈死幾十個人！這，不是妖法又是什麼？紅巾軍是拜大光明王的，大光明王就是火焰之神……

在未知的危險面前，人的想像力會變得無比豐富。很快，恐懼就沿著屍體周圍向四下蔓延開去，蒙元將士們互相推搡著，爭先恐後逃離炮口所指。

「不要慌，不要慌！」千夫長趙萬棟揮動鋼刀，將敢在自己眼皮底下轉身逃走的士兵挨個砍死。

「不要慌，給我壓上去，壓上去毀了他們的法器，妖人施法需要時間，毀了法器，他們什麼都幹不成！」

「不要怕，衝上去把法器毀掉！劉二，你忘了大人平素如何待你嗎？」

「跟我來，跟我去搶法器！」家丁頭目劉二抹了一把臉上的冷汗，用顫抖的聲音招呼。

別人都可以逃，他不能。他是劉判官的家丁，自改了姓的那一刻起，這條命就賣給了劉家。如果今天轉身逃了，這輩子都無法再抬著頭做人。

「搶法器，搶法器！」其他家丁大呼小叫著，跟在劉二身後朝市易署大門口衝了過去。

判官劉甲平素對家丁們不錯，所以他們都願意豁出性命去給自家大人報仇。

只可惜，他們今天對上的是徐達。

早就預料到敵軍有可能衝過來搶奪火炮，在兩門銅炮發射過後，徐達立即調了一隊手持長矛的輔兵堵住了市易署大門口，居高臨下用長矛亂捅，逼得劉二等人根本無法衝上臺階。

「砰！」「砰！」「砰！」……更多的火槍手爬上了周圍的房頂，射出了十幾粒彈丸和四五根通條。

總計不到二十步的距離，他們幾乎是頂著對手的腦袋在開火，身上包裹著步人甲的重斧兵們，登時又被射倒了五、六個。剩餘的不敢在原地等死，呼啦一下，大步向後退去，將跟在自己身後的其他蒙元士兵擠了個東倒西歪。

六十四斤重的步人甲，二十五斤的大斧子，再加上披甲者自身的體重，每個斧兵的總重量都高達三百斤以上，倒退著從自家袍澤腳上踩過去，立刻踩得四下裡一片哀嚎。

後排的元軍士卒紛紛閃避，誰也不肯被重甲斧兵給踩成殘廢，戰場上的膠著狀態立刻被打了個粉碎，易錘子和吳良謀兩個帶領著紅巾軍的刀盾手順勢向前猛推，陳德和徐一兩人指揮著長槍兵側翼呼應，將八百多名元軍將士推得不斷後撤，腳步踉踉蹌蹌。

「不准退，不准退！」千夫長趙萬棟揮舞鋼刀，試圖通過殺戮的手段，逼迫麾下士卒重新穩住陣腳。

好不容易才爬上房頂的連老黑迅速從敵軍中間發現了此人，將左軍之中第一桿，也是唯一的一桿大抬槍架在煙囪上，瞄準此人的胸口扣動了扳機。

「轟——！」一兩三錢的火藥，一兩半的彈丸，發射時的動靜絲毫不亞於火炮，三十步外的漢軍千戶趙萬棟被打得整個人都倒飛了起來，胸前出現了一個拳頭大的窟窿，鮮血和碎肉劈裡啪啦從天上往下掉。

「趙千戶死了！」

「趙千戶被妖人用雷劈死了——！」

周圍的蒙元士兵抹了一把臉上的鮮血和碎肉，撒開腿，尖叫著逃向城門。把沿著街道衝過來接應的其他蒙元將士撞了個人仰馬翻。

「呯！」「呯！」「呯！」……劉子雲等人終於完成了第二次裝填，扣動扳機，朝著距離自己最近的目標開火。

這次，他們的準頭可比先前好得多，七、八名兀自死戰不退的元軍悍卒，幾乎在同一時間倒在了地上，兩眼呆呆地看著天空，死不瞑目。

「讓開，讓開！大炮來了！」

市易署門口，再度傳來徐達的叫嚷。擋在前面的輔兵們迅速露出兩條通道，黃家老二指揮著炮車，擠到門檻邊緣，將炮口對準敵軍最密集的位置，用沙包固定住底座。

「轟！」「轟！」沒等驚慌的敵軍來得及躲避，兩門銅炮再度噴出了近百顆散彈。

三十幾步的距離，冷兵器作戰的密集陣型，對上火炮等同於送死。當即就又有二三十人被散彈擊中，或者立刻氣絕，或者手捂傷口，在血泊中翻滾哀嚎。

這下，所有擠在市易署前庭上的蒙元士兵，都再也沒勇氣堅持下去了，推開身邊的同伴，撒腿朝城門口跑去。而順著城門湧進來的援軍還在努力向市易署前庭位置靠攏，雙方在狹窄的街道上擠成一鍋粥，誰也無法再移動半步。

「投彈，自由投彈！」剛剛順著城牆跑到另外一側敵樓中的李子魚見到機會，立刻下達了攻擊命令。「哪裡人多朝哪兒扔，把手雷點燃了朝人多的地方扔！」

「嗤——嗤嗤——！」

上百顆手雷冒著白煙，從敵樓和城牆上扔下來，砸進了街道上的蒙元士卒隊伍。兩成以上被摔熄火，七成半左右當場炸開。

「轟轟！」「轟轟！」「轟轟！」濃煙捲著血肉和殘肢騰空而起，將韓信城上的半邊天空都給染了個通紅。

「掌心雷！紅巾賊帶了掌心雷！」

沒想到來自身後頭頂位置的攻擊如此激烈，已經湧入城中的蒙元將士們立刻慌了神，丟下同伴們的身體，爭先恐後地向城外逃去。

擲彈兵副千戶李子魚哪肯給他們逃走的機會？指揮著身邊的士兵們，居高臨下狂轟濫炸，把城門口附近區域炸得像地獄一般，到處佈滿了殘缺不全的屍體和大大小小的深坑。

「王德，李奇，趕緊去頭前開道！趕緊帶人把敵樓給我搶回來！」

元軍副萬戶寶音魂飛魄散，一邊朝親兵身後躲，一邊用刀子逼著麾下的漢族將領去奪城門上敵樓。

兩名漢軍百戶被逼無奈，只好答應一聲，各自帶了一批心腹衝向城門左右的馬道。十餘顆手雷冒著煙滾到他們的腳下，卻因為引線燃得太慢，只炸翻了隊伍末段的數名士兵。剩餘的蒙元將士大喜過望，高舉著鋼刀，以最快速度撲向城牆。

「來得好！」胡大海和冉再成兩個正愁幫不上忙，並肩堵住左側的馬道，鋼刀橫掃。

漢軍百戶王德只一個照面就成了刀下之鬼，所統帶的二十幾名死士，被胡大海和冉再成兩人從城牆與馬道的連接位置，一直追砍到地面上，所過之處人頭滾滾。

伊萬諾夫和一個名叫周肖的擲彈兵百夫長，則聯手擋在另外一條馬道中央，刀砍盾砸，打得對方不得寸進。

擲彈兵副千戶李子魚見狀，立刻帶著十幾名弟兄跑過來幫忙，居高臨下一通亂砍，將漢軍百夫長李奇等人砍得招架不住，連滾帶爬地從馬道上逃了下去。

「放鐵閘，放下鐵閘關門打狗！」胡大海忽然靈機一動，從馬道上回過頭，衝著敵樓中的弟兄們大聲提醒。

「我來！」數名距離絞盤最近的紅巾軍士兵快速撲上，合力扳動機關。「轟隆隆！」由繩索和絞車控制的包鐵門閘，帶著刺耳的呼嘯聲從半空中墜落，瞬間將城門內外隔做了兩個世界。

「李千戶，能不能將你的人分成兩波，一波專門對付城外，另外一波對付城裡？」胡大海快步跑回敵樓，衝著正沿馬道往回折返的李子魚大聲提議。

這個提議相當及時，李子魚立刻醒悟過來，大聲發佈命令：「周肖，你帶一個百人隊堵在左右兩側馬道。張寶，你帶一個百人隊對付城外敵軍，不准他們破壞城門。王九成，你帶著其餘人繼續朝大街上扔手雷，凡是碰到的元兵，全給我往死裡頭炸！」

「是！」三個擲彈兵百夫長齊聲答應，各自點起麾下的弟兄，分頭去執行任務。很快，城門內外兩側就徹底成了禁地，凡是敢於靠近的敵軍，全都被手雷送上了西天。

擠在街道上的蒙元將士，不得不再度掉頭朝市易署方向殺去。過了市易署之後，街道另一頭還有一座城門，他們還沒完全喪失突圍的希望！

然而已經漸漸熟悉了戰場節奏的朱八十一，豈肯坐視煮熟的鴨子飛走！在徐達的提議下，將銅炮、火槍、刀盾兵、長矛兵在市易署的前庭上，呈偃月型擺開，兩門黑洞洞的炮口，對準迎面逃過來的敵軍，毫不猶豫地噴出了成排的散彈。

發射散彈的銅炮談不上什麼準頭，但是五十步之內，絕對是一打一整片，最先從自己人當中殺出一條血路，衝上前來的蒙元精銳還沒等靠近紅巾軍的本陣，就被火炮掃翻在地上，血流成河，以堅實和昂貴而著稱的猴子甲，像廢紙一般被散彈撕了個四分五裂。

「弓箭手，七十外，覆蓋射擊！」

「火槍兵，五十之內，瞄準了打！」

「刀盾手兩翼待命！隨時掩護火槍兵！」

「長矛兵列陣，準備迎擊敵軍！」

……

朱八十一將鐵皮喇叭舉到嘴邊，每一道命令聽起來都中氣十足。

「諾！」將士們扯開嗓子，轟然回應，然後在阿斯蘭、劉子雲、朱晨澤和黃老二等將領的帶領下，將羽箭、彈丸，散彈，一波波打向沿著街道湧來的敵軍。

沒有人是天生的名將，但是在這個鋼刀與火炮交替的時代，註定要有無數顆將星以敵軍的屍骨為助力，冉冉升上天空。

也許叫徐達，也許叫常遇春，也許叫什麼張三李四，胡五趙六，**不信豪傑生斗牛，且看風起否?!**

「轟！」一門銅炮衝著對面的街口噴出數十顆炙熱的鐵彈丸，然後被黃老二指揮著十名紅巾軍士兵圍住，七手八腳地用沾了水的抹布清理炮膛，順便給炮壁降溫。

「衝過去，衝過去，砸爛妖人的法器！」一名漢軍百夫長大聲叫嚷著，將扎滿羽箭的盾牌斜擋在頭頂上，帶領麾下士卒撲向火炮。

迎接他的是一串清脆的火槍聲，一百支火槍居高臨下，對準人群同時開火。將漢軍百夫長周小樹和他身後的士卒放翻了大半，剩下的，則失魂落魄站在原地，不知道該向前還是向後。

「轟！」第二門銅炮發出憤怒的咆哮，板栗大小的彈丸挾著巨大的動能，掃過呆立者的軀體，將他們一個接一個打成了爛篩子。

「嗖嗖嗖——！」弓箭兵們在阿斯蘭的指揮下，發出一排羽箭，砸在後續衝過來的敵軍當中，濺起一串串血花。

敵軍的反撲節奏瞬間被打斷，整個隊伍在狹長的街道上分成了幾截，有人試圖繼續向前，有人卻努力將身體往後縮，還有的則開始拿刀砍臨街百姓家的大門，企圖衝進裡邊去，憑藉院牆負隅頑抗。

「不要慌，跟著我……」

一名身穿細鱗鎧甲的蒙古千戶跳出來，試圖重新組織反撲。鼓舞士氣的話剛剛說了一半，連老黑的大抬槍已經找上了他。「轟」地一聲，將他打了個對穿，腸子、肚子淌了滿地。

「土不花千戶死了！被妖人拿法寶轟死了！」周圍的蒙元將士哭喊著四下躲避，唯恐動作稍慢些，成為法寶的下一個打擊目標。

「咯吱咯吱，咯吱！」正當蒙元將士亂成一鍋粥的時候，又一門裝在雞公車上的銅炮被輔兵們從紅巾軍控制的街道推過來，對準前方街口處的敵人，炮尾處開始擋固定沙包。

「還有?!」冒著羽箭衝過來的元軍副萬戶寶音愣了愣，舉著寶刀倉惶後退。太可惡了，傳說中的法寶居然變成了野地裡的薺菜，紅巾軍那邊，隨便劃拉劃拉就是一大把，而他這邊卻只剩下了六百多條血肉之軀。

「轟！」炮口處火光一閃，有枚滾燙的鐵球擦著寶音的胳膊飛了過去，在他身後砸出一條血肉模糊的通道。通道中央，凡是被炮彈沾上的人全都支離破碎，死得慘不忍睹。

「咯吱咯吱，咯吱！」第四門火炮，被輔兵們從紅巾軍控制的街道上推了過來，擺在陣前，開始做發射準備。

「大人，快躲，快朝牆根躲！」

幾名蒙古親兵撲上前，將副萬戶寶音塞進臨街一戶百姓家的門洞裡。除了躲避之外，在高速飛來的彈丸之前，他們拿不出任何辦法。

「轟！」又一枚實彈呼嘯著砸在寶音原來站立的地方，在青石路面上彈起來，高速地旋轉著，於人群中開出一條血肉胡同。

殘破的鐵甲，斷裂的肢體，還有變了形的兵器，接二連三飛上半空，將恐懼在蒙元將士們的頭頂上迅速蔓延。

第五章

蛙跳戰術

一個書呆子再加上一個傻大膽制定出來的作戰計畫
當然會遠遠超出正常人的思維，
在朱八十一體內的靈魂朱大鵬看來，
此計畫恰巧與二十世紀的蛙跳作戰有幾分神似，
儘管朱同學根本不清楚蛙跳戰術的精髓在哪裡！

「搶城門！」有人大叫著，重新去奪被胡大海等人控制的城門。還沒等他們靠近城門口，上百枚冒著煙的手雷已經從城牆和敵樓上丟了下來。炸得他們血肉橫飛，鬼哭狼嚎。

僥倖沒被手雷炸死的蒙元將士再度將身體縮回長街，望著市易署前庭上排成一排的四門火炮，身體顫抖得如同風中的荷葉。

「咯吱咯吱，咯吱！」彷彿唯恐他們不絕望，第五門火炮也快速出現，推過一個個大大小小的血泊，木製的車輪壓在青石路面上，留下兩道殷紅的軌跡。

「天啊！」副萬戶寶音再也顧不上催促麾下士兵上前搶紅巾軍的法器了，雙手抱住腦袋，蹲在老百姓家的城門洞裡，身體顫抖得如同篩糠。

「咯吱吱，咯吱吱，咯吱！」

當耿再成帶領輔兵將第六門火炮推到兩軍陣前之後，對面狹長的街道中，所有蒙元士兵都停止了掙扎。無論是蒙古兵、色目兵還是漢軍，都拼命將身體貼向臨街的牆壁，彷彿只有這樣，他們才可能逃過一劫。

不用再想著從城市另一側突圍了，紅巾軍能一口氣擺出六件鐘形法寶，就能擺出第七件，第八件、第九件！天，這年頭，**法寶居然像薺菜一樣，隨便就可以在野地裡挖！**

「等等，先不要開火！」朱八十一打了個手勢，命令黃老二等人暫時停止射擊，然後將鐵皮喇叭舉至嘴邊，帶著幾分得意大聲喊道：「投降，我們是徐州紅巾！徐州紅巾不殺俘虜！識相的趕緊投降！」

「投降吧！再不投降，老子就一炮接一炮轟，看你們能支撐到幾時！」

黃老歪的二兒子跳著腳，像個暴發戶般，衝著瑟瑟發抖的敵軍叫囂。「你們擋不住的，我家都督是有好生之德，才給你們一個投降的機會，如果你們自己不知道好歹的話，老子就繼續轟，一直轟到你們知道為止！」

「投降，我家都督是朱八十一！我家都督從不殺俘虜！」擲彈兵副千戶徐一帶著麾下弟兄，站在元軍身後的敵樓上，朝自家主帥的形象上反覆貼金：

「投降，我家都督是朱八十一！我家都督從不殺俘虜！」

「投降，我家都督是朱八十一！你們去打聽打聽，我家都督從沒殺害過過俘虜！」

正所謂人的名，樹的影，韓信城中的蒙元兵將雖然沒跟徐州紅巾交過手，卻從前幾次被釋放的鹽丁和蒙古兵、阿速兵嘴裡聽說過朱八十一的仁慈，當即頑抗之心便消失了個七八成，紛紛扯開嗓子，回應道：

「投降，我等願意投降！」

「別打了，別打了，我等願意投降！」

「朱都督，別打了，小的不知道是您老人家，如果知道是您，早就把刀子丟下了！」

「把兵器丟下，用手抱著腦袋走過來！！老黑，你站在高處瞄準了，誰要是敢阻攔大夥投降，就直接給我轟飛了他！」朱八十一聽到敵軍的回應，舉著鐵皮喇叭命令。

「是！」連老黑得意地轉動大抬槍，黑洞洞的槍口在對面人臉上打轉，每轉向一處，被槍口指到的元軍將士就本能地躲閃。

「噹啷，噹啷！」站在街道最靠近火炮位置的二十幾名蒙元士兵帶頭丟下武器，雙手抱著腦袋朝紅巾軍這邊跑了過來。

「這邊，不准擋住火炮！」吳良謀立刻帶領十幾名刀盾手迎上去，將俘虜推向戰場兩側，以免後面有不甘心的蒙元將士垂死掙扎，讓這些俘虜成為擋彈丸的肉盾。

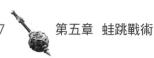

猜測中的垂死反擊並沒有發生，更多的漢軍士卒丟下兵器，雙手抱著腦袋跑向紅巾軍的戰場，既然形勢已經無法挽回，誰也不願意留下給劉鐵頭殉葬。

隊伍中的色目軍官互相看了看，也紛紛將兵器丟在了腳邊，低頭耷拉著腦袋朝紅巾軍走去。**他們是天生的商人，最懂得如何權衡利害。**

躲在門洞裡的副萬戶寶音氣得臉色青黑，手拉著刀柄想要衝出去執行軍法，卻被親兵們死死地按在了門板上。

「打不贏！」一名跟隨他至少有十年的親兵大聲提醒。

「朱都督不俘虜，不管是不是蒙古人，咱們都可以拿錢自贖。今天先忍了這口氣，留住性命，將來才有機會把場子找回來！」另一名忠心耿耿的親兵頭目勸諫著。

「自贖？」副萬戶寶音喃喃地回應。

「對，自贖！」親兵們七嘴八舌，將街頭巷尾的傳聞轉述給他聽。「那朱八十一是佛子轉世，受戒律的約束不能濫殺，所以每次打了勝仗，他都讓俘虜自己交錢贖命，一個半月前就有好幾百阿速人被單縣官府贖了回去。月闊察兒大人之所以能逃脫重圍，據說也是偷偷支付了大筆贖金，才讓徐州人幫他撒謊糊弄皇上！」

「這狗娘養的！」副萬戶寶音低低罵了一句，然而看到親兵們那祈求的眼神，他又無奈地嘆了口氣。想了想，掙扎著從門洞裡鑽出來，把手搭在嘴巴上，衝著街口外面大聲喊道：「喂！我是淮安路的副萬戶寶音。我要拿錢自贖，姓朱的，你可敢當眾答應？」

「朱都督，我家將軍要求自贖，你答應過，不殺任何俘虜！」唯恐寶音的語氣太衝，給他自己帶來災難，親兵們將他擋在身後，扯開嗓子喊道。

「丟下武器走出來，本都督答應你們！」受朱大鵬這個穿越靈魂的影響，朱八十一對殺俘沒半點興趣。想都不想地回應道。

「放下兵器滾出來！我家都督才沒興趣殺你們！」徐洪三帶領親兵，重複朱八十一的承諾。

副萬戶寶音嘆了口氣，丟下鋼刀和角弓，帶領身邊還剩下的三十多名蒙古親兵，緩緩走向市易署的前庭。

徐洪三立刻帶領同樣數量的親兵迎上前，搜查一番之後，用繩索牢牢捆起。

副萬戶寶音也不反抗，任由對方推著自己向戰場邊緣走，一邊喊道：

「我是淮安路的統軍副萬戶，要多少贖身費，你等隨便開。那些都是我的親兵，不要苛待他們，身價怎麼定，也隨便你們！」

「放心，我家都督看不上這點小錢！」徐洪三狠狠瞪了他一眼，大聲回應。

話音未落，身後突然又傳來幾聲沙啞的呼喊，「小的們是淮安城的漢軍百戶，沒錢自我贖命！」

「是啊，小的們真的沒錢啊！」

不但街道中未出來投降的士卒大聲叫嚷起來，已經被拉到戰場兩邊的俘虜們，也有人哭泣著討價還價！

徐洪三、吳良謀、冉再成等將領紛紛將頭轉向朱八十一，等自家都督做出決斷。

「沒錢？」

朱八十一也是第一次碰到有人在這種事情上討價還價，啞然失笑道：「沒錢就拿手裡的兵器和身上的鎧甲抵帳，只要丟下鎧甲和兵器，就全算你們自己贖過了！趕緊的，別耽誤功夫！」

「謝都督！」

「謝都督洪恩！」對面狹長的街道上，殘存的五百多名蒙元將士，一邊道著謝，一邊開始脫鎧甲。轉眼間，一個個就脫得只剩下中衣，雙手抱著腦袋，連滾帶爬地跑向了紅巾軍的兩翼。

「德甫，帶一個輔兵百人隊，先將他們押到市易署裡去關起來！」朱八十一滿臉無奈地吩咐。

敵軍的前後表現落差太大，讓他一時半會兒很難適應，總覺得好像一錘子砸在了棉花上，從頭到腳，全身上下沒一個地方舒服。

「是，都督！」耿再成對敵軍當俘虜還要討價還價的行為也非常不恥，點起一個輔兵百人隊，像趕羊一般將俘虜們朝市易署裡驅趕。

「等等！」先前帶頭跟朱八十一討價還價的百夫長李奇卻不肯挪動腳步，直挺挺仰著脖子，朝朱八十一叫嚷：「都督稍等，小人還有話說！」

「說個屁，給臉不要臉的玩意，都督哪有功夫聽你囉嗦！」耿再成勃然大怒，舉著拖布把，朝李奇身上狠抽。

「德甫，讓他說！」朱八十一迅速制止了他，「說吧，我聽著呢！」

「啟稟都督，小的和我家副萬戶平素就駐紮在韓信城外的軍營裡頭，今天聽見動靜就衝了進來！您剛才滅掉的，只是劉鐵頭帳下的稅丁，和我們這個駐防千人隊，淮安城距離韓信城有整整八里地，從城裡來的援兵這會兒估計還在路上呢！」

「姓李的，咱平時待你不薄——！」話音剛落，副萬戶寶音就大聲叫罵了起來。如果不是被徐洪三死死按著，他恨不能立刻將百戶李奇當場打死。

「朱都督剛才沒要咱們的贖身錢，但是咱們自己不能當沒這麼回事！」李奇回頭瞟了他一眼，理直氣壯地說。隨即又說道：「那淮東廉訪副使褚布哈最恨你們紅巾，接到韓信城這邊送過去的警訊，肯定會立刻帶人來救……」

「姓李的，老子要將你千刀萬剮！」話沒說完，又被憤怒的咆哮聲打斷，幾個和寶音一道投降的蒙古兵叫嚷起來，掙扎著試圖阻止李奇繼續出賣自家的老底。

「等你們回到朝廷那邊再說！」李奇滿臉不服。「老子原本沒打算投降，你們卻給老子帶了頭，你們回去後自然沒事，而我們趙千戶卻戰死了！」

這下，副千戶寶音和眾蒙古兵都變成了啞巴，指責的話再也說不出口。

他們都是蒙古人，自贖後，當然還可以回到朝廷，該幹什麼幹什麼。然而百夫長李奇卻是漢人，沒有凌駕於律法之上的特權。

按照大元朝軍律，千夫長趙萬棟戰死，百夫長李奇就只能捨命搶回他的屍體，否則，無論採用什麼手段平安脫離戰場，等待著他的也是被斬首示眾的命運，根本沒有任何被饒恕的可能。

所以百戶李奇在放下武器的那一瞬間，就註定已經無法再回頭。既然如此，還不如再多走一步，把自己徹底綁在紅巾軍的戰車上，賭他個人死鳥朝天！

「褚布哈會帶多少人過來？」朱八十一沒功夫深究李奇為什麼要如此幫自己，皺了下眉問道。

「至少五千人！他最近搭上了脫脫的關係，根本沒把淮安路的達魯花赤者豆撓放在眼裡，所以不來則已，要來，至少能帶上淮安路的七成兵馬！」李奇回答。

「這麼多?!」朱八十一聽得微微一愣。他記得逯魯曾給他獻策時，親口告訴他，眼下淮安城的守軍只有三千五百出頭。怎麼自己在韓信城幹掉了至少一千五，守軍那邊還能剩下七、八千人?!

「原本沒有這麼多！」李奇急著在朱八十一面前有所表現，又解釋道：「淮安城的漢軍和蒙古兵加在一起原來不過三千多人，加上劉鐵頭掌握的稅丁，撐死了也湊不齊四千。但自打聽說月闊察兒被你們打敗之後，褚布哈就開始著手擴軍，並且還沿著黃河修了很多烽火臺，從淮安一直修到宿遷，只是萬萬沒想到，都督您把宿遷甩在身後，直接就奔韓信城來了！」

朱八十一倒吸了口冷氣，這下麻煩大了，逯老頭的情報不準，敵軍比預料中多出了整整一倍。自己這邊，親兵、戰兵和擲彈兵加在一起，不過一千三百出頭。剩下的全是五天才訓練一次的輔兵，戰鬥力與前三者不可同日而語。

「不過是五千烏合之眾罷了，咱們現在打開城門迎上去，剛好殺他們個措手不及！」吳良謀初生牛犢不怕虎，給朱八十一出起了主意。

「不如據城而守！」耿再成反駁說：「咱們兵少，野戰沒任何勝算，把火炮和火繩槍擺到城牆上以逸待勞，待消耗掉敵軍的一部分兵力之後，由末將和胡參謀帶領一部分死士打開城門殺出去，也許能打敵軍一個措手不及！」

「嗯！」朱八十一沉吟著。

耿再成說的辦法，的確是個比較穩妥的主意。紅巾軍兵力雖然少，但憑藉火器的優勢，依舊有希望打敵軍一個防守反擊。

「不能這樣幹！」還沒等他做出決定，徐達突然從旁邊跑了過來，大聲反對道：「都督，末將認為吳參軍的辦法值得一試。敵軍人數雖然多，隊伍中卻新老混雜，士氣未必會高，指揮起來也未必能順暢如意。而我軍人數聽起來雖然比敵軍少了一半，卻挾連番大勝之威，士氣正在最旺的時候。趁著褚布哈沒殺到之前，開到城外去迎擊他，剛好能打他個措手不及。據城而守的話，萬一褚布哈不肯攻城，而是紮下營盤來，從四周的府縣調集鹽丁助戰，咱們在韓信城多停留一天，獲勝的希望就減少一成！」

難得他頭腦清醒，幾句話就將兩種作戰方案的利害分析了個清清楚楚。

那朱八十一也不是個蠢笨的，聞聽後，心中立刻有了主意，命令道：

「好，那就全軍出擊！洪三，你去通知胡大海，讓他立刻打開城門，然後讓伊萬和李子魚他們把擲彈兵帶下來，跟大夥一起出城迎敵。」

「是！」徐洪三答應一聲，丟下氣急敗壞的副萬戶寶音，撒腿朝城門口跑去。

「你們幾個，立刻去把全體戰兵和輔兵都召集起來！」

不待他的背影去遠，朱八十一迅速將目光轉向吳良謀、徐達、劉子雲和耿再成等人，「眼下不知道敵軍走到了什麼地方，馬上派斥候出去也未必來得及，所以咱們這次雖然是野戰，卻不能浪費體力跟敵軍對著跑。乾脆就把隊伍擺在城牆之下，然後，你們看……」

朱八十一用工匠們特別給他打造的殺豬刀在地上比劃著，迅速排兵佈陣，依舊不是很熟練，但比起前幾次來已經好了許多，並且從耿再成和徐達兩人的建議中各自汲取了一部分。讓二人覺得自己很受重視。

「都督，小的也願意戴罪立功！」漢軍百戶李奇把心一橫，跪在地上請求。

「都督大恩，我等無以為報。願意與為都督披堅執銳，與來犯之敵決一死戰！」其他幾名被俘的漢軍百戶也紛紛跪在地上，主動請纓。

倒不是他們被感化得快，而是蒙元的軍律實在有點不近人情，萬一徐州紅巾被趕走，大夥再落到豬布哈手裡，十有七八是死路一條。還不如乾脆幫助紅巾軍幹掉豬布哈，好歹能給家裡頭的大人小孩換個平安。

「你們願意幫我？」朱八十一愣了愣，有點拿不定主意。

平心而論，這夥漢軍無論戰鬥力還是韌性，都不算太差。但萬一他們在關鍵時刻，再給自己來個臨陣倒戈……

「一會兒接戰時，小人願意親自為都督牽馬墜鐙！」漢軍百戶李奇心思轉得非常快，看到朱八十一的臉色，立刻明白自己該怎樣贏得對方的信任。

「小的自問武藝還過得去，願意做都督的親兵！」其他兩名百夫長也立刻改口，試圖以自己為人質，給手下的弟兄們換一個表現機會！

如果把這些人還是留在韓信城內，隱患可能更大。

朱八十一想了想，重重點頭，「行，朱某不需要你們做親兵，待會兒你等把願意跟朱某一道去對抗韃子的弟兄都叫上，跟在朱某身後便是；那些不願意去對抗韃子的，就放他們立刻離開，誰也不准留在韓信城中！」

說罷，將目光掃向恨恨不已的寶音等人，「把他們也都押上，一起出城。朱某讓他們親眼看看，今天徐州紅巾是怎麼收拾賭布哈的！」

「是！」李奇等降將興奮地答應一聲，轉身跑到降兵中去招募人手。徐達、耿再成和吳良謀等人將戰兵和輔兵們召集起來，押著蒙古副萬戶寶音及其親信，快速開往城外。

近四千人的隊伍，仔細部署起來，並不是一件非常容易的事情。幾乎在大夥剛剛按照朱八十一的安排，將火力點兒和隊伍調整到位的同時。前方不遠處，已經傳來「隆隆」的馬蹄之聲。

「五百騎兵，一千多鐵甲，還有三千多輕甲步卒！」站在敵樓上的吳良謀扯開嗓子，將自己看到的情況大聲彙報。

「五百騎兵，一千多鐵甲，還有三千多輕甲步卒！」二十多名專門挑選出來的大嗓門輔兵，各舉著一個鐵皮喇叭，用盡全身力氣重複，將敵軍的情況告知城下列陣的全體弟兄。

「弓箭手不到三百，藏在褚布哈的帥旗附近！此外，騎兵每人都帶著角弓！」吳良謀再度扯開嗓子，將觀察到的詳細情況及時補充。

「弓箭手，弓箭手不到三百……」輔兵們機械地重複著，聲音裡透著一絲緊張，卻個個將胸口挺得筆直。

「敵軍在五百步位置停下來了！他們在整隊！他們已經發現了咱們，準備整隊接戰！」

「敵軍在五百步外……」

「騎兵，他們先派出來的是騎兵，兩翼各有四個百人隊與騎兵呼應。」

「騎兵……」

「弓箭手，敵軍的弓箭手在向前推進，與騎兵保持著一百五十步的距離。緊跟在弓箭手身後的，是五百長矛兵……」

「弓箭手，敵軍的弓箭手……」

敵情不斷地傳送中，戰兵和輔兵們的胸口越挺越直，臉上的表情也越來越自信，不就是打一仗麼，多大個事啊！敵軍的一舉一動都被咱們看了個清清楚楚，而咱們這邊藏著什麼，對面卻根本不知道！

「唔，有點意思，居然試圖用劉信叔的舊伎倆對付老夫？呵呵，只可惜老夫不是那完顏宗弼！」

見自家騎兵已經推進到二百五十步內了，而城牆下的紅巾軍依舊巍然不動，淮東廉訪副使褚布哈手捋鬍鬚，笑著撇嘴。

在中原為官多年，他已經完全漢化，從打扮到做派，無一處不透著儒將的風雅。只可惜，手下的將領們卻有些不解風情，聽不懂他所用的典故。紛紛湊過來，擦拳磨掌地說道：

「大人，別漲他人志氣，待末將過去，把那朱妖匪的頭顱給您提來！」

「大人，末將願意先上前，殺一殺紅巾賊的威風！」

「大人，末將新得了一口寶刀，正愁無合適的血漿來開刃……」

「住口！」褚布哈勃然大怒，豎起眼睛衝著幾個心腹愛將大聲呵斥，「休得胡言！那朱八十一豈是尋常蟊賊?!劉鐵頭平素何等威風，都被他說殺就殺掉了，你等卻不把他放在眼裡，難道沒聽說過驕兵必敗的道理麼！」

「是！末將知錯了！大人教訓的極是！」眾蒙漢將領拱了下手，臉上卻寫滿了不服。

劉鐵頭的確是死在了紅巾軍手裡，朱八十一也的確以大夥始料不及的速度奪下了韓信城，可那是因為紅巾軍占了偷襲的便宜。如果讓劉鐵頭提前準備好了，雙方再堂堂正正的交手，就憑劉鐵頭麾下那一百步人甲，就足夠紅巾賊喝一壺的，更何況城外當時還有寶音所統帶的一千駐屯兵！

彷彿猜到了眾人的心思，褚布哈嘆了口氣，沉聲教訓道：

「你等不要太小瞧了他，**此子要麼是根本不懂得兵法，要麼就是個用兵奇才**，丟下宿遷、桃園與清河三地不管，取水路直搗淮安。**從古至今，沒有任何一個名將敢行此險招**，此子非但來了，而且還神不知鬼不覺，騙過了老夫沿河佈置下的所有烽火臺！」

他是以一個統兵老將的心思來推斷朱八十一，卻不知道這個計畫原本出自遂魯曾之手，那逯魯曾卻只懂得紙上談兵，根本不會去考慮什麼偷襲不成還退不退得回去的事！

一個書呆子再加上一個傻大膽制定出來的作戰計畫，當然會遠遠超出正常人的思維，在朱八十一體內的另一個靈魂朱大鵬看來，此計畫恰巧與二十世紀才出現的蛙跳作戰有幾分神似，儘管朱同學根本不清楚蛙跳戰術的精髓在哪裡！

「是，大人教訓得極是，我等孟浪了！」見褚布哈對敵軍主帥推崇不已，眾蒙漢將領只能低聲附和。

「吹角，讓伴格在距離敵軍兩百步處將騎兵停下來！」褚布哈再度下達了一個令所有人失望至極的命令。

「嗚嗚，嗚嗚，嗚嗚……」

悠長的號角聲響起，將褚布哈的最新命令傳遍了整個戰場。

正在帶領騎兵緩緩向對手靠近的千蒙古千夫長伴格聞聽，皺了皺眉，用力拉住戰馬的韁繩。

「吁——！」幾名蒙古百夫長奮力帶住坐騎，身體被慣性定律向馬脖頸處推去，費了好大力氣才重新穩住。

「少將軍，大帥這是……」

「軍令如山！」千夫長伴格面色嚴肅地說：「且對面敵軍絲毫未動，我軍步卒奔行七里餘，需要時間恢復體力！」

「這，哎——」百夫長盧不花、伯根、胡璐、虎林嗤四人齊齊拍了下馬鞍子，滿臉遺憾。

蒙古人用騎射橫掃天下，哪需要什麼漢軍步卒來配合?!敵軍不動，一通亂箭射過去，他們的隊伍自然就亂了，像這般等來等去，要等到什麼時候！

「整隊！有爾等出力的時候！」千夫長伴格冷著臉大聲下令。

對來自中軍的命令，他也十分不滿。然而發令人是他的父親褚布哈，無論是作為下屬還是作為人子，他都必須遵從。

「咚咚咚，咚咚咚……」號角聲剛剛停下，雷鳴般的鼓聲就從褚布哈的帥旗下響了起來。十名光著膀子的高麗壯漢敲響牛皮大鼓，催促後邊的步兵抓緊時間向騎兵靠攏。

刀盾手、長矛手、弓箭手、長斧兵、還有專門砍自己人腦袋的督戰隊，一排排一列列，邁著齊整的步伐，緩緩朝伴格統領的騎兵靠近，在行進間，緩緩組成了一個巨大彎月。

「這是**反偃月陣**！」

徐達最近讀兵書收穫頗豐，迅速辨認出敵軍的陣形，侃侃而談道：「脫胎於宋時的偃月陣，只是把中央的步軍換成了騎兵，而本來該處於兩翼位置的騎兵換成了步卒。」

「嗯！」朱八十一點點頭。

能把新兵和老兵混編在一起，還能完整地在行進間做隊列變換，這褚布哈的統御能力絕對非同一般。

只是如此複雜的陣形，在戰鬥中究竟能發揮多大作用，他對此非常懷疑。因為在後世的記憶中，可沒有哪支部隊還去管什麼方陣、圓陣，一通地毯式轟炸下來，連地面都能被犁進去三尺深，更甭說是由血肉之軀組成的軍陣了。

「褚布哈的目的有兩個，」作為漢軍萬戶之子，陳德對軍陣的認識，比眼下的徐達深刻得多，分析道：「一個是通過陣形，將各兵種的搭配威力發揮到極致；另外一個，就是他需要時間讓手下士卒恢復體力，適應戰場！」

「嗯，我明白了！」徐達感激地看了陳德一眼，提議道：「都督，別給他們機會。無論他們想幹什麼，咱們都不讓他們如意就是了！」

「好！」朱八十一果斷地採納了建議，將目光掃向徐洪三，「徐達說得對，無論褚布哈想幹什麼，咱們都不讓他稱心如意！洪三，傳令給黃老二，讓他開炮立威！」

「是！」徐洪三答應一聲，從旗桶中抽取了一面畫著一門火炮的紅色令旗，高高地舉起。

「各炮位裝填實彈！」黃老二扯開嗓子叫了起來，「前方兩百步，輪流發射，一號炮——」

「射！」他用力揮動胳膊，手中鋼刀砍在牆垛上，濺出一串耀眼的火星。

「轟！」五百七十多斤的青銅炮猛的向後一縮，炮口處火光閃動，噴出一枚四斤重的生鐵彈丸。

「咻——」

帶著刺耳的尖嘯聲，彈丸飛過三百米的距離，砸在地上，然後猛的跳起來，將一匹戰馬的頭顱敲了個粉碎，其去勢卻絲毫不見變緩，又砸過第二匹戰馬的脊梁、落地，彈起，砸過第三匹戰馬的小腹、第四匹戰馬的後腿、第五匹戰馬上面騎手的前胸，然後再重重地落在地上，打著旋，甩出一團團猩紅色的濃煙。

「妖法——！」

先前還鬥志昂揚的蒙古騎兵登時一片大亂，幾乎所有人都被跳彈巨大的威力給驚呆了，本能拉著戰馬朝遠離炮彈落地處躲閃。

「不是妖法，是盞口銃，紅巾賊做了一個特大號盞口銃！」千夫長伴格見多識廣，雖然心中也覺得非常恐慌，卻依舊能盡力地履行自己的職責。「不要慌，都給我挺住！」

「咻！」他的吶喊被另外一聲淒厲的尖嘯徹底覆蓋，第二枚實彈居高臨下地飛了過來，正砸中一名蒙古兵的心窩，將此人直接從馬背上推了下去，然後又繼續砸翻了兩匹坐騎才戛然而止。

「啊！」一名大腿被自家坐騎壓住的蒙古牌子頭淒聲尖叫，在一片死寂的戰場上，聽起來無比的駭人。

他所在的百夫長盧不花立刻執行軍法，將此人斬殺於地。

然而，恐懼卻如潮水般迅速傳遍整個騎兵隊伍，每一名騎在馬背上的蒙古武士，都瞪著驚慌的眼睛，死盯著兩百步外的城頭，隨時準備策馬躲避。

「這是盞口銃，不要慌，他們只是造了……」千夫長伴格策動坐騎，在自家隊伍前來回跑動，安撫手下道：「他們只是造了兩門特大號盞口銃而已，那東西不結實，很容易炸膛！」

「咻！」第三聲尖嘯凌空而至，貼著他的肩膀掠過，在隊伍中開出一條血肉胡同。所有蒙古騎兵憤怒地看著他，拼命將坐騎向兩側散去。

「吹角，讓騎兵發起衝鋒！」褚布哈嘆了口氣，無奈地發出戰術調整命令。沒時間給步卒去休息和適應了，再休息下去，騎兵的士氣就崩潰了，該死的朱八十一，怪不得這麼快就拿下了韓信城。即便不是偷襲，憑著他們掌握的這種特大型盞口銃，也足夠把劉鐵頭砸得丟盔卸甲！

「嗚嗚，嗚嗚，嗚嗚——！」號角聲響起，低沉得如同深谷裡的寒風，慌亂中的蒙古騎兵們聽了，就像被灌了十幾碗曼陀鈴汁一樣，扯開嗓子跟著道：

「啊啊，啊啊啊，啊啊——」

「啊啊，啊啊，啊啊——！」千夫長伴格一邊大叫著，一邊從背上取下角弓，同時雙腳狠狠踹動馬鐙。

胯下的遼河馬立刻開始加速，帶著他，像出籠的猛獸一般，朝對面的紅巾軍撲去。

四百八十多名蒙古騎兵在各自百夫長的帶領下，也嚎叫著策馬跟上。**整個隊伍高速向前推進，就像一群餓瘋了的野狼。**

「咻！」第四枚實彈凌空而至，打翻了一名蒙古騎兵，卻沒有像前三枚實彈那樣，造成巨大的恐慌。蒙古武士們體內的勇氣和血性，全都被號角聲和吶喊聲給激發了出來，朝著城牆下的紅巾軍將士，加速，加速，繼續加速。

「刀盾手蹲下！長矛兵，正前方，豎矛！」眼看著對面的騎兵越來越近，越來越近，朱八十一果斷地發出變陣命令。

「甲隊，乙隊，蹲下！」

「丙隊、丁隊、戊隊，半蹲、矛尾支地、斜向上，豎矛！」

「己隊、庚隊、辛隊，上前三步，將長矛架在前排弟兄的肩膀上，斜向上、豎矛！」

「各隊輔兵，站到戰兵側後，把手中長矛也都豎起來！」

一連串的呼喝聲響起，各級軍官根據平素訓練時養成的默契，將朱八十一的命令化作具體指令，傳入麾下士卒們的耳朵。

聞聽指令，士卒們立刻將長矛豎了起來，或蹲或戰，組成了一個巨大的鋼鐵刺蝟。

緊跟著戰兵兩翼拖後位置，呈品字形列陣的輔兵們，也在耿再成、伊萬諾夫兩人的努力約束下，將手中長矛豎了起來，組成了另外兩個鐵刺蝟。如果有戰馬敢直接撞上來，肯定會當場被戳成篩子。

「火槍手，準備作戰！」朱八十一滿意地點點頭，咬緊牙關，發出下一道命令。

敵軍已經非常近了，從二百步到一百步，他們只用了四個呼吸，也就是後世十五秒左右的距離。平均每秒十米，並且是大負重奔行，每一名騎兵身上都穿著厚厚的札甲。

「火槍手，在長矛兵身後拉一字橫隊。端槍，等待我的命令！」劉子雲將主帥的命令轉換成自己熟悉的方式。

「弓箭兵和擲彈兵準備！」

「弓箭兵，站在火槍兵身後，一字橫隊！」

「擲彈兵，點燃艾絨。把手雷用拋索繫好，檢查引火的捻子！」

搶在敵軍騎兵進入有效射程之前，朱晨澤、李子魚二人，也將各自麾下的弟兄排列到位，與前面的弟兄們一起組成了一道堅固堤壩，任迎面傳來的馬蹄聲再急都巍然不動。

只有剛剛倒戈加入紅巾軍的那些弟兄，被眼前的情況驚了個目瞪口呆。三千多人在幾個呼吸間就完成戰術隊形轉換，如此強軍，怎可能不打勝仗?!輸在他們手裡不冤，真的是一點兒都不冤！

他們震驚眼前這夥紅巾軍反應之快，動作之齊整，卻不知道，眼前這夥紅巾軍除了出征的那幾天之外，戰兵始終是每天一操，即便是其中受訓最短的人，也超過了三個月。而隊伍中那些牌子頭、百夫長和千夫長們，平均受訓時間則超過半年，並且其中絕大部分都跟著朱八十一去炸過兀刺不花的帥臺，無論勇氣還是作戰經驗，都是百裡挑一。

甚至是軍中的輔兵，也是從三萬多流民裡頭精挑細選出來的，平素還要五天一操，訓練強度和頻率和朝廷的戰兵不相上下。

為了保證這三千五六百人的戰鬥力，紅巾左軍曾經多次窘迫到砸鍋賣鐵的地步，不但賣光了朱八十一在歷次戰鬥後所分得的金銀細軟，連繳獲的戰馬都忍痛賣掉了一大半給其他友軍，導致左軍在整個徐州紅軍體系中，成了唯一沒有騎兵建制的隊伍。只有一支斥候隊，規模還控制在百人上下，在戰鬥中根本發揮不出多大作用。

他們更不會知道，從去年十一月底到今年五月，這支隊伍已經和不同的敵人交過四次手，每次都大勝而歸。**幾乎每一名將士都將驕傲刻在了骨子裡，在戰場上不會再畏懼任何敵人！**

正所謂行家看門道，外行看熱鬧，同樣一支隊伍的表現，落在八十步外的騎兵千夫長伴格眼裡，卻與李奇的感覺截然不同。

「正對面這個方陣，是朱八十一帳下的精銳！」伴格瞇縫起眼睛，研判道：

「騎兵撞不過去，弓箭也很難打垮他們，倒是左右兩側的兩個方陣，無論是裝備還是士氣，與正中央這個不可同日而語……」

「嗖嗖嗖——！」半空中落下一陣箭雨，砸在他身前身後，濺起數點血花。中了箭的蒙古武士都努力控制著身體，不肯輕易落馬。八十步的距離，羽箭力道只能勉強穿破單層皮甲，即便中箭也只是輕傷。然而一旦掉下馬背，就會被跟上來的自家隊伍活生生踩成一團肉泥。

「嗖嗖嗖！」第二排羽箭轉瞬又至，飛躍六十步的距離，砸在伴格身後的隊伍中。

五六匹戰馬吃痛不過，前蹄高高揚起。隨即被後面衝上來的馬群連同背上的主人一道撞翻，立刻就失去了蹤影。

其他蒙古武士對來自腳下的哀嚎充耳不聞，陸續從背上解下騎弓，將羽箭搭在弓臂上，將身體伏在馬脖頸處，向前，向前，繼續向前。

「呯！呯呯呯！」正前方五十步位置忽然響起一連串雷鳴，千夫長伴格的左右兩側，各有五、六人被打飛起來，慘叫著落到馬蹄之下。

「右——旋！」他本人也被嚇了一跳，猛的一抖韁繩，聲嘶力竭地大喊起來，「右——旋！跟上我，打擊敵軍左翼！」

「右——旋！跟著令旗，打擊敵軍左翼！」

緊緊護衛在千夫長伴格身側的親兵隊長阿魯帶領眾親兵，將主將的命令重複著，同時，將背後的認旗高高地舉在手中，反覆搖動。

已經衝到距離朱八十一不到三十步遠的蒙古騎兵猛的掉了個頭，就像一隻笨拙的大象一般，由縱轉斜，高速朝紅巾軍左翼的輔兵方陣撲了過去。

朱晨澤指揮的弓箭手向他們射出一排破甲錐，卻因為目標移動速度太快，大部分破甲錐都落在了滾滾煙塵中，只有極少數的一部分射中了人和馬的身體，將他們放倒在地上，被後續衝過來的戰馬踏成一團團肉醬。

「五號炮，發射！」

站在左翼輔兵陣前的伊萬諾夫毫不猶豫揮動短刀，下令身邊的炮隊開火。

「轟——！」青銅火炮趕在蒙古人衝到身邊之前，噴出數十顆炙熱的鐵彈丸，三匹戰馬連同他們背上的蒙古武士直接被噴成了篩子，摔在地上，血流如注。其他蒙古武士則在伴格的帶領下，相繼從馬背上直起身體，將騎弓拉到半滿。

「嗖，嗖，嗖，嗖！」天空中忽然一暗，緊跟著，數以百計的羽箭撲了下來。伊萬諾夫舉起大盾護住自己的頭顱和上半身，卻被羽箭推得搖搖晃晃。

騎弓的有效射程雖然只有短短的三十幾步，但在戰馬衝刺的慣性加持下，力道卻大得驚人，還沒等伊萬諾夫做出更多的反應，他身邊的十名炮手已經倒下了四個，另外六個雙手抱住腦袋，撒腿就朝後跑去。

「廢物，你能跑哪兒去？」伊萬諾夫大怒，轉過身，用盾牌將一名炮手直接拍飛。

「叮、叮、噹、噹、噹！」他的後背上頓時長出二十幾根短羽，推得他一個踉蹌，直接趴在了血泊當中。

「不要亂，不要慌，別給都督丟人！」輔兵的千夫長和百夫長們冒著箭雨來回跑動，拼命約束隊伍，避免有人臨陣脫逃。

「別亂，站穩了，站到盾牌後面！」胡大海帶著二十名朱八十一的親兵趕來，幫助輔兵的各級將領們一道約束隊伍。

「有盾牌和鎧甲的往前面站，沒有盾牌的靠後。弓箭手，你手裡的步弓是燒火棍啊！反擊，趕緊給我反擊！」

「別亂，身後是城牆。你退能退到哪兒去！」吳良謀帶著另外二十名親兵跑過來，協助胡大海穩定軍心。

四十幾個身穿板甲的漢子，邁著笨拙的步伐，在箭雨下往來穿梭。每個人都被射得像刺蝟一般，堅持著不肯後退半步。

冷鍛的全身板甲替他們擋住了大部分攻擊，但是仍然有零星一兩支力道十足的穿透了板甲，像錐子一樣折磨著他們的身體。

吳良謀感覺到自己在流血，全身上下不知道多少處傷口在同時流血，濕黏黏的，又疼又癢，腳下的戰靴變得像炮彈一樣沉重，頭上的鐵盔也像磨盤一樣，壓得他兩眼發黑。

「我要死了！」他咬著牙，搖搖晃晃將一名驚慌失措的盾牌手從地上拉起來，強迫他站在自己身邊，又拉起另外兩名，用鋼刀逼迫著他們站成橫排。

「老子家資萬貫，老子都不怕死，你們怕個什麼！老子……」腳絆在一具插滿了羽箭的屍體上，他趔趄著栽倒，眼睜睜地看著自己的鼻尖朝一根斷了的箭桿上砸去……

「啊──！」驚恐的尖叫聲從他的嘴裡發出來，充滿了屈辱和不甘。

就在這時，地面上的屍體突然翻了個身坐起來，將他牢牢地托在懷裡。

「啊！」兩人同時大叫，被壓在下面的伊萬諾夫無法承受鎧甲的重量緩緩栽倒，鐵甲將地面上的半截羽箭直接壓入了泥土深處，他和吳良謀互相拉扯著站了起來，舉著鋼刀大喊：

「別亂，站穩了，像個男人！」

胡大海帶著親兵再次穿梭而至，與伊萬諾夫、吳良謀、眾鐵甲親兵以及三十幾名手舉盾牌的輔兵站成了彎彎曲曲的一排，**像一堵堤壩般，替身後的其他弟兄們擋住了所有驚濤駭浪。**

「轟！」「轟！」城頭上的四門火炮依次發射，將四斤重的彈丸砸進奔馳的馬群中，砸出一條條血肉胡同。

又是七八名武士連同戰馬一道被殺死，其他蒙古武士扭過頭，衝著吳良謀和胡大海等人放出最後一波羽箭。然後磕打著馬鐙，潮水般向自家軍陣的右翼一般退去。

來和去，都是一樣的迅捷。

頭頂上的陽光猛然又開始發亮，照在胡大海、伊萬諾夫和吳良謀等人身上，將他們身上的鎧甲照得流光溢彩，**宛若一個個下凡的天神。**

三十幾名流光溢彩的金甲天神身後，則是一千五百多名驕傲的漢子，臉上恐慌之色未退，卻驕傲地站著，站在血泊中，站在袍澤的屍體前，不動如山。

「嘶——！」被押在紅巾軍隊伍最後方的蒙古萬戶寶音，偷偷地倒吸了口涼氣。

因為關心的緣故，他幾乎一眼不眨地看完了整個戰鬥過程。不愧是褚布哈親手調教出來的精銳，五百蒙古騎兵的攻擊力還像祖先們一樣強大。只是，背靠城牆列陣的這群漢人卻也今非昔比。

他們相對薄弱的左翼，居然撐住了五百騎兵的一輪馳射，並且還能穩穩地保持隊形不亂。而他們的中軍，居然層次分明地向騎兵進行了反擊，雖然效果不是很明顯，卻絕非毫無還手之力。

「嘶！」同時倒吸冷氣的，還有三百步外給自家兒子掠陣的褚布哈。

五十人，這一輪攻擊下來，自己至少損失五十名騎兵。而紅巾軍的左翼卻沒有出現任何崩潰跡象。雖然在狂風暴雨般的打擊面前，他們表現得十分慌亂，但是他們扛到了最後，扛到了騎兵們的速度優勢用盡，不得不再次拉開距離。

「大帥，少將軍那邊舉旗，要求再衝一次！」副萬戶鐵金湊上來提醒。

「傳令，准許他再衝一次，同樣位置！」

褚布哈的臉部抽搐了一下，第一輪攻擊沒收到預想的效果，但過錯不在伴格，相反，無論從指揮能力還是應變速度來看，伴格的表現都可圈可點，但對面的那支紅巾軍最後的反應，卻讓這一切顯得黯然失色。

褚布哈不甘心，他的兒子伴格更不甘心。接到中軍傳來的命令之後，立刻將手指向渾身上下灑滿金光的胡大海等人，令道：「再給我衝，二十步內側身馳射，我看他們能撐幾輪！」

「是！」同樣滿臉不甘的百夫長盧不花、伯根、胡璐、虎林嗤四人齊齊回應，抖動韁繩，引領各自麾下的騎兵開始了第二輪進攻。

戰馬的速度由小跑轉向慢跑，再由慢跑漸漸轉為飛奔，風馳電掣般，再度撲向二百步外的對手。

「擂鼓，催促各部加速前進，待本輪騎兵攻擊一結束，必須移動到位！隨時能夠向敵軍發起進攻！」

赭布哈的臉又抽搐了一下，咬著牙發出另外一道將令。

步卒的體力肯定還沒恢復過來，但是他不能再等了，騎兵的攻擊持續不了幾輪，他必須在騎兵體力耗盡之前，用步卒接替他們，給敵軍的左翼製造持續的壓力，直到他們自行崩潰。

到那時，即便朱屠戶的中軍再精銳，也將無力回天。整個戰場將是官兵的天下，紅巾賊只能任人宰割！

·第六章·

加倍奉還

「輔字戊、己兩隊，上前補位！」
徐達咬緊牙關，強迫自己對麾下的傷亡視而不見。
慈不掌兵，讓死者的血白流，才是真正的冷酷，
他堅信現在所付出的一切，最終都能成倍甚至成十倍的，
從敵軍身上討還回來。

「咚咚咚，咚咚咚，咚咚咚！」急促的鼓聲響了起來，敲得人心髒狂跳，額頭發麻，呼吸分外艱難。

「火槍兵，全體加強到左翼！」朱八十一深深地吸了一口氣，瞪圓了眼睛，臉上沒有任何表情。

戰場上生生死死走了這麼多回，剛才那輪掃射，已經無法令他感到驚恐，相反，在他的心中，隱隱還湧起了幾分驕傲的快意：阿速騎兵上次敢直接攻擊老子的戰兵，這次蒙古人卻只敢去對付老子的輔兵；上次老子需要借助雞公車，這次卻只需要弟兄們把長矛的末端頂在地上。上次……

「都督，左翼人手還是略顯單薄，右翼……」趕在敵軍騎兵沒殺過來之前，徐達提醒道。

「來不及了，傳令給伊萬諾夫！讓他必須撐住這一輪！」朱八十一想都不想，又下達了第二道將令。

「右翼還可以向前推進二十步，然後原地左轉！」徐達力諫。

敵軍的騎兵衝到了百步之內，馬蹄踏起的煙塵遮天蔽日。朱八十一看見敵軍的步卒在加速向前推進，正在努力縮短雙方之間的距離，試圖接替騎兵發起新一輪進攻。他看到褚布哈的羊毛大纛呼呼啦啦地飄在風中，驕傲得像一隻吃飽了的公雞。

現在變陣，無疑會讓敵人看到可乘之機，然而不變陣的話，左翼就得像上一輪那樣，完全憑著勇氣和毅力死扛，很難給敵軍造成太大殺傷。

「你去右翼接替耿再成！需不需要前推，你自行選擇。」咬了咬牙，他做出了一個非常冒險的決定，然後將手臂高高地舉起來，「通知黃老二，開炮！！」

「轟！」「轟！」擺在城牆上的四門火炮依次射擊，揭開了第二輪戰鬥的序幕。

依舊是紅巾軍左翼單獨對抗蒙古騎兵，一個骨子裡燃燒著驕傲，另一個挾祖先遺留下來的勇武。

轉眼間，羽箭破空聲就成了戰場上的主旋律。天空又迅速開始發暗，一團團紅色的霧氣從雙方的隊伍裡緩緩升了起來，在昏暗的天空中飄飄蕩蕩，孤獨而又淒涼。

「嗖——嗖——嗖！」無邊無際的羽箭從騎兵隊伍中飛起，穿過馬蹄帶起的煙塵，砸在紅巾軍左翼隊伍，將弟兄們砸得東倒西歪。

吳良謀舉著一面從血泊中撿來的大盾，與胡大海、伊萬諾夫，還有七八十個他叫不上名字來的弟兄們站成一排，肩膀挨著肩膀，手臂貼著手臂。任對面射來的箭雨如何狂暴，都巍然不動。

數百名勇氣過人的輔兵緊緊分成四排，跟在他們身後。手中長矛貼著自己前面的那個人的肩膀，斜斜指向正前方，與袍澤們齊心協力，組成一道牢不可破的防線。一個中箭倒下，立刻有人默不作聲地撿起長矛，接替他的位置。

更多的輔兵或者持著盾牌，或者斜舉長槍，跟在第一道防線之後，準備上前補充犧牲者空出來的位置，手臂一直在顫抖，雙腳卻沒有向後挪動分毫。

李子魚帶領一百名擲彈兵跑來接應，冒著被羽箭射中的風險，將點燃引線的手雷朝騎兵腳下投去。

「轟隆！」「轟隆！」手雷相繼炸開，依舊受引線燃燒速度和破片率的不良影響，沒能給騎兵造成太大的殺傷，卻令戰馬不安地揚起脖子，搖頭擺尾，拼命想遠離爆炸點。

「火槍兵，全體準備，正前方戰馬的肚子，開——火！」劉子雲一直堅持到大部分敵軍的騎兵開始轉頭，才終於下達開火命令。

九十多桿還能發射的火槍同時噴出了一團白煙。「呯！」天空中的彤雲忽然裂開一條口子，陽光如閃電一樣，將整個戰場照得通亮。隨即，又快速暗了下去，無邊無際的煙塵和紅霧將蒙古騎兵們遮掩起來，一邊發射著羽箭，一邊潮水般向紅巾軍的右前方退去！

「轟！」因為炮手減少，裝填緩慢的緣故。左翼的火炮終於噴出了彈丸，追在騎兵們的身後，將走得最慢的兩個人轟得千瘡百孔。

紅巾軍右翼，徐達和耿再成指揮著一千七百多名輔兵緩緩地向前推進。誰也不知道他們為何要這樣做，也看不出這樣做有任何意義。

三百步外，褚布哈的瞳孔猛然縮成了一條直線，「傳令，讓伴格迅速退後，退後，別兜圈子，直接把騎兵帶出來！」

「吹角，讓騎兵立刻退後！」副萬戶鐵金大叫著，一把從親兵手中搶過號角，奮力吹響，「嗚嗚嗚，嗚嗚嗚……」

「嗚嗚嗚，嗚嗚嗚……」十幾支號角同時吹響，聲音裡充滿了惶急。

正在帶領騎兵準備從戰場左側繞回的伴格愣了愣，本能地舉頭四望。

他看到一堵移動的長矛之牆緩緩地擋向了他撤退的必經之路上。雖然沒有將去路完全封死，但是如果繼續按照目前的角度跑動的話，身後至少三分之一的戰馬恰好會掛在長矛的尖上。

紅巾軍變陣了，紅巾軍的右翼方陣居然在向前推進的同時，悄悄地來了個大轉身，就像一隻初次狩獵的乳虎藏在樹林中，無聲無息地朝他露出了牙齒！

「左旋，左旋！」千夫長伴格愣了愣，聲嘶力竭地大喊起來。

先前兩次短促的接觸中，他麾下的騎兵至少已經損失八、九十人，如果再被紅巾軍右翼留下三分之一的話，整個騎兵隊就要面臨崩潰的危險，而朱八十一身邊，此刻卻還有將近一千名最精銳的紅巾軍未動。

以己之上駟拼敵之下駟，這種愚蠢的事，任何知兵的人都不會去做，況且萬一被右翼這支紅巾軍黏住，朱八十一就可能從身後撲過來，徹底掌握戰場主動。

盧不花、伯根、胡璐、虎林嗤四個騎兵百夫長也本能地意識到了危險，大聲招呼各自麾下的騎兵調整戰馬回撤角度。

不能按原來習慣角度高速回撤，必須將馬頭向左再多拉一點，否則就正撞在緩緩移動過來的長矛陣上，即便能成功地將長矛陣鑿穿，自身也必將損失慘重。

只可惜，想到是一回事，做不做得到則是另外一回事。任何在地面上做高速運動的物體，轉彎時都需要一定的弧長，速度越高，所需要的弧長越大。而四百多名騎兵的反應速度不同，麾下戰馬的素質參差不齊，導致了看似簡單的調整動作難比登天。

於是在剎那間，原本看上去次序分明的騎兵隊伍，突然變得凌亂起來，有的人迅速跟上千夫長伴格的認旗，有的人卻仍在沿原來的路線飛奔，還有人因為動作過大，大半邊身體都被甩在了馬鞍一側，全憑著過硬的騎術在苦苦支撐。

「呼！」「呼！」幾名因為轉向角度不同而造成行進路線彼此交叉的騎兵，毫無防備地撞在了一起，人仰馬翻。

後續的騎兵立刻從他們的身體上踩了過去，馬蹄帶起一串串猩紅色的血肉，更多的人則拼命拉動戰馬的韁繩，努力控制坐騎，以免與臨近的同伴發生碰撞，奔行的速度瞬間呈直線下降。

「輔字甲、乙、丙、丁四隊，蹲下，豎矛！」

已經帶領右翼方陣完成了隊列轉換的徐達，豈肯放棄送上門的機會，立刻毫不猶豫地做出了調整。

「記住平素訓練時的動作，矛尾戳地，矛桿搭在你前面那個人的肩膀上。豎矛！豎矛！」

四個輔兵百夫長扯開嗓子，帶領麾下弟兄按照平素訓練時做了不下千次的動作，把長矛豎起來，矛尾牢牢地戳進地面，矛桿借著前方弟兄的肩膀做支撐，向斜上方遞出一丈多長。

冷鍛的矛鋒，在半空中凜凜生寒。

還沒等他們鬆口氣，蒙古騎兵隊最外側的幾十匹戰馬已經悲鳴著撞過來，大半數在身體與矛鋒接觸之前的一瞬間，高高地揚起了前蹄，努力停住腳步。但是，還有一小半，大約二十餘騎斜著砸進了矛叢當中。

「啊——！」數名不幸的蒙古武士們連同胯下坐騎一道，被四五根長矛洞穿，慘叫著死去。長矛陣也被他們撞得凹下去巨大的一片，持矛的輔兵死得死，傷得傷，哀鳴不止。

然而，整個長矛陣卻沒有轟然崩潰，還活著的長矛兵們緊咬牙關，半閉著眼睛，繼續將長矛斜舉，對準近在咫尺的馬頭。

不能退！無論如何都必須再堅持一下。**左軍可以寬恕俘虜，卻不會寬恕臨陣脫逃的膽小鬼**。沒有上司的命令，拋棄同伴逃走，肯定會被處以極刑。軍令就在大營門口的木牌上寫著，大夥受訓的第一天，就要聽王胖子那個大嗓門兒逐字逐句念上一整遍。

「輔字戊、己兩隊，上前補位！」千夫長徐達咬緊牙關，強迫自己對麾下的傷亡視而不見。慈不掌兵，**讓死者的血白流，才是真正的冷酷**。而他，堅信自己現在所付出的一切，最終能成倍甚至百倍的從敵軍身上討還回來。

「戊隊，跟我上！」

「己隊！跟我上！」

兩名肩膀上扛著黃銅標識牌的百夫長大聲叫喊，各自帶領一百名持矛輔兵，衝到了軍陣當中，將死亡叢林厚度又增加了三成。

「避開，避開！」更多的蒙古武士騎著戰馬衝了過來，有的憑藉嫻熟的騎術，在最後關頭逃離生天，有的卻因為動作稍慢，或者撞在矛尖上，或者跟前面停下腳步呆呆發愣的自家人撞在一起，死得慘不忍睹。

「轟！」「啊——！」更多的戰馬和其背上的蒙古武士不小心撞到長矛陣上，丟掉了性命，也將長矛陣上砸得岌岌可危。

幾名受了輕傷的輔兵從敵軍的屍體旁爬起來，撒腿向後逃去。才跑了幾步，就被耿再成一人一刀劈翻在地。

「別跑，誰跑，老子保證他死得更快！」舉著血淋淋的鋼刀，耿再成咆哮著道：「頂上去！老子就在這裡站著。如果你們死光了，老子絕不自己逃命！」

幾個帶隊的輔兵百夫長向他怒目而視，卻不敢移動身體過來，以免破壞自家陣形。肩膀上那兩塊黃色銅板來之不易，含金量也令人羨慕，雖然軍餉只有同級戰兵百夫長的一半高，可也是每月整整四貫半銅錢，萬一失去，這輩子都甭想再撿回來。

「刀盾兵，上前，有後退者，當場斬首！」徐達高舉著一個鐵皮喇叭，重申軍紀，蒼白的臉上不帶任何悲憫。

他是戰兵千夫長，無論威望還是資歷，都遠遠超過了耿再成，手持長矛的輔兵們心中一凜，無可奈何地繼續蹲在原地，矛尾戳進泥土，矛鋒斜指向上。

右翼輔兵當中僅有的五十多名刀盾手跑到長矛陣之後，與耿再成站在一排。

「弟兄們，對不住了，將命難違。不過，你們要是全死光了，老子保證跟你們一起走！」

「去你娘的，老子不用你陪！」長矛兵們破口大罵，手中長矛卻越握越牢，繼續對準陸續撞過來的戰馬，苦苦支撐。

「輔兵庚、辛兩隊，舉標槍，正前方十五步，投！」徐達的聲音再度響起，穿透馬蹄轟鳴和人的哭喊聲，傳進周圍弟兄們的耳朵。

幾名同樣舉著鐵皮喇叭的傳令兵，將他們的命令迅速傳給全軍，兩個跟在方陣中後方的輔兵百人隊迅速從背上解下一根短矛，奮力向正前方十五步遠區域投去！

「噗！」「噗！」又有二十幾匹戰馬貼著長矛陣快速跑過，地上的悲鳴聲戛然而止，只有一團團血肉，暗示著曾經有生命在此處消失。

又有一波騎兵跑了過來，速度變得極其緩慢，每個騎在馬背上的蒙古武士都全力拉緊韁繩，將戰馬勒得眼珠凸出，嘴角冒血，接連悲鳴不止。後續跑過來的騎兵速度更慢，距離長矛陣也更遠，馬背上的蒙古武士臉色灰敗，寧願冒著停下來被後面的人撞下馬的風險，也不願意再靠近長矛陣的邊緣。沒有速度和慣性的影響，也沒有主人的逼迫，戰馬的求生本能，使得牠們自動遠離長矛叢林。

當擲出去的標槍再也碰不到任何騎兵，整個長矛陣突然爆發出一陣歡呼。

「噢——，韃子怕了，韃子居然也知道害怕！」

蒙古人也會死，蒙古人也會怕。在死亡面前，他們的勇氣和韌性甚至比不上大夥先前在韓信城中遇到的漢軍。那些漢軍雖然選擇了投降，但是在喪失全部希望之前，他們始終在努力堅持，試圖翻盤。而剛才被大夥打敗的那夥蒙古騎兵卻是在勝負未分的情況下，主動選擇了退避。

他們怕了，他們退縮了，他們在一支輔兵的面前主動選擇了退縮。發現這個秘密的紅巾將士也被右翼的袍澤們的情緒所感染，緊跟著叫喊起來：

「噢——噢——噢！」一聲接一聲，充滿了驕傲！

「噢——噢——噢，韃子怕了，韃子居然也知道害怕！」歡呼聲如早春的驚雷，從背後追上蒙古騎兵，傳進每個人的耳朵。

千夫長伴格嘴角流著血，恨恨地回頭。前後不過是十幾個呼吸間，便有上百名蒙古騎兵死在長矛陣前，論數量，已經超過了先前在左翼兩次損失的總和，而對手所付出的代價，僅僅是同樣數量的步卒而已！

每一次回頭，對他來說都是一次痛苦的折磨，他卻不得不那樣做，看清楚自己剛才的對手是誰，看看還沒有更多的弟兄跟上來。

因為他知道，自己麾下這支騎兵完了！雖然沒有崩潰，卻傷到了骨子裡，沒有四個月到半年時間，根本不可能再走上戰場。

然而，他今天所要承受的折磨卻沒有到此為止。忽然間，身後又傳來一陣嘹亮的號角，像利刃一樣刺破頭頂上的騎兵雲。

「嗚嗚，嗚嗚——嗚——嗚！」緊跟著，在他正要面對的位置，也有焦急的號角聲響了起來。兩種截然不同的旋律攪在一起，宛若兩條蛟龍在雲端搏殺，吵得人頭暈目眩，五腑六臟上下翻滾。

「敵軍主動發起了攻擊？」強壓住心中的煩惡，騎兵千夫長伴格再度愕然回頭，卻發現先前給他製造巨大傷害的那支紅巾軍方陣，居然重整了隊伍，尾隨著騎兵的撤退腳步跟了上來。朱八十一的本陣和左翼也同時向前推進，像三隻巨大的刺蝟，彼此呼應著發起了反擊。

「賊子敢爾！」千夫長伴格大聲詛咒，拉住坐騎，準備轉身迎戰。

身邊的親兵和四個百夫長紛紛回應，稍遠一點正在倉惶回撤的其他騎兵，卻根本不清楚發生了什麼，也顧不上觀察自家主將的認旗，稀裡糊塗地撞了上來，與停住腳步的自家人擠成了一鍋粥。

「傳令，右翼加速前進！給我咬住那支騎兵！」一直緊盯著戰場的朱八十一敏銳地捕捉到了戰機，果斷地發出了命令。

「右翼加速前進！」負責傳令的親兵通過旗幟、喇叭和號角，將命令快速傳到徐達的耳朵裡。

原本就有趁勢發起總攻的想法，卻無法及時跟自家主帥溝通的徐達，聽到命令後喜出望外，立刻拎著長槍，跑到右翼方陣的最前列。

「弟兄們，跟我上！」

「弟兄們，跟我上！殺韃子！」耿再成放棄督戰任務，拎著鋼刀追上來，與徐達比肩而行。

隊伍中的百夫長紛紛走到各自隊伍的前列，或者高舉鋼刀，或者平端長槍。

包了鐵的靴子踩在地面上，一步一個腳印。

「殺韃子！」一千五百多名還能繼續戰鬥的輔兵大聲響應，邁動雙腿，義無反顧地朝七十餘步外擠做一團的蒙古騎兵衝了過去。

他們當中，大部分人只有一件簡單的布甲，少部分人甚至連布甲都沒穿，但是此時此刻，**他們誰都沒有退縮，因為他們的千夫長衝在最前面，他們的百夫長衝在最前面，他們的牌子頭始終和他們肩並肩衝在一條線上。**

「給我上」和「跟我上」，只有一字之差，所帶來的效果卻是天上地下。

他們是徐州左軍，哪怕是輔兵，也是徐州左軍！五天一次的訓練，不足以讓他們和戰兵一樣成為精銳中的精銳，卻有某種和戰兵一樣的東西，已經悄悄地在每個人的心頭生根發芽。

「傳令，伴格橫拉到右翼！讓左翼的王世元帶領他的千人隊頂上去！」距離千夫長伴格一百步遠處，淮東廉訪副使褚布哈果斷地做出了調整。

「大帥，陣形？」副萬戶鐵金猶豫了一下。

反傴月陣的精髓就在中央這五百騎兵上，先利用騎兵的速度和攻擊力打亂敵軍的部署，然後揮動步卒趁機殺上，將敵軍徹底擊潰，而將伴格的騎兵橫挪，主動避敵鋒纓。則會令反偃月陣的攻擊力大幅下降，並且還可能對自家士氣造成嚴重打擊。

「傳令，騎兵橫拉到右翼，將左翼讓給漢軍！」褚布哈狠狠瞪了他一眼，將漢軍兩個字咬得特別重。

副萬戶鐵金不敢再多嘴，只好憤懣地將頭轉到一邊，以蒙古軍為腹心，以探馬赤軍為手臂，以漢軍為爪牙，約束地方駐屯軍，彈壓百姓。

這種**層層節制的領兵方略**，**是大元朝的傳統國策**。淮安府位置靠南，沒有探馬赤軍，如果蒙古軍陣亡的太多，下面漢軍的忠心就無法保證。那樣的話，即便今天打敗朱八十一，也是替人火中取栗；萬一下面的漢軍將領突然領兵造反，達魯花赤者逗撓、廉訪副使褚布哈，還有副萬戶鐵金，恐怕都得落得一個身敗名裂的下場！

「嗚嗚嗚，嗚嗚嗚！」

「咚咚，咚咚，咚咚！」

戰旗揮舞，鼓角交鳴，將褚布哈的命令快速傳遍整個反偃月陣。

眾蒙古騎兵如蒙大赦，立刻簇擁起千夫長伴格，頭也不回地向自家軍陣左翼撤去，把正在拚命趕過來接應他們的漢軍將士直接丟給了對手。

眾漢軍將士見狀，氣得破口大罵：「孬種，慫貨，平時欺負老子的本事哪去了？老人拼死拼活過來接應你們……」

「大人，紅巾賊攻上來了！怎麼辦啊？」副千戶韓忠拉了一下千夫長王世元一把，焦急地提醒。

「怎麼辦？還能怎麼辦，你給我帶人先頂上去！誰讓咱們命賤來著！」漢軍千夫長王世元氣急敗壞，用刀尖指著對面士氣憑空暴漲了一倍的紅巾右翼，大聲咆哮道。

「弟兄們，給我頂上去！一個人頭兩貫，打完了仗立刻兌現！」副千戶韓忠無奈，只好命令麾下的百戶們帶隊迎戰。

百戶們沒法將任務再往下推了，互相看了看，扯開嗓子罵了句娘，舉起鋼刀，豁了出去：「奶奶的，人死鳥朝天！弟兄們，給我頂上去啊！弟兄們，打贏了這仗，咱們大碗喝酒，大塊吃肉！」

「頂上去，頂上去！」隊伍中的牌子頭和老兵們鬧轟轟地嚷嚷著，挾裹著剛剛入伍不到一個月的新丁，舉起鋼刀長矛，小跑著迎向紅巾軍，邊跑嘴裡還一邊不停地給自己打氣：

「殺啊，殺光了他們，殺光他們領賞錢，這輩子都不用再熬鹽了！」

徐達身後的紅巾軍弓箭手看到機會，毫不猶豫地迎頭賞了他們一陣羽箭。

因為是在跑動中的緣故，只有二十幾名漢軍士卒中箭，倒在地上，抱著傷口厲聲哀嚎。其他漢軍將士的腳步頓了頓，然後繼續低著頭向前小跑，一邊跑一邊調整跟同伴之間的距離。

對面快步走過來的紅巾軍將士卻沒有加速，跟在徐達和幾個百夫長身後，努力保持著完整的陣形。

「把矛端平！」一些有戰鬥經驗的老兵大聲提醒：

「眼睛向前看！」

「盯住對面跑過來的那個人！」

「刺！」

「轟！」兩支迎面而行的隊伍毫無花巧地撞在了一起，霎那間血肉橫飛，金鐵交鳴聲響徹原野。

雙方衝在第一排的人，都倒下了將近一半。第二排的人快步跟上，踩著自家袍澤的屍體，撲向對面的敵人。

雙方操著同樣的語言，大聲詛咒對手的祖宗八代，同時努力用手中兵器去尋找對方的要害。彼此的眼睛裡，都充滿仇恨和恐懼，彼此的臉上，都寫滿了憤怒與殘忍。

千夫長徐達用長槍挑飛了一名二十出頭的蒙元牌子頭，那人長著一張古銅色的臉，耳朵下有一片暗青色的胎記。面孔依稀以前見過，像極了他放牛時的一個同伴，然而他卻無法確認，也不敢手下留情。兩軍陣前，不是你死，就是我亡。

第二個元兵很快就撲了過來，蹲下身，用朴刀去砍他的大腿，徐達手中的纓槍太長，來不及回防，只好奮力跳起，用戰靴去踹對方的鎖骨。

元兵大喜，側轉刀刃，直削徐達小腿。

「殺！」斜向刺過來的一根長矛，搶在徐達的雙腳被削中之前替他解決了對手。那名上前幫忙的弟兄被兩個蒙元士兵用長矛挑了起來，高高地舉在半空中。

「小張子——！」

千夫長徐達看得眼眶俱裂，抖動纓槍，一槍一個，將兩名蒙元士兵捅翻在地。再去找自家兄弟，卻只看見一具冰冷的屍骸。

「給我衝，殺二韃子，殺光他們！」他憤怒地大叫，帶著身後的輔兵們，向前衝殺！亮白色的精鋼板甲很快就被血漿給染成了粉紅色。周圍的耿再成和幾個百夫長也靠過來，與他組成一個銳利鐵三角，逆著敵軍，不斷向前深入。

蒙元將士則湧過來四面八方展開反擊，輔兵的隊形漸漸被壓縮成一個巨大的三角，以徐達為頂，耿再成等人為腰，最底部，則是一群手忙腳亂的弓箭兵，慌慌張張地將鵰翎搭在弓臂上，朝四下裡的敵人隨機發射冷箭。

沒任何目的，也沒任何章法。

「嗖嗖嗖！」從褚布哈的帥旗旁猛然升起一陣羽箭，落在戰團中央，濺起一串串血花。

「噹！」朱八十一用殺豬刀磕飛一支迎面射來的冷箭，然後將刀尖指向正前方，「跟我衝，活捉褚布哈！」

「活捉褚布哈，活捉褚布哈！」徐洪三等人大聲答應著，同時加快腳步。

身後的八百多名戰兵排著整齊的方陣快步跟上，靴子踩在地上轟轟作響。他們是徐州左軍最為精銳的部分，鎧甲兵器比輔兵精良好幾倍，作戰經驗和戰鬥力也是後者的好幾倍。徐達帶領輔兵都能與敵軍殺個旗鼓相當，他們沒理由落在後面。

「嗖，嗖嗖——！」

迎面又飛來一陣箭雨，砸在盾牌和鎧甲上，叮噹作響，大夥的腳邊一瞬間也長滿了白色的箭桿，像夏天農田裡剛割過麥子一樣密集。包鐵的戰靴落在地上，踩出來的不再是「轟轟」的聲音，而是刺耳的「咯噠咯噠」，對面的鼓聲也愈發激烈起來，「咚咚咚，咚咚咚」，敲得地面上下起伏。

朱八十一身後沒有那麼多弓箭手，火槍兵也盡數撥給了相對薄弱的左翼，因此，他根本沒有下令還擊，只是一手拎著盾牌，一手拎著出征前黃老歪專門給他特別打造的殺豬刀，繼續快步向前，五十步、四十步、三十步、二十步……

「嗖，嗖嗖，嗖嗖——！」又是一陣冷酷的羽箭破空聲。數百支泛著寒光的破甲錐，毫無預兆地射了過來。

徐洪三帶著親兵們舉盾護住他的兩側，朱八十一自己也用盾牌護住臉部和脖頸。

「叮叮噹噹」的聲音猶如暴風驟雨，一瞬間，就有七八名親兵在他身邊近在咫尺的地方倒了下去。

「殺二韃子！」朱八十一奮力怒吼，將扎滿破甲錐的盾牌掄起來，橫著向對面甩了過去，然後雙腿猛的用力，緊跟著盾牌衝入迎面的敵軍當中。

徐洪三帶著親兵緊緊跟上，刀盾齊揮，護住自家主帥身側和身後，不給任何人偷襲之機。幾個戰兵百人隊以最快地速度追了過來，像一把巨大的鐵錘，將敵陣砸得四分五裂。

周圍的蒙元士卒抵擋不住，節節敗退，一名百夫長卻帶著幾個親兵逆著人流衝了過來，直撲朱八十一。徐洪三搶先一步將其攔住，鋼刀直取對方脖頸，那名百夫長大聲咆哮，不得不舉著朴刀回防，陳德拎著一把長槍幽靈般出現，一槍戳破此人的喉嚨。

「錫海大人死了！」幾名親兵哭喊著上前來搶屍體，卻被陳德一槍一個盡數戳翻在地。

從最後一名親兵的胸口拔出長槍，他身邊已經空無一人，抬頭向前望去，看見朱八十一帶著親兵突入敵陣二十餘步，所過之處，屍橫遍野。

「跟上朱將軍，保持陣形！」陳德扯開嗓子大喊，快步急追。

「跟上朱將軍，保持陣形！」周圍的紅巾軍將領們大聲重複著，努力讓軍陣不被自家主將丟下太遠。攔路的蒙元將士要麼被亂槍戳成篩子，要麼撒腿逃命，根本無法令大夥的隊伍停滯分毫。

「嗖，嗖嗖——！」又一波破甲錐從頭頂撲下來，不分敵我，將雙方將士射到了幾十個。

朱八十一的進攻同時也被一名蒙古千夫長擋住了，雙方在人群中刀來斧去，呼喝酣戰，恨不得立刻就取走對方性命。

徐洪三帶著親兵上前幫忙，卻被對方的親兵死死攔住，彼此都是精銳中的精銳，短時間內，誰也奈何對方不得。

後面的紅巾軍戰兵加快腳步，冒著箭雨趕上前，為自家主帥提供接應。褚布哈那邊則派出了雙倍的人手應對，攔在他們面前，寸步不讓。

「去死！」朱八十一急得大喊大叫，殺豬刀宛如閃電一般，捅向蒙古千夫長的大肚子。對方用一面皮盾頂住殺豬刀的側面，奮力斜推，帶得他的身體踉踉蹌蹌，隨即一斧子砍過來，直奔他的後腦海。

「叮！」憑著戰場廝殺養成的直覺，朱八十一猛的低下頭，盔纓被砍去了半截，頭暈目眩。緊跟著，他又向前踉蹌了兩步，一把扯住刺向自己的長槍，將持槍的蒙古親兵扯過來，擋住蒙古千夫長的視線，然後殺豬刀迅速橫抹，將擋箭牌抹成一具屍體。

「無恥，別跑！」蒙古千夫長氣急敗壞，拎著斧頭快步追上。

朱八十一自知武藝不如對方，東一步，西一步，在人群中穿梭，殺豬刀專門撿那些戰鬥力稍差的蒙元士兵身上招呼。

很快，他腳下就躺了七八具屍體，活動範圍也加大了五六尺方圓。猛的一彎腰，他抄起一面盾牌向後砸去，然後急速轉身，正面衝向了那名蒙古千夫長。

盾牌被蒙古千夫長用手斧淩空劈成了兩半，血水和泥漿飛散開，糊得此人滿臉都是。

「啊——」千夫長大叫著丟下盾牌，用左手清理視線。朱八十一趁機一個翻滾衝過去，殺豬刀自下向上，「噗——！」從護心鏡和護襠之間的縫隙插入，直抵右腎。

「啊！」蒙古千夫長疼得丟下手斧，低聲悶哼。隨即，臉色一片青黑，低頭栽倒，死得悄無聲息。

「呼和千戶也死了！」

「呼和千戶被朱屠戶捅死了！」

四下裡又傳來一陣驚呼之聲，蒙元士卒像躲瘟疫一樣倒退著躲開，誰也不願意再上前招惹朱八十一這個煞星。

徐洪三趁機帶著親兵殺過來，將氣喘如牛的朱八十一死死護住，然後與大隊人馬會合在一起，繼續向褚布哈的帥旗全力推進。

「鐵金！你親自帶兩個千人隊迎戰，不求速勝，纏住他們，消耗他們的體力！」指揮戰鬥的褚布哈深吸了一口氣，親自將令旗舉了起來，「擂鼓，給鐵金將軍助威！」

「是！」副萬戶鐵金沉著臉領命，點起褚布哈身邊的全部成力量向朱八十一堵了過去。

到了此刻，褚布哈的帥旗前，再也沒有人敢小看那個殺豬的屠夫了。不到九百人的中軍，居然在十幾個呼吸間就擊潰了這邊一個千人隊。千夫長呼和奧拉，百夫長錫海，還有幾個在淮安軍中素負盛名的將領全部戰死，而那朱屠戶只不過稍微有些脫力，連汗毛都沒傷到半根。

「劉葫蘆，你帶五個百人隊頂上去，穩住陣腳！」

「王寶貴，你帶五個百人隊跟在劉葫蘆身後，能放箭就放箭。不能放箭的話，就一隊一隊往上添，務必將敵軍的腳步拖慢下來。只要將他們的腳步拖慢，就有機會從容收拾他們！」

「張安，你帶三個百人隊，從側面迂迴過去，攻擊朱屠戶的後方。從後方尋找破綻！」

「儲文廣，你帶兩個百人隊給我去督戰，敢再後退者，當場斬首！」

「栗子義，你帶五個百人隊頂在這裡，隨時準備向前接應！」

兩千人，再加上先前被殺散的那個千人隊，蒙元將士在中央戰場的總兵力已經是紅巾軍的兩倍半，然而副萬戶鐵金卻依舊不敢和朱八十一對攻，而是憑藉自己豐富的作戰經驗，全力防守，即便硬生生拿人命去拖，也要把紅巾軍的攻擊節奏給拖慢下來。

這一招果然有效，朱八十一和他麾下的戰兵們雖然攻擊力驚人，畢竟人數上嫌少了些，被副萬戶鐵金的層層阻截戰術拖住，前進的腳步越來越慢。

「轟！」「轟！」「轟！」站在城牆上的黃老二看得心急，指揮著麾下弟兄，盡力瞄準蒙元一方開炮。

然而混亂的戰場卻令火炮的威懾力大幅度下降。為了避免誤傷到自己人，炮口就不得不一再調高。而目標區域定得越遠，形成跳彈的難度就越大，炮彈的準頭和殺傷力也成倍的下降。

「胡大海將軍那邊也頂上去了！」正急得火燒火燎間，忽然聽見身邊的弟兄們大聲喊道：「胡大海上去了，他居然只帶著百十個人，就奔著蒙古騎兵去了！」

「什麼？你快說，他在哪兒？」黃老二聽得心頭亂顫，趴在城牆垛口上，目光向外掃視。

只見在戰場左側，**有一個高大的身影，帶領著百十名同樣高大的漢子，像一群猛虎般殺入騎兵中間，所過之處，血浪翻滾，**騎著戰馬的蒙古武士要麼提前躲開，要麼變成一具具死屍。

一隊騎兵繞著自家袍澤身後，兜了小半個圈子，然後撲向這夥步卒。雖然因為距離的限制，無法將速度加到極限，但人和馬配合在一起，聲勢依舊宛若驚濤駭浪。

然而，這股驚濤駭浪砸在那群漢子身上後，卻像砸中礁石一般，轉眼就四分五裂。胡大海的身影從礁石的最前方冒了出來，拎著一把長矛，左刺右挑，殺得周圍元兵抱頭鼠竄。

蒙古騎兵避開一條通道，然後黃老二就看見有個手持彎刀的傢伙，從通道中衝了出來，一刀砍向胡大海的腦袋。

「小心——！」

他扯開嗓子大聲提醒，也不管胡大海能否聽見。聲音未落，卻見那個騎在馬背上的偷襲者身體猛的向下栽去，紅光瞬間濺起半丈高。

紅光落處，胡大海的身影又顯現了出來，雙手持槍，金紅色的鎧甲噴吐出萬道流蘇。一步一槍，一槍一個，殺得蒙元騎兵紛紛策馬閃避，誰也不敢在他身前做絲毫停留。

一人，一槍，胡大海邁步在數百騎兵之間穿行，宛若閒庭信步。

那些蒙古騎兵雖然也號稱精銳，可平素也就是欺負欺負漢軍二韃子，抓抓私鹽鹽販子什麼的，幾曾見到過如此殺神般人物！最初還有人斗著膽子去迂迴偷襲，到後來連迂迴偷襲都不敢了，只能把戰馬拉遠了，遙遙地朝他施放冷箭。

而他們在先前的兩次縱馬衝陣時，已經連續射過了五、六輪，此刻慌亂中，射出的箭哪裡還有什麼力道，被胡大海用槍桿一撥，就像死蛇一樣紛紛落地。偶爾一兩支僥倖射到了胡大海的身上，也被冷鍛的板甲所阻擋，根本無法造成太重的傷害。

「開炮，開炮給胡大哥助威！」黃老二在城頭看得如醉如癡，拼命搖動令旗，吩咐麾下的炮手趕緊開炮。

「隊長，往哪兒打？」炮手們手忙腳亂地清理完炮膛，重新裝填上火藥和彈丸，卻不知道該瞄向哪個目標，伸長脖子問。

「哪裡？」黃老二被問愣住了，目光從胡大海身上移開，迅速掃視整個戰場。

借助居高臨下的便利，他得以俯覽全域。在戰場右側，此刻敵我雙方呈膠著狀態，傷亡都很慘重，卻是誰也無法佔據上風。

從城頭上看去，徐達帶領的紅巾軍依舊在頑強地向前推進，但速度卻越來越慢，甚至有些舉步維艱。而徐達對面的漢軍一直在艱難地守著，卻總能一次次重新站穩腳跟，倔強地維持自家軍陣不被攻破。

戰場中央位置的情況，與右翼基本上差不多，也是短時間內很難跟敵軍分出上下。雖然朱都督身邊的戰兵，攻擊力比敵軍強出了不止一個檔次，然而褚布哈的指揮經驗遠比他豐富，總能及時調派出人手，封堵住一個又一個突破口，令大都督打得再英勇，也無法在短時間內獲取更多的戰果。

只有戰場左側，由於有胡大海這麼一員絕世猛將在的緣故，已經漸漸撕開了騎兵的防線。不但胡大海自己突了進去，伊萬諾夫、吳良謀還有朱八十一的親兵，以及輔兵中精挑細選出來的幾十名勇士，也都沿著胡大海殺出來的血路突了進去，並且邊走邊殺，將血路拓得越來越寬，越來越寬，永遠都無法再癒合。

「開炮，開炮打騎兵身後的步兵，不讓他們向前靠近！」忽然間靈機一動，黃老二跳著腳命令。

這個命令很容易執行，因為有敵軍的騎兵隔在中間，目標區域眼下還看不到一個自己人，不必擔心誤傷。

早已被胡大海的英勇表現燒得熱血沸騰的炮手們，迅速調整炮口角度，盡最大可能的準頭，將鐵蛋丸朝戰場左側的蒙元步兵砸了過去。

「轟！」一枚炮彈呼嘯著落在騎兵和步兵中間的空地上，將地面砸出一個兩尺深的大坑，熱氣滾滾。

「轟！」第二枚炮彈準頭稍好一些，砸中正在向前走的一名牌子頭，將此人砸得半截身子都飛了出去，血流滿地。

「轟！」「轟！」第三、第四枚彈丸接踵而至，一枚砸在步卒陣列正前方，勞而無功。

另外一枚卻磕在石頭上，高速地彈了起來，砸飛一名目瞪口呆百夫長，然後又是一名步卒，落地，再度跳起，掃過第三人的腰桿，第四人的膝蓋，第五人的腳面……

「娘——！」慘叫聲從正在行進的隊伍中淒厲的響了起來。倒楣的百夫長和他的親信當場被彈丸轟上了西天，另外三個傷兵拖著殘破的肢體，在血泊中翻滾哀嚎。

頓時整個步兵千人隊都停了下來，所有人望著橫在隊伍前的巨大深坑，不知所措。儘管領軍的千夫長和百夫長在大聲鼓舞士氣，告訴彈丸不過是來自放大版的盞口銃，絕非什麼妖法。但是，誰也不願意去賭下一輪彈丸會不會落在自己身上。

·第七章·

得道多助

逯德山道：「人多有什麼了不起的？得道多助，失道寡助，
蒙元朝廷倒行逆施，老百姓早就巴不得有人來救他們於水火了，
說不定不用咱們攻城，裡邊的鄉紳百姓就會抓了者逗撓，
把城門直接獻給都督！」

「前進，繼續前進，否則執行軍法！」漢軍千夫長楊凱氣急敗壞，騎在馬上，揮刀四處亂劈。

在他的逼迫下，漢軍千人隊又開始緩緩移動，但是速度卻像裹了腳的舞姬，好半晌還沒能跟前面的騎兵貼在一起。

「趕緊擦炮！擦完炮裝火藥，裝完火藥繼續轟！別讓敵人的步兵靠近，別給敵人翻本的機會！」黃老二跳著腳，在四門火炮後面跑來跑去。

炮手被他催得滿頭大汗，然而操炮的步驟卻一樣也省略不得，沒有二十幾個呼吸，根本不可能發射出第二輪彈丸。

「你們這群廢物！」黃老二急得火燒火燎，手搭著城垛，繼續扯開嗓子給胡大海助威，雖然如此遠的距離，他的聲音不可能被對方聽見。

「胡大哥威武！胡大個好樣的！胡大哥繼續殺，吳良謀和老伊萬就在你身後！劉千戶已經帶著大隊跟上去了，馬上就到了！」

他看到胡大海再度衝入一群騎兵當中，威風八面。

他看到劉子雲整理好左翼所有輔兵和火槍兵，連同先前奉命前來支援左翼的弓箭手、擲彈兵排成整齊的方陣，快步向敵軍的騎兵壓了過去。

他看見吳良謀和伊萬諾夫兩個，引領著八十多名紅巾軍精銳，牢牢護住胡大海的身後，不准蒙古騎兵從背後發起偷襲。

他看到一名受了傷的紅巾軍精銳，從隊伍中滾了出來，舞動長刀，滾向蒙古人的馬蹄。

炙熱的淚水模糊了他的視線，黃老二趕緊用手抹了兩把，定睛再看，看見吳良謀高高地舉起鋼刀，回過頭，衝著身後的袍澤們大聲叫嚷，年輕的身體上灑滿了金色的陽光。

「跟上，跟上接應胡大哥！」

吳良謀鬼使神差地扯開嗓子招呼一聲，高舉著鋼刀，與伊萬諾夫兩個，帶領八十多名渾身是血的軍官，迅速向胡大海靠攏。

光憑胡大海個人之勇，肯定破不了敵軍的右翼防線，他們必須跟上去，將胡大海撕破的裂口繼續擴大，將恐懼根植入每個蒙古騎兵的心中。

一眾正在向胡大海偷射冷箭的蒙古騎兵紛紛將短弓轉過來，試圖攔住吳良謀等人的腳步。

誰料吳良謀、伊萬，還有隊伍中三十幾個朱八十一的親兵也豁出去了，居然仗著身上穿著板甲，在外圍護住其他弟兄，一道迎著羽箭硬衝，三步兩步衝到胡大海身後，再度組成一個鐵三角，朝著騎兵隊伍深處高歌猛進。

「衝上去，用戰馬踩死他！你們還配做成吉思汗的子孫麼?!」

千夫長伴格的臉像被人抽了幾百個耳光一樣紅，驅趕著自己的親兵，逆著逃命的人群迎了上來。

「殺了他，誰殺了他，老子下個月就舉薦他帶隊出去巡視鹽灶！老子說話算話！」

巡視鹽灶，就意味著可以隨心所欲向灶戶們索要賄賂，一次下來就是萬貫纏腰，重賞的刺激下，又有十幾名騎兵鼓起全身勇氣衝了上去，先是亂箭齊發，然後舉起彎刀向下亂砍。

速度衝不起來，但他們還有戰馬的高度可以利用，居高臨下，亂刀齊剁，總有一刀能創造奇蹟。

眼看著胡大海就要被刀光籠罩，跟在他身後的伊萬諾夫忽然大喝一聲，將手中長矛奮力向前擲了出去。

「噗！」銳利的矛鋒直接穿透了戰馬的脖頸，可憐的畜生吃痛不過，身體猛的抬起前蹄，將背上的武士狠狠摔了下去，摔了個筋斷骨折。

「中！」隊伍中持著長矛的紅巾軍將士，全都學著伊萬諾夫的樣子，將長矛向前投去。黑壓壓，在半空中形成了一道風暴。

風暴過處，衝向胡大海的蒙古武士，像被冰雹砸過的柿子一般紛紛從馬背上掉下來，每個人身上都插著一支到兩支長矛，死得慘不忍睹。

「殺韃子！」逃過一劫的胡大海仰頭高呼，長槍連挑，將僥倖沒被擲死的蒙古武士挨個挑於馬下。

從軍這麼長時間，從朝廷的官兵到紅巾軍的參謀，他還是第一次發現衝鋒陷陣的感覺原來是如此之酣暢。就像圍著火堆喝烈酒，自斟自飲索然無味，但是有很多肝膽相照的弟兄們分享的話，肯定越喝越過癮。

依舊有蒙古騎兵在伴格的催促下，接二連三向他衝過來，或者被他迎面一槍刺死，或者被伊萬諾夫和吳良謀等人亂刃分屍。

八十多條漢子第一次配合，卻完美地組成了一架殺戮機器。在蒙古騎兵中左衝右突，如入無人之境。

兩名騎兵百夫長兜著圈子從側面殺了過來，試圖挽回一點兒顏面，吳良謀手疾眼快，丟出一面盾牌，砸在戰馬的脖頸上，令其中一人的衝擊半途而廢。兩名紅巾軍壯士從隊伍中快速滾了出去，朴刀砍向另一匹戰馬的前腿。

「轟！」戰馬倒地，將一名紅巾軍壯士壓得吐血而亡。馬背上的蒙古百夫長被捧了個七暈八素，沒等從地上爬起來，身上就挨了二十餘刀，當場變成了一堆碎肉。

「巴圖，寶音，你們兩個帶人上！」千夫長伴格依舊不甘心，用刀尖逼迫著麾下的將士繼續上前跟胡大海拚命。兩名被點到名字的百夫長愣愣地看了他一眼，將馬頭拉開，誰也不肯白白送命。

「你們！」千夫長伴格又羞又氣，拔出刀來要執行軍法。

「少將軍小心！」一名親兵伸手推了他一把，然後慘叫著落於馬下。

「啊！」

「季平——」千夫長伴格大喊，心裡難受得如同刀絞。親兵隊長季平是他從小一起玩到大的家奴，彼此間感情親如兄弟，誰料今天竟眼睜睜地死在他的馬前。

「我要殺了你！」下一個瞬間，被憤怒沖昏頭腦的千夫長伴格，高舉著彎刀，跳下馬背，徒步向胡大海撲了過去。

「來得好！」胡大海從弟兄們手裡接過一把剛剛撿來的彎刀，快步上前迎戰，「不用過來幫忙，你們繼續向前推，鑿穿了這夥騎兵，再去鑿敵軍的右翼步兵！」

胡大海一個翻腕橫拍，就將伴格的兵器拍脫了手，隨即一個上步斜劈，彎刀在陽光下猛的一亮，「噗——！」

伴格的頭顱連同肩膀一起飛出五六尺遠，半邊身體搖搖晃晃，踉蹌著栽倒。

「伴格死了，伴格被黑大個殺了！」周圍蒙古兵大聲叫嚷，卻沒人敢過來搶奪屍體。

眾人驚恐的目光中，胡大海淌著血泊，從伴格的親兵隊長季平的屍體上拔下長槍，然後遙遙地指向其餘蒙古武士的鼻子尖，「殺——！」

「殺——！」吳良謀和伊萬諾夫等人齊聲回應，大步靠過來，與胡大海再度組成一架殺戮機器。

「殺——！」山崩般的回應聲，從他們不遠處的身後響起。劉子雲帶著左翼所有兵馬趕到，邁著整齊的步伐，貼在三角陣之後，長矛如林，殺氣直沖霄漢。

不知道是哪個蒙古騎兵帶了頭，剩餘的兩百三十多名騎兵像雪崩一樣，迅即撥轉戰馬，朝自家步兵逃去，再也不敢回頭多看上一眼。

「跟上他們！殺個痛快！」胡大海舉起長矛，大喊道。

「追過去殺個痛快！衝散他們的步兵！不給他們翻本的機會！」劉子雲採納了他的意見，用號角聲將命令傳遍整個隊伍。

「嗚嗚，嗚嗚！」嘹亮的號角聲響了起來，宛若虎嘯龍吟，所有左翼的紅巾將士邁動腳步，如山洪般滾滾向前，凡是攔路者，全都滌蕩一空。

千人，千槍，如牆而進，隊伍後還跟著成排的火槍手和弓箭手。

已經被殺落了膽子的蒙元騎兵被驅趕著策馬逃命，唯恐自己的速度不夠快。他們自家右翼一個步卒千人隊正趕上前來接應，走得雖然磨磨蹭蹭，恰恰擋在騎兵的退路上。

「從側面繞過去，不准衝亂自己人，亂了自家陣腳！」漢軍千夫長楊凱急得滿頭大汗，揮舞著鋼刀朝潰兵喝令。

一個二鬼子千戶哪有資格指揮蒙古太君?!更何況太君們早已經被嚇得失去了判斷力！眾蒙古潰兵理都不理，拼命磕打馬鐙。跑得最快的五十幾匹戰馬沒做絲毫停頓，直接就朝千夫長楊凱的認旗下衝了過去。

「軍令，臨陣退縮者……」千夫長楊凱兀自不甘心，舉起刀來試圖威脅，身邊的親兵手疾眼快，趕緊拉了一把他的馬韁繩，以最快速度將坐騎向右側牽去。

「快躲，他們真敢踩死您！」

的確，那些潰退下來的騎兵雖然沒有勇氣回頭迎戰，卻不在乎踩死一兩個漢人給自己開路。五十幾匹馬幾乎貼著千夫長楊凱的肩膀衝了過去，馬蹄過處，來不及躲避的漢軍將士被踩了個筋斷骨折。

「讓開，讓開！沒長眼睛麼，撞死了活該！」第二波潰兵轉瞬又逃到陣前，沿著第一波潰兵踩出來的血肉通道長驅直入。

「讓開，讓開！紅巾軍來了，紅巾軍追上來了！」

緊跟著，是第三波，第四波，二百多匹戰馬，速度不算高，破壞力卻大得無與倫比。凡是擋在戰馬去路上來不及躲閃的將士，全都被踩成了肉泥，剩下的倖存者紛紛閃避，寧可衝亂自家軍陣，也不願用血肉之軀去墊蒙古太君的馬蹄。

轉眼間，兩百多蒙古騎兵就透陣而過，將四分五裂的步兵大陣丟在身後，誰也不屑回頭多看上一眼。

「你們──」差一點被戰馬踩死的千夫長楊凱，望著自家大陣欲哭無淚。費了九牛二虎之力，冒著被彈丸砸死的風險，才勉強維持陣形不散。誰料在最後關頭，卻被潰下來的蒙古騎兵直接給踩了個粉碎。而不遠處，紅巾軍的長矛兵已經大步推了過來，沒有完整的陣形，士氣也瀕臨崩潰的邊緣，即便他是孫吳轉世，也不可能力挽狂瀾！

「千戶，紅巾軍殺過來了！」副千戶魯方和葉鵬跑上前，接結結巴巴地說：「大人，紅巾軍殺過來了！咱們可怎麼辦吶?!」

「怎麼辦，涼拌！」千夫長楊凱吐出一口猩紅的吐沫，咬著牙舉起鋼刀，「弟兄們，跟著我，保護蒙古老爺！」

說罷，一轉身，帶頭朝蒙古潰兵追了過去。

「保護蒙古老爺？」魯方和葉鵬兩個愣了愣，如夢初醒，也陸續舉起刀，撥轉各自的坐騎。「弟兄們，保護蒙古老爺去啊。紅巾賊會妖法，千萬不能讓他們傷到蒙古老爺！」

「轟！」正兩股戰戰不知何去何從的漢軍士卒聞聽，紛紛丟下兵器，四散奔逃，再也沒人肯留下來替蒙古太君們阻擋紅巾軍的兵鋒。

就在紅巾將士準備一鼓作氣將敵軍衝垮的時候，對面的蒙元千人隊忽然不戰而潰。

非但衝殺在隊伍最前方的胡大海愣住了，稍後位置統領整個左翼的劉子雲，一瞬間也是目瞪口呆。

然而，隊伍中卻有幾個反應迅速的，吳良謀就是其中翹楚，見到擋在左翼前面的敵軍望風而逃，立刻扯開嗓子提醒道：

「去殺褚布哈，他身邊沒剩下幾個人了！殺了他，這仗咱們就贏定了。」

「殺褚布哈！」劉子雲根本來不及多想，將手中鋼刀朝敵軍的帥旗一指，大聲命令。

「殺褚布哈！」胡大海、伊萬諾夫等人紛紛響應，舉矛提刀，帶頭向目標衝了過去。

「跟上胡將軍，殺褚布哈！百夫長各自管好本隊！」劉子雲繼續發號施令。

敵軍右翼就這樣被衝垮了?! **蒙古騎兵的戰鬥力居然還不如漢軍二韃子？天，他們當年怎麼滅掉大宋的?!**

到現在為止，劉子雲都無法相信自己的眼睛，然而，頭盔上傳來的陣陣轟鳴聲，卻清晰的告訴他，眼前的一切都是事實。敵軍的右翼完全垮了，被胡大海帶著八十多名弟兄硬生生給衝垮了，褚布哈的軟肋已經暴露在大夥面前，只等著大夥衝上去捅刀子。

劉子雲深深地吸了一口氣，他從親兵手裡搶過一個鐵皮喇叭，用盡全身力氣大喊：「全體輔兵，跟上胡大海！火槍兵、弓箭手和擲彈兵向我靠攏，大夥一起去殺褚布哈！」

「輔兵全都跟上胡大海！火槍兵、弓箭手和擲彈兵向劉千戶靠攏！」親兵們紛紛舉起鐵皮喇叭，將命令再次清楚地重複。

不用他們重複，輔兵和戰兵們正在這樣做，胡大海剛才的英勇表現，折服了所有弟兄，大夥願意追隨他一道衝鋒陷陣，而火槍兵、弓箭兵和擲彈兵們不適合衝在最前方肉搏，所以乾脆留下來組成第二梯隊，尋找新的戰機。

「殺褚布哈！」胡大海大步流星朝著元軍帥旗靠近。身側和身後跟滿了紅巾軍弟兄。

千人，千槍，如牆而進。

此時，哪裡還需要什麼旗幟和號令?!胡大海那高大魁梧的身影就是一面旗幟，凡是能看到他鎧甲反光的弟兄，都寸步不落地跟上去。哪怕擋在前面的是刀山火海，亦不旋踵！

「嗚嗚，嗚嗚嗚嗚——」

二十幾名負責戰場警戒和傳遞命令的蒙古斥候看見了移動的矛牆，一邊拼命吹響號角向自家中軍示警，一邊催動坐騎迎了上來。

他們試圖拖延時間，用自己的性命給褚布哈爭取時間。然而，他們的努力註定是徒勞的，二十幾匹**戰馬在上千桿長矛面前，像擋車的螳螂一樣渺小無力**，只濺起了幾點微弱的血光，就消失得無影無蹤，而**長矛之牆卻繼續滾滾向前移動，腳步隆隆，踩得大地上下起伏。**

「阿塔赤、阿蘭達兒、都丹，你們三個帶著所有親兵給我頂上去！」望著二十幾名斥候在矛牆前消失，廉訪副使褚布哈咬著牙，拿出了最後的賭本。

「大帥——！」三個明顯長著西域面孔的親兵隊長愣了愣，大聲抗議。

這三百親兵是主帥的最後屏障，如果他們全都押上去了，褚布哈身邊就只剩下高麗鼓手和文職幕僚，萬一再有什麼人突然冒出來，後果不堪設想。

「速去！」褚布哈的臉孔抽搐了一下，緩緩從腰間抽出鑲嵌著寶石的彎刀。

完全由蒙古武士組成的騎兵率先崩潰，右翼漢軍千人隊不戰而逃，自家兒子伴格生死不明。仗打到這個份上，他身邊再留不留親兵已經沒有任何意義。把全部賭本都押上去，也許還有機會挽回一點顏面，然後再從容撤退。如果此時還捨不得拚命的話，萬一被紅巾軍從右路殺到自己帥旗前，先前苦苦支撐的左路和中路勢必陷入混亂狀態，跟隨自己出征的這六千餘眾，就要全部葬送在這裡！

「是，大帥！」三個百夫長不敢再爭，跳下坐騎，徒步帶領著各自麾下的親兵百人隊，朝徐徐而來的矛牆迎了上去，每個人臉上的表情都是一片猙獰。

距離太近，騎兵太少，所以還不如棄馬步行，列陣而戰。他們是親兵，主帥的親兵，精銳中的精銳。而對方不過是一群烏合之眾，幾個月前手裡握的還是鋤頭。

「擂——鼓！」褚布哈回頭瞪了滿臉恐慌的高麗鼓手們一眼，鬍鬚根根直豎，就像一頭暴怒的獅子。

「咚咚咚，咚咚咚，咚咚咚……」眾高麗鼓手們被嚇得一哆嗦，拼命敲打起了戰鼓。

低沉的鼓聲貼著地面奔湧向前，不停地催促著親兵們的腳步。三百名鎧甲鮮明的親兵猛的仰起頭，發出一聲咆哮，「啊——！」高舉著彎刀朝矛牆撞了過去。

「把矛端平！」胡大海的瞳孔猛的一縮，平端起長矛，對準前面衝過來的元軍將領胸口。

「把矛端平！」吳良謀、伊萬諾夫還有輔兵中的百夫長們，各自端穩撿來的漢軍制式長槍，把三尺長的槍鋒對準衝過來的元兵。

「向前五步，衝！」胡大海又高喊了一聲，邁動雙腿，大步向前衝去。

「向前五步，衝！」吳良謀、伊萬諾夫還有輔兵中的百夫長們齊聲重複。跟緊胡大海的腳步並肩而前。

雙方將士咬著牙，加速互相靠近，彼此很快就能看見對方的眼睛，鼻子，還有淡黃色的面孔。

「殺——！」在最後的瞬間，雙方都奮力將憋在胸口的氣吐出，將兵器朝對方要害遞去，每個人下手都毫不猶豫。

血，像噴泉一樣從傷口湧了出來，上百道齊齊噴上天空，將風和陽光都染成了耀眼的紅。

傷者慘叫著在地面上翻滾，死者悄無聲息，沾滿鮮血的屍體旁，雙方將士捨命搏殺，或者刺死對手，或者被對手刺死，別無選擇。

吳良謀挑開砍向自己的彎刀，一矛刺穿對手的喉嚨，另外一把彎刀立刻閃著冷光砍過來，直奔他的胸口。身邊的紅巾弟兄迎上去，用長矛替吳良謀擋住必殺一擊。第三把彎刀砍過來，砍斷這名弟兄的鎖骨，同時也被伊萬諾夫刺死。

吳良謀怒吼著抖槍，將偷襲自己的人挑上半空。

「保持陣形！」胡大海一邊帶隊衝殺，一邊大聲喊著：「咱們這邊人多，別跟他們單打獨鬥。一起向前戳，戳死他們！」

「戳死他們！」紅巾軍將士扯開嗓子，同時將手中長矛奮力向前攢刺。

三名衝過來的蒙古兵招架不及，身上被捅出了無數血窟窿，慘叫著倒在地上，很快就停止了呼吸。

「保持隊形！」紅巾軍百夫長們大聲吶喊著，將經驗四下傳播。戰場是最佳的練兵場所，幾次惡戰打下來，活著的都是精兵。

「保持隊形，一起捅！」周圍的紅巾軍輔兵們迅速掌握了殺敵和自保的關翹，將彼此的身體儘量靠攏在一起，肩並肩舉矛，肩並肩前刺，彼此成為身邊袍澤的最後依仗。

一名身材粗壯的蒙古牌子頭叫喊著衝到陣前，用圓盾擋開對手的矛鋒，一條，兩條，三條，更多的長矛從兩側刺過來，刺入他的左右肋骨，然後將他高高地挑起，高高地甩到半空中，血流如瀑。

另外三名色目武士結成一個小陣，背靠著背，與周圍的紅巾軍展開搏殺。他們的武藝遠遠超過了周圍的紅巾軍弟兄，然而這裡卻不是江湖比武，沒人跟你講什麼人數對等。幾根長矛從側上方絆住他們的兵器，另外幾根長矛從斜下方刺入他們的大腿。

「啊——！」三名色目武士如受傷的惡狼般發出慘叫，悠長而又淒涼。紅巾軍弟兄迅速將矛抽了回去，血像噴泉般從他們的大腿處向外噴射，在周圍地面上彙聚成溪。色目武士們失血過多，站立不穩，小陣分崩離析，數桿長矛刺過去，結束了他們的痛苦。

「頂住，大帥就在咱們身後！」親兵百夫長阿塔赤大聲怒吼，手中彎刀舞得像風車一樣急。

幾十名蒙元親兵和他聚在一起，組成了一個難啃的疙瘩。一隊紅巾弟兄衝上來，被他們硬生生頂住。雙方在極小的範圍內以命換命，誰也不肯退後。周圍紅巾軍像潮水般繼續向前湧去，與另外一夥蒙元士兵頂在一起，推著對方不斷移動。

「老伊萬，你繼續帶隊向前殺，這裡交給我！」

胡大海忽然從人流中轉過身，快步衝向膠著的戰團。一名紅巾弟兄重傷倒地，他快速從缺口衝進去，手中長矛如巨蟒般，刺向正對著自己的敵人。

「噹！」阿塔赤在最後關頭用彎刀擋住了胡大海的矛鋒，然後展開反擊。身子左右晃動，刀刀不離對手要害。胡大海側步，轉身，再回轉，再側步。動作敏捷得如同一隻撲食的豹子。三下兩下，就挑飛了此人的彎刀。然後又是一槍，挑碎了此人的喉嚨。

蒙元士兵組成的鐵疙瘩迅速崩潰。失去主心骨的武士們調轉身體，落荒而逃。

「保持陣形！」胡大海舉槍強調了一句，帶領大夥快步追上，從背後一一刺翻敵人，將他們變成一具具屍體。

方陣再度變得整齊，陷入陣內的蒙元士兵或者被殺，或者倉惶逃走，長矛再度組成了牆，滾滾前推。

千人，千矛，如牆而進。

褚布哈的親兵們在另外兩名百夫長的帶領下，節節敗退，節節抵抗，被殺得苦不堪言。

「擂鼓助威！」廉訪副使褚布哈咬著牙發出一道命令，然後跳下坐騎，徒步衝向自己的親兵，與他們並肩作戰。

「大帥來了，大帥親自來了！」百夫長阿蘭達兒和都丹扯開嗓子大叫，利用褚布哈的威望來鼓舞士氣。周圍的親兵們快速組成一道道人牆，將褚布哈擋在身後，死戰不退。

迴光返照一般，他們重新爆發出了驚人的戰鬥力，頂住了紅巾軍的矛牆，令對方不得寸進。

胡大海親自帶隊向前衝了兩次，都沒能撼動對手，氣得大聲咆哮：

「讓開，不想死的讓開。你們要麼是漢人，要麼是色目佬，為一個蒙古韃子拼哪門子命！」

褚布哈的親兵們憤怒地看著他，繼續咬牙死戰，寧可被長矛刺成篩子，也要維護身後的主帥，維護軍人的榮譽。

褚布哈是個好官，雖然身上依舊帶著蒙古人固有的傲慢，平素對他們這些親信卻是推心置腹，有求必應，所以，他們必須給予十倍的報答。

「老胡，讓我來！」劉子雲不知道什麼時候端著一桿火繩槍，從長矛陣側面繞了過來。槍口探過吳良謀的肩膀，對準褚布哈的胸口。

「別胡鬧！退下！這夥人扎手！」胡大海大聲喊了一句，唯恐劉子雲以身犯險。

火繩槍的近戰能力等於零，萬一千夫長劉子雲戰死，大夥今天的戰果至少要黯淡一半。

回應他的是一聲巨響，「砰！」火繩槍的槍口噴出一道硝煙，十步外的褚布哈應聲而倒。

「大帥——！」眾親兵根本不知道發生了什麼事情，看著胸口被打出一個破洞的褚布哈，放聲悲鳴。

「呯！呯！呯！」二十幾名腿腳最俐落的火繩槍手跟著劉子雲的腳步繞了過來，將槍管架在自家兄弟的肩膀上，對準近在咫尺的蒙元親兵扣動了扳機。

先前唯恐隊形不夠密集的蒙元親兵們頓時被放倒了整整一排，剩下慘叫一聲，丟下褚布哈的屍體，撒腿就逃。

「追上去，殺光他們！！」胡大海舉槍高呼，帶領吳良謀等人開始追亡逐北。

「先別忙著追，砍旗，砍了褚布哈的帥旗！」劉子雲把火繩槍丟到伊萬諾夫懷中，從自己腰間解下鐵皮喇叭，大聲提醒。

「殺二韃子，殺二韃子！」

「砍旗，砍旗！」

狂喜之下，眾輔兵們再也顧不上保持隊形了，或者追隨胡大海和吳良謀，去追殺戰場的潰兵。或者拎著長矛大刀，奔向褚布哈的帥旗。先一刀將旗桿放倒，然後掄起刀來，衝著已經嚇癱了的高麗鼓手和一眾各族幕僚頭上亂剁。

「別殺俘虜，留下換錢！」劉子雲見狀，趕緊約束軍紀。

哪裡還來得及，外界的威脅一去，輔兵們被一直壓抑的激情徹底迸發出來。見到身穿元軍服色的人就衝上去砍殺，也不管對方人數多寡，戰鬥力高低。

「奶奶的，還是欠練！」劉子雲氣得破口大罵，無奈之下，只好盡最大可能收攏自己熟悉的部屬，「火槍兵向我靠攏！弓箭手，朱晨澤你個王八蛋，好幾個月都白練了，趕緊把你的人召集起來，跟我去給都督幫忙！李子魚，把擲彈兵全都招呼過來，咱們從背後去殺二韃子！」

好在戰兵和擲彈兵受的訓練時間稍長，紀律也好一些。聽到自家千夫長大人發怒，紛紛拖著武器跑了過來，在劉子雲身後重新整隊。

接下來的戰鬥，完全可以用「摧枯拉朽」四個字形容，發現豬布哈的帥旗被砍倒，先前一直在拼命死撐的各支元軍千人隊，頓時亂成了一鍋粥，軍官和士兵爭相逃命，根本組織不起任何有效抵抗。

即便偶爾有一兩股冥頑不靈者，下場也都慘不忍睹。

越打越有經驗的紅巾軍長矛兵頂上前，用矛鋒將他們逼得節節後退，然後火槍手們跑到長矛陣後，將火繩槍架在袍澤的肩膀上，頂著敵軍的胸膛扣動扳機。

「呯！呯！呯！」一輪射擊沒結束，那些試圖頑抗到底的蒙元兵卒就徹底喪失了鬥志，嘴裡大聲喊著「妖法，妖法！」之類的語句，丟下兵器，抱頭鼠竄。

已經打瘋了的紅巾軍弟兄則像趕羊一樣驅趕著敵人，追亡逐北，一直到遠遠看見了淮安城的城牆，才在自家斥候的嚴厲招呼下，勉強停住了腳步。然後被朱八十一和徐達等人帶著，在距離東城門口二里遠的位置重新整隊，以免遭到城內守軍的反撲。

那淮安城的蒙古達魯花赤者逗撓，早就從搶先騎著馬跑回來的蒙古兵嘴裡得知了褚布哈戰敗的消息。然而，他卻沒勇氣率兵出城給褚布哈報仇，只是將城內剩餘的三千多新兵老兵們一併都趕上了城牆，然後緊閉四門，扯起吊橋，嚴防死守。

可憐的蒙元潰兵們，一口氣跑了七里半地，途中累得吐血而死者數以百計，好不容易看到了脫身的希望，卻過不了護城河，一個個氣得趴在地上放聲大哭，哭夠了，發覺紅巾軍並沒有趁機過來砍殺他們，趕緊訕訕地抹了把臉上的鼻涕眼淚，順著河沿溜走，從此再也不給朝廷賣命了。

「乾脆讓末將帶人把他們全抓回來，負土填河，然後以其為前驅，蟻附而上！」吳良謀還沒打過癮，跑到朱八十一面前主動請纓。

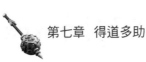

「胡說！這麼高的城牆，爬上去不得活活累死?!」朱八十一搖搖頭，一邊伸手替他從鎧甲上拔箭，一邊笑著說道：「先包紮傷口，清點損失，然後再想破城的辦法！」

「哎呀！」吳良謀這才意識到自己身上還帶著傷，疼得呲牙咧嘴。

伊萬諾夫和劉子雲等人哈哈大笑，互相幫忙脫下鎧甲，用鹽水清洗傷口，敷抹吳家特製的金創藥，又是七手八腳好一通忙碌，等把傷口處理完了，留在韓信城的兩個輔兵百人隊，也和先前被俘後倒戈的李奇等人押著副萬戶寶音以及他麾下的一千蒙古親兵趕了過來。

那韓信城與淮安之間原本就有河渠相連，留守在大船的朱強等人，確定了兩城之間已經沒有敵軍，便用大船將左軍出征時攜帶的糧草輜重等物運到淮安城的東門之外。

朱八十一見此，乾脆命令弟兄們在距離淮安城北門三里處紮下營盤，然後又分給徐達兩百戰兵和五百輔兵，命令後者回韓信城肅清城內殘敵，打掃戰場，並且替大軍守穩退路；自己則在吃完午飯後，以降將李奇為嚮導，圍繞著淮安城勘察起地形來。

不勘察不知道，一勘察，才發現逯魯曾先前給自己制定的作戰計畫有多麼的不靠譜。這淮安城規模竟然比徐州城大了三倍不止，城牆也比徐州的城牆高了一倍，表面鋪設得全是青灰色城磚，藤蔓斑駁，也不知道屹立了多少年。

而城牆下半丈遠的地方，則環繞著四條水道。西側為大運河，東側為連接至韓信城的另外一條天然河流，當地人喚作東河，過了韓信城之後一直往東，與黃河並行入海。

運河與東河之間，則有兩道人工水渠相連，一南一北，與兩個天河河道圍成了一個正方形，將淮安城牢牢地護在了中央。

除了運河之外，城東，城南，城北都有一座吊橋。此刻被鐵鎖高高地拉起，切斷了通往城門的道路。四座城門全都呈內凹型，城上設有敵樓，據李奇介紹，每一道門裡還有城閘、甕城、釘拍、鐵柵欄等，一干防禦設施樣樣齊全。

如此一座設施完備的雄城，祿老進士居然認為只要拿下韓信城就可以將此城順勢而下，真是一個紙上談兵的老馬謖！好在今天上午這仗贏得漂亮，把守軍給消滅掉了一大半，還把主心骨褚布哈給陣斬了，否則大夥乾脆趁早捲了韓信城官庫裡的金銀細軟上船回家算了！

「那者逗撓是個只知道摟錢的世襲萬戶，沒有褚布哈幫襯，定然不敢出城來戰。」降將李奇見朱八十一臉色越來越凝重，趕緊主動獻計：「都督只要封死了此城的東西兩路水道，不准過往船隻向城裡運送糧食。用不了多久，此城就不攻而克了！」

「噢，此話怎講？」朱八十一看了他一眼。

李奇正愁沒機會表現，壓低了聲音，一臉神秘地說：「都督有所不知，這淮安城乃朝廷的鹽稅重地，城裡四十多萬丁口，有一半以上的生計都跟淮鹽脫不開關係，因此當地所產的糧食根本不夠吃，幾乎每個月都得專門從運河上調糧過來。」

「四十萬丁口，那總人數不得六七十萬？姓李的，你可別跟咱們都督吹牛？」沒等他把話說完，逯德山就發出了質疑。

東下攻取淮安的計策，是他祖父逯魯曾獻給朱八十一的，所以此刻他心裡比任何人都著急。唯恐左軍最後鎩羽而歸，弄得自己在朱屠戶面前再也抬不起頭來。

李奇正說得高興，突然被人打斷，強忍著怒氣說道：「這位大人有所不知，小的從前可是漢軍百戶，就駐紮在淮安城裡，每天除了應卯之外，主要的任務就是帶著弟兄們上街巡視，彈壓地方，不敢說對城裡每一戶人家都熟悉，至少閉著眼睛不會摸錯任何巷子！」

「別光顧著鬥嘴！」朱八十一瞪了他一眼，喝止道：「撿要緊的說，淮安城內總計有多少人口？男的女的都算上！」

「七十萬可能浮誇了點兒，六十五萬肯定是有的，有些大鹽商家裡，光奴僕小廝就有兩三百人，人丁根本不能按戶計算！」李奇被嚇得一哆嗦，趕緊停住廢話，老實地回道。

「六十五萬？」朱八十一聞聽，忍不住倒吸了口冷氣。

徐州城總人口十七萬出頭，其中還有十萬左右為紅巾軍將士，真正的百姓只有七萬餘人，在原來那個朱老蔫的心裡，已經是了不得的大城市了，這淮安城卻有六十五萬人，還有許多家中奴僕成群的大鹽商，萬一有人給者逗撓出主意，讓他把鹽商動員起來，協助官兵一道守城，這仗自己還怎麼打?!

甭說架起雲梯蟻附強攻了，就是者逗撓把城門敞開了讓自己往裡衝，三千多弟兄也得被防守的壯丁用吐沫活活淹死，根本沒有任何勝算。

正一籌莫展間，卻聽逯德山嚷嚷道：「人多有什麼了不起的？得道多助，失道寡助，蒙元朝廷倒行逆施，老百姓早就巴不得有人來救他們於水火了，城裡的人口越多，者逗撓心裡越不安穩，只要咱們應對得當，說不定不用咱們攻城，裡邊的鄉紳百姓就會抓了者逗撓，把城門直接獻給都督！」

「那可不一定！」李奇冷笑著反駁：「所謂道，都是你們讀書人整出來的玩意兒，我們老百姓最在乎的是能不能吃飽肚子，有沒有錢娶媳婦生娃，只要這兩項不缺，鬼才在乎道是什麼東西！」

「你——！」逯德山被噎得滿臉通紅，想再說幾句義正詞嚴的話來駁斥，翻遍記憶，卻找不到哪句聖人之言合適，所謂秀才遇到兵，正是如此。

「行了，德山，他說的未必沒道理！」朱八十一制止道，示意對方稍安勿躁。

「哼！」逯德山冷哼一聲，抖動韁繩去了隊伍前方，不願意再看李奇得意洋洋的嘴臉。

朱八十一無奈地笑了笑，對李奇道：「照李兄說來，這淮安城的老百姓，平素日子過得還不錯了？」

「不敢，不敢！」李奇嚇得趕緊滾下馬背，衝著朱八十一連連作揖，「小的何德何能，敢跟朱都督兄弟相稱，真的折殺小人了！」

「不過是個稱呼而已，又不是真跟你拜把子，況且你年齡原本就比我大，叫你一聲李兄又有什麼錯，趕緊上馬，別弄這些虛禮。我還有話問你！」

朱八十一最不習慣的就是這個時代的人把等級看得如此分明，正色道。

「哎！是！小的⋯⋯末將⋯⋯草民這就好，這就好！」接連換了好幾個稱呼，李奇才終於在馬背上重新坐穩，「都督儘管問，草民當知無不言，言無不盡。」

「剛才都督不是問了麼？淮安城的百姓日子到底過得怎麼樣？」吳良謀嫌他囉嗦，大聲喝道。

「看草民這記性！」李奇狠狠抽了自己一個大耳光，然後紅著半邊臉說：「回都督的話，淮安城商戶雲集，百業俱興，需要用人手的地方極多，所以，只要有手有腳，肯吃得了苦的人，日子還都過得下去！遇上個好東家的話，咬著牙攢上五年，湊夠老婆本也不成問題！」

朱八十一點點頭。如果事實真如李奇所說的話，淮安城的情況的確非常特殊，雖然此地跟徐州只隔著四百里，可徐州那邊卻是被蒙元官府折騰得民不聊生。

按照後世的眼光來看，兩地的最大區別是，淮安城已經走進了半工商業化階段，而徐州卻依舊停留在農耕時代，所以對官府的橫徵暴斂以及各種天災人禍，民間的承受力要強得多，不像徐州那樣，除了扯旗造反之外，已經別無選擇。

只要**能吃飽肚子，娶上媳婦傳宗接代，老百姓通常就不會造官府的反，也不會在乎朝廷上坐的是蒙古人還是漢人、皇帝有道無道。這才是這個時代的真實情況**，而逯德山的某些想法和觀點純粹是書生之見。

芝麻李和趙君用等人最初起義，也是因為被官府逼到了走投無路的份上，不得已死中求活，至於什麼民族大義，什麼夷夏之別，說老實話，要不是兀剌不花拿小沛城內幾萬軍民的性命給大夥上了一課，整個徐州紅巾軍，除了朱八十一這個靈魂融合者之外，還真沒幾個人意識過這些。

如此看來，此番出兵淮安的決策恐怕就有些過於草率了，雖然眼下有一個看上去不錯的開局，可萬一接下來處理不慎的話，很有可能此城就會變為卡在喉嚨裡的一塊骨頭，吞不得也吐不得，無論怎麼做都痛苦異常。

正鬱鬱地想著，又聽李奇試探道：「都督，小人有一句話，不知道當講不當講？」

「說吧！只要你是為了紅巾軍好，就沒什麼需要忌諱的。」

「那，小的可就說了！」李奇掏心地說：「都督起先免了我等的贖身錢，隨後又對小的推心置腹，小的不能眼睜睜看著都督為難，小的斗膽勸都督一句，咱們不如從者逗撓身上狠狠敲一筆銀子，然後就回徐州吧，等下次準備充足了再提兵過來。」

這下他可是犯了眾怒，不待朱八十一回應，吳良謀、劉子雲等人，已經把手按到刀柄上，呵斥道：「姓李的，你這話什麼意思？」

「姓李的，咱們都督拿你當自己人看，你可別想著替韃子說話！」

「喂，你到底是想幫誰啊？把我們勸走了，那個者逗，這豆子那豆子的，就能放過你麼？」

「不，不是的，小的不是那個意思！都督明鑑！」李奇再次被嚇得魂飛魄散，蜷縮在馬背上連連擺手，「都督，小的真心是想報答您啊，加上小的這夥降兵，你手下都湊不出五千人來，哪可能打得動淮安城啊！」

「放屁！人多就好了，褚布哈的人還多呢，不也照樣被我們砍了腦袋！」

「胡扯，我看你就是沒安好心！」

「揍他，這個吃裡扒外的傢伙！」

眾將愈發怒不可遏，抽出佩刀來，就要狠狠給他教訓，朱八十一制止眾人，「都住手！是我讓他說的！」

「是，都督！」吳良謀等人怏怏地把鋼刀插回刀鞘中。

「你剛才說，朱某可以從者逗撓身上狠敲一筆？怎麼敲，你怎麼確定他會答應？」朱八十一放緩語氣問。

「都督，不能退！」

「都督，我等就是拼了命，也會把淮安城給您拿下來！」

「都督，拿下淮安，咱們左軍才有一個立足之地啊！」

聽朱八十一的話裡隱隱透出放棄之意，眾人急得嚷道。

「都閉嘴！退不退，一會兒軍議上咱們再定！」朱八十一被吵得頭大如斗，忍不住怒喝道：「我不會現在就決定退還是不退，但多瞭解一下城裡的情況，對咱們來說沒任何壞處，你們說是也不是？」

「是，都督說得有理！」眾人瞪了李奇一眼，無可奈何地回道。

李奇抓住機會解釋道：「諸位請聽我說，那者逗撓是個二世祖，平素除了摟錢之外，就懂得聽戲。年初的時候，褚布哈還彈劾過他，說他怠慢政務，多虧者逗撓託人在大都城裡使了錢，才保住達魯花赤這個位置。

「但者逗撓也不是真的一無是處，這個人摟錢的手段非常高明，不光在火耗上打主意，自己還兼顧淮鹽、絲綢、大米的買賣，據說城裡最大的一家青樓和賭場也有他的股本在裡頭。如今都督打下了韓信城，又陣斬了褚布哈，他如果不給朝廷一個交代的話，肯定是幹不長了，一旦沒有達魯花赤這個身分罩著，他那些買賣就得被新來的達魯花赤抽頭，所以只要能讓都督退兵，他肯定不惜任何代價！」

第八章

獨家買賣

李奇建議道：「如果都督主動提出來，就不好要價了，
都督先擺足了不拿下淮安誓不甘休的樣子，
等著者逗撓派人過來跟您談，咱們是獨家買賣，
無論韓信城還是褚布哈的屍體，都是別無分號！」

這李奇的確是個妙人，當初出賣淮安城的虛實給朱八十一，是為了報答對方不收被俘漢軍的贖身費，眼下又試圖說服朱八十一拿了錢撤走，同樣把軍國大事當作生意來做，彷彿天下的事沒有不可定價買賣一般。

朱八十一聽他分析，點了點頭，問道：「你是說讓我派人去跟者逗撓談判，讓他花錢贖城？」

李奇立刻來了精神，建議道：「如果都督主動提出來，就不好要價了，都督先擺足了不拿下淮安誓不甘休的樣子，等著者逗撓派人過來跟您談，咱們是獨家買賣，無論韓信城還是褚布哈的屍體，都是別無分號！」

「狗日的，你這哪裡是獨家買賣，分明是綁票！」眾將聞聽，紛紛撇著嘴罵道。

「對，就是綁票！就是這肉票有點特殊！」李奇涎著臉，順著大夥的口風向下溜，「等拿到了錢，咱們就回去招兵買馬，招足了兵，再坐著大船來打，讓者逗撓交第二筆，第三筆，他手裡錢不夠了，就得向城裡大富商們勸捐；富商們捐一次兩次可以，次數多了，肯定就不跟他一條心了，到時候都督提十萬大軍前來……」

「胡說！那者逗撓自己就不會花錢招兵啊？」

「他哪這麼笨，吃一次虧還不夠?!」

「十萬大軍，你以為是個人發把刀，就可以到我們左軍裡頭來麼？」

眾將七嘴八舌地反駁道。

「各位將軍且聽我說！」李奇做了個揖，解釋道：「者逗撓肯定會招兵，但是他不會打仗，出來野戰的話，肯定打不過咱們都督，因而只會蹲在城裡，只要咱們把城門一堵，水路一斷，情況就又跟現在一樣了。至於十萬大軍，不瞞各位，在下的確覺得，咱們左軍的兵力實在太單薄了些！」

「你懂個屁！」劉子雲喝罵道，然而回頭看看不遠處的軍營，臉上湧起了幾分尷尬。

受朱八十一的影響，他們都信奉精兵策略。從左軍以往的戰績上看，這個策略也的確沒什麼錯，然而野戰是一回事，攻城又是另外一回事。野戰時，雙方基本上都無險可憑，手頭掌握一支精兵，足以擊潰三倍以上的烏合之眾；然而攻城時，士兵的素質所起到的作用就被城防設施大大的抵消了，沒有足夠的兵力去犧牲，根本不可能爬上對方的城頭。

「不瞞您說，小的的確不懂！像咱們左軍這種精兵，小的從前也沒見到過！」李奇拍了大家一記馬屁，滿臉堆笑道：「但是小的卻知道朝廷的兵馬都是什麼貨色，小的還知道有一個徵兵的好地方，保證來的都是好兵，稍稍訓練一下，絕不比朝廷的兵馬差！」

「哪裡？」

「快說！」眾人聞言，忍不住催促。

但是李奇卻閉上了嘴巴，目光朝朱八十一探詢著。

「說吧！」朱八十一點點頭，鼓勵道：「有好兵誰不願意要啊，如果你能想到好辦法，招募士卒的時候，本都督就派你去負責。」

「真的？」李奇又驚又喜，滿臉難以置信。費了這麼大力氣，他圖的就是能早日被朱都督當成自己人看待；而「自己人」的標誌之一，就是被委以重任，如果能把替左軍招兵買馬的任務攬在手裡，他就算如願以償了，以後再也不用處處覺得矮其他將領一頭。

「軍中無戲言！」朱八十一笑道。

此人很另類，與其說是個職業軍官，不如說是個職業商販。受朱大鵬的靈魂影響，朱八十一對於商販並不排斥，甚至願意跟他們討價還價，只要後者能保證信譽。

這種思維方式，令李奇大有知遇之感，將聲音壓低道：

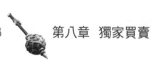

「都督沒聽說過麼，這淮東一路，除了富商之外，最有名的就是鹽丁了，無論是官鹽還是私鹽，在當地灶戶手上都賣不上好價錢，必須先集中起來，運到淮安城裡，然後再通過各種手段往外邊運，去掙十倍以上的暴利，而鹽丁就是專門護送鹽車的打手，最是敢於跟人拚命。

「官府以前既離不開他們，又怕他們造反鬧事，所以對他們甚為嚴苛，鹽丁天天看著大把大把的銀子從眼前過，卻窮得娶不起媳婦又怎能甘心？雙方之間積怨已經不是一天兩天了。

「特別是最近幾年，幾乎每年都有鹽丁造反的事情發生，光是小人親自參與的，就有十數起之多。都督從者逗撓手裡拿了錢，轉身就去下游招募鹽丁入伍，用不了半年時間，肯定能拉出一支十萬人的隊伍來，然後提兵十萬來打淮安，想破城，還不是易如反掌的事?!」

「的確如此，上次逯魯曾大人拉起三萬鹽丁來，也不過用了一個多月時間，並且還是在淮南那邊。」一直豎著耳朵聽的耿再成替李奇作證。

兵到用時方恨少，面對淮安這樣的雄城，朱八十一也不敢再堅持自己的精兵策略，從現狀看，欲在兩淮站穩腳跟，左軍的擴編工作的確是迫在眉睫。

想到此節，他輕嘆了口氣，道：「如果鹽丁可用的話，本都督不在乎現在就去招。德甫，這件事就交給你和李奇兩個去做，本都督手裡還有一些錢，回頭你們到帳上拿就是。不過人招來之後，必須按照咱們左軍的標準好好訓練，哪怕是邊打仗邊訓練，也比讓他們來了就上戰場送死強！」

「是！」耿再成喜出望外，拉了李奇，拱手接令。

「那跟者逗撓做買賣的事？」李奇仍不滿足，眨巴著眼睛問。

「你剛才不是說等他自己派人來談麼？」朱八十一笑道：「咱們做兩手準備，一邊準備強攻，一邊跟他談判，別逼得他狗急跳牆，以一個月為限，到時無論結果如何，都絕不再多耽擱！」

「是！都督英明！」眾將齊聲答應，搶在李奇再說出什麼動搖軍心的話之前，把調子先給定了下來。

朱八十一知道大夥都不甘心就這樣離開，抖了抖韁繩，圍著護城河繼續觀察地形，以尋找淮安城的防禦破綻，一邊向李奇問道：「這淮安城的城牆是全磚的麼，還是外邊壘了一層磚，裡邊是黏土？」

「回都督的話，肯定是外邊包磚，裡邊為築土，全天下的城池，估計除了大都之外，都是這樣，否則光是一丈半寬城牆，恐怕就得百萬塊磚，淮安城再富也承擔不起！」李奇策馬跟在朱八十一身旁，立即回道。

「城牆真的有一丈半寬？」

「差不多，城門兩側可能厚一些，這都是有規定的，底下寬多少，頂上寬多少。太窄了，怕城牆不夠結實；太寬了，則容易被敵人爬上來，殺出落腳點，也怕攻城方用投石機砸。只有四步左右的寬度，既方便防守，又不易被投石機瞄準，不寬不窄正好！」

朱八十一再度為古人的智慧感到嘆服，一座城牆居然還有這麼多學問和講究。

「以前咱們淮安是吃過虧的！」李奇越說越是興奮，又滔滔不絕地說：「據老一輩人說，當年金兀朮南下，趙立將軍就是被金人用飛石砸死在城頭上的。當時大宋朝廷擁兵幾十萬不敢來救，只有一個岳爺爺拼死殺到了淮安城外，結果沒等他跟趙將軍聯繫上，淮安城已經被金人破了！」

這段掌故，朱八十一以前聞所未聞，不由得來了興趣，追問道：「當年岳飛來過這裡？最後他收復淮安了麼？趙立將軍呢，朝廷最後怎麼待他？」

「不知道！反正後來的事，大夥都清楚。岳飛被朝廷給殺了，估計淮安城也沒人管了吧；至於趙將軍，活著的時候朝廷都沒拿他當回事，更何況是死後！」

也不怪這個時代的百姓沒什麼民族意識，朝廷都不拿他們當自己的百姓，他們怎麼可能一再地拿自己的熱臉去貼朝廷的冷屁股！朱八十一又嘆了口氣，撥轉坐騎，帶領眾人悻然返回了軍營。

當天晚上，他便將新的作戰目標確定下來。以拿下淮安為首選，如果目標無法達到，就想辦法逼迫者逗撓拿出一筆巨額的贖城費用，然後返回徐州積蓄力量，以圖日後。反正徐州和淮安之間水路相連，乘船往返一趟也就是十幾天的事情。

左軍的眾將在冷靜下來後，也知道像淮安這種雄城，不拿幾千條人命去填，是絕對無法拿下來的，因此便不再像白天時那樣，堅持要以破城為目標，只是心裡都非常不甘，連說話都有點兒提不起精神。

特別是參謀部的幾個年輕人，當初奉家族安排投奔紅巾軍時，圖的就是從龍之功，如今看到朱八十一好不容易才有了個自立門戶的機會，卻又要半途而廢，豈能不急得火燒火燎！因此吃過晚飯，就一起擠在吳良謀的寢帳裡，你一言我一語地商量起對策來。

「都說淮安城難打，不打怎麼知道？那城裡的守軍白天早被咱們給嚇破膽子了，真要不惜代價去攻，我就不信爬不上那道破牆！」

「你沒聽那姓李的說麼，者逗撓沒啥真本事，關鍵是怕城裡的鹽商都拼了命幫他，一家出二百家丁，十家就是兩千人，咱們這邊畢竟人少了些，即便勉強登了城，估計也難站穩腳跟。」

「帶著手雷上去，四下亂炸，我就不信那些從沒見過手雷的家丁們不怕！」

「二斤重一個，往上爬的時候，每個人能帶幾個？」

「實在不行就挖地洞，從地洞往裡鑽！」

「去你奶奶的，你到底懂不懂打仗啊。這淮安城四面都是水，挖地洞，你挖井還差不多。」

「那就在牆上挖洞，然後拿火藥炸！」

「一丈半厚的城牆，得多少火藥才能炸得開？」

「用火炮轟！沒完沒了的轟，我就不信轟不塌。」

「沒聽城門裡頭還有甕城和內門麼？外門轟破了，進不了內門，被人堵在甕城裡，四下丟滾木雷石，我包你死得不夠快！」

……

大家夥兒你一言我一語，這個把攻城方案提出來，那個立刻出言否決，折騰了一個多時辰，個個說得口乾舌燥，依舊半點眉目都沒有。

作為主人的吳良謀兩眼盯著掛在長矛上的鎧甲，魂魄不知道去什麼地方遊蕩去了。

「佑圖兄，你幹什麼呢？你到底想不想建功立業啊！人家胡大海比咱們來得晚，今天看都督那意思，已經準備派他單獨去領一個千人隊了，咱們兄弟幾個可還都扛著青牌子呢！」劉家莊的少莊主劉魁跟他關係近，上前推了他一下。

「哪個不想？問題是，咱們得有人家胡大海那個本事！」吳良謀回過頭白了他一眼，懶懶地說道。

當初本以為憑著家傳的兵法和武藝，怎麼著也能在朱都督身邊擁有一席之地，現在看來，武藝不如胡大海，家學比不上陳德，唯一拿得出手的一筆好字，眼看著又來了個逯德山，行書、草書、正楷、魏碑無一不精，連開軍議時做記錄的活，馬上都要被此人分一半走，自己這個記室參軍還有什麼當頭?!

「那是，胡大哥的本領，咱們誰都佩服！」劉魁碰了個軟釘子，卻不生氣，「咱們比不上胡大哥，但比剛投降來的那個姓李的總強一些吧？眼瞅著他跟耿德甫兩個都奉命去招兵買馬了，咱們再不想辦法弄點功勞，將來等都督霸業有成，就算看在資歷的份上不虧待咱們，咱們自己心裡也不踏實啊！」

「人家李奇是這邊的地頭蛇，知道到哪兒能招到好兵！」吳良謀酸溜溜地說道：「別淨想這些沒用的，想想怎麼幫都督破了淮安城才是正經！」

眾人聞聽，立刻鼓噪起來，圍著吳良謀，大聲譴責：「剛才我們不都在想招兒嘛，就你一個人神遊天外！」

「是啊，吳佑圖，你可別光顧著說涼快話！」

「我？你們怎麼知道我剛才沒想！」吳良謀被說得臉色發燙，氣急敗壞地說。

「那你說說你想什麼了？」眾人見他狡辯，愈發揪住他的尾巴不肯放。

「我在想當初都督他們怎麼拿下徐州的！」吳良謀被逼得急中生智，翻了幾下白眼，嚷嚷道：「外邊都傳說，是芝麻李八人奪徐州，咱們這次好歹也有三四千人，怎麼就打不下一個淮安城呢？」

「這你可想岔了！」劉魁立刻哈哈大笑，「外邊說李總管他們八人，指的是李總管、趙長史、毛、彭、潘三位都督，還有已經戰沒的張家三兄弟。他們八個是將，當時身邊還有八千多流民捨命相隨，並且是先派人潛入了城中，與咱們都督一起發難，裡應外合。」

「是啊，佑圖兄真的想岔了！」難得找到一個打擊吳良謀的機會，幾個年輕人紛紛開口數落道：「當時徐州城的官兵都被調走去打劉福通了，留守的老弱病殘加一起也不滿千。」

「現在者逗撓手裡，不是老弱病殘麼？他那點人馬跟咱們比起來，又比當初徐州守軍對李總管的情況強到哪去？」吳良謀不服氣，大聲駁斥道。

「這……」眾人被他說愣住了，無言以對。

眼下城內外的實力對比，和當初徐州城內外的實力對比真的差不太多，雖然當初李總管手中兵多，但那是八千流民手裡拿的是石頭木棒，而眼下朱都督手中的戰兵、輔兵還有白天剛剛接納的漢軍俘虜，卻都受過基本訓練，並且人人手裡都有鐵打的兵器。

過了好一會兒，劉魁才終於找出了一個破綻，滿臉不忿地說道：「問題是，咱們沒辦法往城裡混，如果你早把這個主意想出來，咱們就趁著沒向韓信城發起進攻之前，先派幾百個人混進去。現在，者逗撓都快被嚇成驚弓之鳥了，怎麼可能隨便再放人進去？」

「那我要是有辦法進城，你們敢不敢跟我一起幹？」吳良謀收起了笑容，壓低聲音。

「就咱們幾個？」劉魁四下看了看。

他們剛才商量主意的時候，可沒想過自己要衝殺在第一線。大夥都是有錢人家出來的，小命十分寶貴，蟻附也好，穴攻也好，自有底下的戰兵動手，大夥怎麼可能親自上?!

「咱們幾個人怎麼了，者逗撓怎麼會知道就咱們幾個人？況且他只有一下午時間，除了城裡那些被嚇破了膽子的元兵之外，能召集起幾個幫忙的來?!咱們大軍在城外的時間越長，者逗撓的準備越充足。要去，就今天去，咱們連夜進城，剛好打他個措手不及！」

「這怎麼可能？」眾人愣愣地看著吳良謀，誰也不相信他真有辦法衝進城內。

「從地上肯定不可能，但是從水上卻未必！」吳良謀激將道：「就看你們有沒有膽子跟我一起去幹了！要是沒膽子，我就去找胡大海和耿再成，他們兩個肯定不會像你們這般怕死！」

「誰怕死了？」都是年輕人，怎受得了如此污蔑？明知道吳良謀用的是激將法，順勢道：「你倒是說啊，只要你能說出個子午卯酉，我們這條小命就交給你了！」

「對，你有種就說出來！」

吳良謀要的就是這個效果，蹲在地上，用手指在泥土上描畫著：「這淮安城防備森嚴是不假，但那都是防人的，不是防老鼠和狐狸的。幾十萬人的屎尿泔水，更不可能都潑在大街上。我今天特意留心了一下，就在東河的水面上，至少有三四條通道跟城裡連著……」

「你是說陰溝！」眾人立刻作勢欲嘔。

與北方乾燥型城池不一樣，這時代，江淮區域稍大一點的城市，都挖有專門的排汙溝，順著天然或者人工溝渠，將雨水或者污水排進城外的河流中，以達到減少內澇，清潔城市的目的。

眾人身為富家子弟，當然知道那些溝渠能通往城內，其寬度和深度也足以供人泅渡，可溝裡的水卻是奇臭無比，讓他們這些有錢人家的少爺往裡頭跳，還不如提著刀子去攀城牆，至少後者還能死得乾淨一些，不像前者，死後還得「遺臭萬年」。

然而因為怕臭就否絕吳良謀的提議，眾人實在說不出口。想了半晌，才由劉魁帶頭說道：「這個，佑圖兄，那陰溝的口可都是擋著水窗呢，那東西只能從裡向外開，不能從外向裡開！」

水窗也是這個時代排汙渠上的一大特色，通常為木製，分內外兩層，外層水窗由窗軸懸掛在溝渠出口處，溝渠內水位高時，可以將其向外沖開，自動排汙；溝渠內水位淺時，則在河水的作用下向內關住，避免河水倒灌入城，。而內層主要是木製或者鐵製的柵欄，防止動物或者蟊賊借水道進出。

只是如此簡單的防禦設施，肯定對付不了有備而來的軍隊，因此吳良謀立刻翻了翻白眼，譏刺道：

「不敢去就直說，找什麼理由！那水窗再結實，還擋得住大斧和鋸子？只要砍開了水窗，咱們就能直接突入城內去，趁著天黑，守軍分不清有多少人，一舉奪下東門敵樓，放吊橋接大軍進來，這拿下淮安的頭功就是咱們兄弟的。若是連點臭味都聞不得，還指望封侯拜將?!省省吧，我看你們乾脆現在就回家去！」

「你才回家去呢，幹就幹，大不了豁出去一條命！」

「誰說不去了，咱們只是怕你想得不夠周全！」

「幹就幹，今晚你敢第一個鑽，咱們就全都跟著，誰退後半步，就是丫鬟生的！」

大夥兒都是十八九歲年紀，最受不得激，立刻擦拳磨掌，願意唯吳良謀馬首是瞻。

那吳良謀卻又謹慎了起來，點點頭道：「那大夥就分頭回去準備，把各自最忠心的莊丁帶上，不要多，每人帶五名為限，挑膽子大的，沒有雀蒙眼（按：即夜盲症）的，跟他們說明白了，若是此行有失，每人家裡二十貫燒埋銀子，我吳家莊付！」

「不用你吳家莊付，我們劉家莊的人劉家莊自己撫恤！」

「對，我們韓家莊也不差這二十貫錢！」

年輕的參謀們拒絕了吳良謀的施捨。

「不能穿鎧甲，每個人一把鋼刀，一面圓盾。腰間再別兩顆手雷，拿油布裹了，也許從陰溝裡鑽出來後還用得上！」

「明白！在水裡頭誰敢穿鐵甲，咱們又不想找死！」

「還有，前半夜都好好睡覺，咱們寅時出發。我聽都督說，寅時三刻左右，是人最困乏的時候，那些官兵們瞪圓了眼守了一夜城，肯定睏得要死！」

「知道了，佑圖兄，還有什麼，你乾脆一起說出來吧！」眾人嫌他囉嗦，紛紛鼓噪。

「沒了！」吳良謀笑了笑，「我能想到的就是這些，你們現在就各自回去挑人，養精蓄銳，我去都督那兒，跟他請一道將令回來，沒有將令，咱們甭說去鑽陰溝，夜裡連軍營都出不去！」

「哎——！」眾人這才意識到，大夥的行動計畫沒得到朱八十一的批准。而左軍的紀律又是出了名的嚴，登時被頭上潑了一桶冷水，嘟囔道：「那都督能答應麼？即便能，功勞說不定又記在了誰的頭上！」

「胡說！你們幾時見過咱們都督賞罰不明了？」吳良謀立刻冷了臉，衝著說話者小聲呵斥，「他看中胡大海等人，是因為人家的確比咱們強，要是存心不用咱們，每次在中軍議事時，會准許咱們在旁邊聽著？會把親兵都沒配齊的板甲優先配備給咱們幾個？會打仗時念念不忘地叮囑大夥，把讀書人藏在隊伍之後？無論咱們當時入伍那會兒是被迫還是自願，至少入伍之後，都督對咱們不薄，咱們說話不能沒有良心！」

「哎，看你，那麼認真幹什麼，大夥不就是隨便說說嘛，又不會傳到外邊去！」劉魁見大夥被訓得滿臉尷尬，趕緊出面打圓場。

「飯可以亂吃，話可不能亂說！」吳良謀變得老成起來，繼續申斥道：「眼見咱們左軍的規模越來越大，人也越來越雜，大夥不從現在起就擺正身分，還等到什麼時候去！雖說都督為人寬厚，不會跟咱們計較，可誰能保證今後都督身邊沒幾個小心眼兒的？萬一有人抓了咱們的小辮子，你說都督他處置不處置？不處置的話，他拿什麼約束別人？處置的話，因為這麼一點小事，大夥就被攆回家去，你們說虧不虧得慌！」

吳良謀話雖不好聽，但用心卻是極為良苦。隨著左軍的實力快速膨脹，軍中已經隱隱形成了幾個山頭，其中**第一大派系就是以蘇明哲為首的徐州衙役幫**，因為裡邊的人都是最早追隨朱八十一的老班底，所以地位超然。

第二大派系，則是以徐達為首的流民幫，都是憑戰功從底層一級級升起來的勇士，本領和實力都不可小瞧。

第三大派系，眼下馬上就要**以胡大海為核心形成**，主要成員都是降將，個個都武藝精熟，還多少懂一點兵法。

最後一派，才是參謀部的年輕參謀們，除了書讀得多，家底殷實外，其他什麼長處都沒有。

雖然現在就說派系傾軋的話早了點兒，大夥還不至於那麼沒眼光，沒等飯熟了就去搶碗。可兩年之後，五年之後，乃至十年之後呢？**現在不謹小慎微，不把趕緊自己擺在一個臣子的位置上，等以後真的和別人發生利益衝突時，大夥拿什麼去爭?!**

朱都督眼下雖然一直拿所有人當兄弟，**可總有一天他會成為朱總管，朱王爺，萬一哪天有人觸了逆鱗，其他兄弟是救還是不救?!**

正所謂人小鬼大，吳良謀雖然年紀輕輕，卻是正規的儒家子弟，師門裡一直強調的就是尊卑和秩序，因此眾人見他說得鄭重其事，紛紛點頭答應：「知道了，佑圖兄，咱們裡面你本事最大，你說什麼，我等聽著就是！」

「那大家就記住了，少說話，多幹事，無論什麼時候，能幹一手漂亮活的人都不會太吃虧！」吳良謀開始收拾行裝，叮囑道：「大家趕緊回去準備吧，到時候我派人去叫你們，別睡過頭了！」

「是！謹遵吳將軍號令！」眾參謀調侃了一句，回去做戰前準備了。

他們當初來投奔左軍時，家裡都陪送了一批莊丁，作為各自的親兵使用，故而此刻召集起人手來極為方便，不一會兒就已經整裝待發。

但是吳良謀去了中軍後，卻遲遲沒有任何消息，就像一塊石頭掉進了大海裡，突然間就消失得無聲無息。

眾人等得心急，便偷偷跑到劉魁的帳篷裡，議論道：「俊民兄，佑圖他不會是因為自作主張，被都督給處分了吧？」

「是啊，平素議事，我等都要到場的，這次都督不論答應還是不答應，至少應該把大夥召集過去說一聲！」

那劉魁也是個相對老成持重的，雖然此刻心裡頭直敲小鼓，卻板著臉呵斥道：「都瞎猜什麼？大半夜的，都督擂鼓聚將的話，還讓不讓弟兄們睡了！佑圖現在還沒回來，肯定是被都督留在身邊謀劃具體細節了，你們都趕緊回去睡覺，好歹睡上一個時辰，天亮前才有精神幹活！」

「那倒也是！」眾人聽劉魁說得肯定，心中稍安，各自回去休息。

說是養精蓄銳，可誰又能睡得著！躺在帳篷裡輾轉反側，正迷迷糊糊間，耳畔忽然傳來自家親兵的聲音：「少爺，醒醒，快醒醒。都督派人送鎧甲來了！」

「什麼！」韓家莊少爺韓克昌翻身坐起，兩眼一片模糊。

「朱都督派人給您送來了皮甲還有一大瓶油膏，是從開船那幫弟兄手裡勻出來的，您趕緊穿上試試！」忠心耿耿的親兵們一邊解釋，一邊七手八腳將他扒了個精光，抓起黏乎乎的油膏就往身上抹。

「這是什麼？」韓克昌被抹得渾身發麻，晃了幾下腦袋，強迫自己清醒。

「你們朝我身上抹什麼？」

「水貂油！」吳良謀掀開門簾走進來，催促道：「別磨蹭，趕緊抹了油膏穿皮甲，這是都督專門派人從韓信城的船幫分舵借來的，搭了好大人情給他們。貂油可以防水，防止身上長水疥，皮甲也是浸過油的，沒什麼重量。」

「佑圖兄，都督答應了？」韓克昌一邊抓起皮甲往自己身上套，一邊追問。

「廢話，不答應，我能在中軍待一晚上麼？」吳良謀揉了一下疲憊的臉，沒好氣地回應：「快點，馬上就要出發了。胡大海和劉子雲帶領所有戰兵接應咱們，黃老二把炮也推了出來，一會兒在東面弄動靜給咱們打掩護，咱們兄弟能不能露臉，就看這一錘子了！我去看看別人，一群懶骨頭，居然這樣也能睡得著！」

「不是你讓我們先養精蓄銳的麼！」韓克昌小聲嘀咕著。

待一切收拾停當，門外響起了急促的腳步聲，韓克昌不敢再多耽擱，帶領自己的五名親兵快步追了出去。

只見帳篷間的空地上，黑壓壓排了一條長隊，所有人都摩拳擦掌，兩隻眼睛倒映著星光。

「來人，給壯士們倒酒！」朱八十一命令。

徐洪三帶領親兵們抬起一個巨大的鐵鍋，用勺子舀起裡邊的酒，倒進碗裡，然後一個個雙手捧給即將出征的弟兄。

酒是溫過的，裡邊還放了薑片、茱萸等物以暖和脾胃之用，**更溫暖的是人心**，手裡捧著熱騰騰的黃酒，即便最珍惜性命的人，也都被酒霧熏得心潮澎湃。

朱八十一監督著親兵給所有勇士都倒上了酒，自己也捧了一碗，雙手舉到眉毛間，鄭重地道：「朱某不會說話，只知道爾等此去，不可能全都活著回來；可若是不讓爾等去，弟兄們就得冒著滾木雷石爬三丈高的城牆，不知道多少人要丟掉性命。所以，朱某只能把數千弟兄們性命都交到爾等手上，拜託各位了！朱某先乾為敬！」

說罷，仰起頭，將一碗熱酒直接從喉嚨處倒了下去。

「乾！」吳良謀帶領眾人端起酒碗，大口大口地痛飲。每個人眼裡隱隱都湧了層淚光。

他們不怕死，只是怕死得無聲無息，死得毫無意義。而此刻，朱八十一卻親口告訴他們，他們的肩膀上擔負著什麼。

陳年黃酒有些烈，朱八十一被燒得大口喘氣，喘過之後，又命人給大夥倒上了第二碗，自己又舉了一碗，道：「此番夜襲淮安，由吳佑圖領軍，陳至善、李奇和朱強三人帶領一百名水手協助。朱某待會兒會親自帶領其他弟兄等在北門口，等諸位把吊橋放下來！乾了！咱們不見不散！」

「乾了，不見不散！」

吳良謀、劉魁、陳德、朱強，還有白天剛剛投降來的李奇等人，一起舉起酒碗，一道喝光了第二碗黃酒。然後將空碗放在腳下，挺直腰辭，向朱八十一行了個抱拳禮，默默地向軍營外走去。

朱八十一帶領親兵抱拳相還，直到整個隊伍消失在黑暗中，才默默地將手臂放下來，轉身去與其他人會合。

五百多名戰兵、一百名火槍兵和兩百七十多名擲彈兵在劉子雲的帶領下，於營內的校場上悄悄地整好了隊，見朱八十一到來，立刻齊齊舉起兵器施禮。

朱八十一向大夥點了點頭，快步走到隊伍最前列，從親兵手裡接過大盾和殺豬刀，將刀尖向門外指了指，用極低的聲音命令：

「出發，去北門！」

「出發！」

「出發！跟上都督！」

在千夫長和百夫長們的低聲號令下，隊伍開始默默地向前移動，像潛行在雲端的巨龍一般，沒有發出半點聲息。

「炮隊出發！」黃老二也發出一道命令，指揮著炮手們推起炮車，走向二里外的東河。

腳下的地有些軟，炮車的輪子壓上去，碾出兩道深深的轍痕，表面包裹著青銅的車軸沒過多久就開始發燙，不停地發出吱吱呀呀的摩擦聲，彷彿毒蛇一般，拼命吞噬著所有人的心臟。

黃老二被摩擦聲撕咬得臉色煞白，滿臉冷汗，走到離自己最近的一輛炮車旁，向車輪狠狠踢了一腳。

「噗！」木製的車輪晃了晃，毒蛇吐信聲不降反增。

他無可奈何地嘆了口氣，把肩膀上表示身分的披風解下來，擰成一根繩子，套在炮車前端，肩膀搭起披風的另外一端用力向前狠拉。

「吱吱吱！」車頭被拉得微微抬起，車輪緩緩轉動，摩擦聲瞬間降低了許多，被遠處的流水聲一捲，混於其間再也無法分辨。

幾個炮長見狀，也紛紛脫下披風，學著黃老二的樣子將披風擰成繩索拴在車頭上。

後邊負責護衛炮車的五百輔兵們快步上來，七手八腳幫忙推車，六輛炮車瞬間變得無比輕盈，像小船一樣滑過地面，緩緩朝淮安城東門外的河灘駛去。

二里遠的路程，轉眼就走過了一半，淮安城輪廓越來越清晰，在數以百計的燈球火把照耀下，暗灰色的城牆顯得格外巍峨。

走在黑暗處，黃老二每次抬頭都能看到敵樓上高懸的牌匾，還有上面龍飛鳳舞的兩個大字，像兩隻眼睛一般居高臨下，俯視著外邊的曠野。

不停地有幾串寒星在牌匾下閃動，是守軍兵器倒映出來的火光。為了防止重蹈去年徐州失陷的覆轍，他們表現得極為敏感，稍微有風吹草動，就將成排的羽箭朝東門外射下來。以至於黑暗中不知道多少夜間才出沒的小動物遭受了池魚之殃，一個個倒在城門與河岸之間的空地上，嘴裡發出絕望的悲鳴。

「我這邊是疑兵！」黃老二在心中再度重複自己的任務，鬆開肩膀上的繩索，將炮車停在距離城門三百步遠的空地上。

其他幾輛炮車在他身邊一字排開，彼此間隔著十步左右距離，彷彿一頭頭翹首以待的猛獸。

「隊長，吳秀才他們能行嗎？」

一號炮的炮長馮五湊上前，不是問何時開炮，而是替吳良謀等人擔心。

「一定行！」黃老二瞪了他一眼，給自己打氣：「他們一定行，都是讀書的秀才，比咱們機靈。」

「他們必須行！」在他心裡，響起的卻是另一個聲音。

「呱呱──呱呱呱──」河灘上響起一串青蛙的叫喊。

死寂的夜裡，牠們是最喧鬧的存在。黃老二被蛙聲嚇了一個哆嗦，回過頭，以極低的聲音命令：「裝藥，裝發煙彈，儘量瞄準敵樓，熏死那幫狗娘養的！」

「三號彈，上面畫著一個紅叉的那種！」幾個炮長借著蛙聲掩護，將命令迅速傳開。

裝藥手們俐落地打開木箱，將盛滿火藥的紙袋用刀子割破，借著頭頂上的星光，小心翼翼地將火藥倒進了炮口，然後再從另一個木頭箱子裡翻了翻，找出一枚上面畫著紅叉的開花彈，檢查引火的藥捻子，緩緩放入炮口，用木棍連同火藥一道慢慢壓緊，壓實。

「呱呱——呱呱呱——」四下裡蛙聲更大，吵得人心臟直往嗓子眼外跳。黃老二屏住呼吸，豎起耳朵仔細在蛙聲裡分辨。

他聽到水流相擊的嘩嘩聲，聽見徐徐而起的晨風，聽見有野鼠、水獺之類的小獸沿著河岸窸窸窣窣，就是聽不見來自北方的半點動靜。

吳秀才消失了，就像從來沒在這世界上出現過一樣，消失得乾乾淨淨；陳德也跟著消失了，不知道是死於守軍的盲目射擊，還是被水流直接沖進了黃河。

朱八十一也消失了，一道消失的還有那幾百戰兵、火槍手和擲彈兵，唯獨他黃老二和他的銅炮還在，焦急地等在又濕又熱的黑夜中。

曾經有一瞬間，黃老二想跳起來逃走。他是個鐵匠家的孩子，家傳一身好手藝，沒必要冒這個險，馬上取什麼功名，那都是讀書人瞎說，徐州騾馬巷幾十戶人家，誰家孩子曾經做到捕頭以上？呸？做夢，祖宗墳頭位置沒那麼正！

然而肩膀上的銅牌又死死壓著他，讓他沒勇氣挪動腳步。那是百夫長才有資格帶的護肩，雖然他手下只有六門炮，四十幾個人，但也是百夫長，如果將來左軍繼續擴張，他就是第一任炮兵千夫長，炮兵萬夫長，乃至炮兵大都督。

想到有朝一日會有上千門銅炮歸自己一個人指揮，舉手之間天崩地裂，所有勇氣就立刻又回到了他的體內。

誰說祖宗墳頭沒埋正？**跟著朱都督，什麼沒有可能?!在朱都督來之前，大夥見過手雷麼？見過銅炮麼？見過火繩槍麼！既然都沒見過，誰說鐵匠的兒子不能當萬夫長?!**

「嘎嘎嘎——！」一陣野鴨子叫從背後的草叢中陸續傳來，打斷了蛙鳴。

黃老二一個激靈跳起來，抓起令旗上下揮舞：

「一號炮，開火——！」

「嗤！」一號炮位的炮長用火摺子點燃炮捻，一眼不眨地看著火星朝炮膛內竄去。

「轟——！」紅光閃爍，香瓜大的炮彈呼嘯著落進敵樓，炸裂，冒出滾滾濃煙。

「二號炮，發射——！」黃老二像瘋了般，跳著腳大喊：「其他人給我動起來，咱們是疑兵，疑兵也得有疑兵的樣子！」

「咚咚咚！」「噹噹噹！」「殺啊！」護送炮隊的輔兵們敲打著鑼鼓，一隊一隊跑向河灘，威風凜凜，殺氣騰騰。

喊殺聲中，**古老的淮安慢慢開始戰慄，直至從睡夢中驚醒**。

「三號彈，你不認識字，還不認識上面的紅叉兒嗎?!」

城牆下，黃家老二像個瘋子般，在六門銅炮後跑來跑去，嘴裡不斷發出聲嘶力竭的聲音：

「四號炮，四號炮趕緊點火，行不行？幹不了，下次老子換人！」

「五號，馬上就輪到你們了，把炮口擺正，給我儘量往敵樓裡砸！」

「六號別那麼急！六十息輪一次，這是規定！已經夠六十息了，奶奶的，你喘那麼快幹什麼？慢點兒，跟著我，深呼吸，對，就這樣，記住了！五號開完了十息後才輪到你！」

「哪個帶了手雷？趕緊給我整點動靜出來！站到河邊去，把手雷點著了往城門口扔！我不管你用繩子還是用竹竿，反正得扔到對岸去。不是讓你炸門！老子這邊炮不夠多，得拿你們濫竽充數！」

炮手、輔兵還有負責保護火炮的擲彈兵們被他催得團團轉，但互相之間的配合明顯流暢了許多。十次呼吸一發炮彈，兩、三次呼吸一波手雷，將東城門上下炸得黃煙瀰漫，好像從人間墜到了阿鼻地獄當中。

那發煙炮彈原本是黃老歪總結了上次跟阿速軍交戰的經驗，專門為了對付戰馬所研製，裡邊除了裝了許多葡萄大小的鉛子之外，還汲取了這個時代「毒藥煙球」的優點，又專門添加了砒霜、草頭烏、巴豆、狼毒、茱萸、花椒等物。殺傷力雖然遠不如普通開花彈，然而對鼻孔的刺激性卻發揮到了極致。

只是誰也沒想到，此物第一次投入實戰並沒用在騎兵身上，反是被黃老二用來熏人。

第九章

天生反賊

翻遍四書五經，老子在裡邊從沒找到過「順民」兩個字，
老子看到的是改元，看到的是誅賊，看到的是民為貴，君為輕。
沒錯，老子就是反賊，天生的反賊！
這世道，除非不讀書，只要是讀書識字的，早晚都是反賊。

六門青銅炮以十息為間隔，輪番發射。速度不算快，但每一次炮擊，都將城頭上的守軍向絕望裡猛推了一大步。

從白天逃回來的人口中，城頭上的守軍已經聽說了紅巾軍手中大火銃的厲害，所以盡力將身體藏在城垛後，以免被彈丸砸成一團肉醬。

誰料這次紅巾發射的彈丸，居然不再是實心鐵球，而是一種落地後誰也保證不了會不會開花，幾時開花的毒雷。不炸則已，只要炸裂，就是濃煙滾滾，周圍的兵卒即使不被當場炸死，也被熏得頭暈目眩，鼻涕眼淚一起往外流。

「頂上去，朝城下放火箭。別讓他們渡河！」副萬戶鐵金揮刀砍翻兩名從敵樓中逃出來的士卒，啞著嗓子命令。

雖然是站在城牆與馬道連接位置，他也被毒煙給熏得眼前一陣陣發黑，頭腦遠不如白天時靈活。

「都給我頂上去，誰敢再退，殺無赦！」

「大人，敵樓裡根本站不住，哇！」跑到鐵金刀下的千夫長劉葫蘆將頭趴在馬道兩側的磚牆上，大吐特吐，「如果您硬逼著弟兄們…哇……往裡頭鑽，不用殺，他…他們就全被熏死了！哇……！」

「胡說！這點煙怎麼能把人熏死！」副萬戶鐵金用刀尖指著千夫長劉葫蘆的

後腦勺，威脅著：「你到底上不上，不上，休怪……哇！」

話說到一半，他也趴在磚牆上狂吐不止，鼻涕眼淚順著兩頰成串地往下淌。

「將軍，頂不住了，真的頂不住了啊！」蒙古千夫長保力格也跑下來，鬍鬚上淌滿了白色的吐沫。「紅巾賊在火雷裡放了斷腸草，熏久了，即便不死人，弟兄也拿不起刀來了！」

「將軍，趕緊舉火，向達魯花赤大人求援，大夥真的頂不住了！」

敵樓另外一側的馬道上，淮安城的捕頭鄭萬年也屁滾尿流地跑了下來，後邊還跟著幾十名臉色發黃的鄉勇，紅巾賊都開始架橋了，再不求援，東門肯定第一個被攻破！」

「胡說！連紅巾賊的影子都沒看見，老子怎麼可能求援？」

副萬戶鐵金楸著披風，抹了一臉的鼻涕眼淚，氣急敗壞地回應。「即便架了橋，三丈高的城牆，他們一時半會兒根本爬不上來！」

彷彿是專門為了掃他的面子，「砰！」淮安城的東門猛的發生一聲悶響，被砸得瑟瑟土落，緊跟著，爆炸聲在門洞內響起，濃煙順著門縫噴湧而入。

「他們在用大號盞口銃砸門！」

退到甕城側牆上的守軍們扯開嗓子叫嚷起來。有的立刻跑至城門和馬道的連接處，準備下去加固城門；有的則瞪著絕望的眼睛，呆呆不知所措。

「殺啊，殺進淮安城，活捉者逗撓！」

「殺啊，活捉者逗撓，把他賣給韃子皇帝！」

驚天動地的喊殺聲，在城門對面傳了過來，中間還夾著錘子砸在木頭上的「梆梆」一聲，還有凌亂嘈雜的腳步聲。

「轟！」又一顆毒彈在敵樓裡爆炸，將黃煙滾滾，幽蘭色火苗繞著柱子竄起老高。即便是再膽大的人，也沒勇氣堅持了，帶著一臉的鼻涕眼淚，連滾帶爬地逃了出來，趴在馬道邊緣大口大口地喘粗氣。

副萬戶鐵金白天剛剛打了一場敗仗，原本心裡就餘悸未定，晚上又在敵樓裡蹲了半宿，筋疲力竭。再經毒煙薰，喊殺聲嚇，即使再老於行伍也無法保持鎮定了。

聽門外的悶雷聲越來越急，咬了咬牙，大聲喊道：「來人，騎我的馬去向達魯花赤大人求援，賊人馬上從東門殺進來了！」

「是！」城牆下待命的傳令兵飛身跳上馬背，狠狠抽了坐騎幾鞭子，風馳電掣般朝府衙衝去。

沿途見到驚惶不定的士兵和民壯，則毫不猶豫地全給驅趕到東門方向：

「快，快去支援東門，東門吃緊。不想讓紅巾賊打進來抄家的就趕緊去，鐵金大人不會忘了你們！」

那些幫忙巡夜的民壯，都是幾戶大鹽商的家丁，哪裡見過如此場面？聽鐵金的親兵說得焦急，想都顧不上細想，互相簇擁著朝東門跑來，一邊跑還不忘一邊招呼更多的人手前去幫忙。

「東門，紅巾賊攻打東門了。」

「東門，紅巾軍用掌心雷把東門炸開了，趕緊過去啊！再不過去就來不及了！」

一時間，大半個淮安城的士兵和民壯都知道了東門遇險，但凡能抽得開身的，全都被各自的百夫長帶著，蟻聚一樣朝東門口殺了過去。

待鐵金派出求救的親兵到達府衙，險情已經被人為地放大了十幾倍，變成了東門被破，敵我雙方正在甕城內死戰了。

達魯花赤者逗撓平素長時間被褚布哈架空，連手底下蒙漢將領的名字都記不全，關鍵時刻又怎麼可能分辨得清楚險情真偽？見到鐵金的親信前來搬救兵，立刻慌了神，連問都不敢細問，抓起桌子上的令箭，不管不顧地派了下去。

「逑嗤，你帶我的親兵立刻去東門，給我頂住，無論如何頂到其他幾個門的人前來支援；哈欣，你去西門調一半兵馬立刻去東門；興哥、納速剌丁，你們兩個去南門和北門，也讓他們分一半人馬去支援鐵金。其他人，全都給我披甲，今天老子帶著你們，與淮安共存亡。」

雖然不知兵，作為一城的達魯花赤，他身上血勇之氣還是有一些的。眾將士見他最後一句話說得聲色俱厲，登時心中一凜，誰也不敢再多廢話，紛紛答應著去執行命令了。

那淮安城因為府庫充盈的緣故，城內的街道修得非常齊整，傳令的親兵策馬一陣狂奔，很快就把者逗撓的命令送到了其他幾個城門。

負責城防的守將聽著東門口雷聲連綿不斷，喊殺聲驚天動地，早就急得如同熱鍋上的螞蟻一般了，此刻接到達魯花赤的將令，豈敢再多耽擱？當即將各自麾下原本就不甚充裕的士卒一分為二，撿其中精銳的，派心腹帶著朝東門跑了過去。

而那東門的敵樓此刻早已被燒成了一把特大號火炬，金黃色的烈焰協裹著濃煙上下跳動，隔著幾十里地都能清晰地看見。

負責把守北門的將領海魯丁是個謹慎人，聽東門處的喊殺聲已經響了大半個時辰，卻始終沒有減弱或者加強的跡象，悶雷聲也自始至終連綿不斷，心中漸漸起了疑，扭過頭，對著自己的心腹幕僚趙秀才問道：

「那盞口銃，咱們城牆上也有，就是不把藥量裝足，像這樣連續不斷地打上半個時辰，也早就該炸膛了，怎麼今夜東門外的銃聲卻是響個沒完沒了！」

「東翁有所不知！」趙秀才將羽扇搖了搖，晃頭晃腦地道：「那朱八十一，據說是八月一日辰時出生，火頭金命，偏偏他又姓朱，最助火運，這盞口銃是純銅所造，裡邊又填了火藥，金和火兩樣都占全了，所以落在別人手裡，打上七八次就得停下來否則會炸膛，在姓朱的手裡，非但威力成倍增加，銃管也變得特別的結實。」

「那依你這麼說，此番淮安城豈不是凶多吉少？」海魯丁聽得皺著眉頭問。

「非也，非也！」趙秀才繼續輕搖羽扇，瀟灑如諸葛亮般地道：「咱淮安城，名字本身就帶著三點水氣，淮安，淮安，有水則安，這城周圍又四面環水，那朱八十一雖然是朱砂火頭金，遇上咱們淮安水，恐怕此番也得鎩羽而歸了！」

「真的？」海魯丁聞言大喜，眉毛上下跳動。

「小的別的不敢吹，這天文地理，陰陽八卦，卻是浸淫了十數年，若是連這點事情都算不準，將軍您……」

正吹得天花亂墜間，卻發現海魯丁兩眼直勾勾的看著自己身後，雙腿和雙手如抽雞爪瘋一樣顫抖了起來。猛回頭，只見一排渾身上下散發著臭氣的惡鬼順著馬道直撲而上，所過之處，擋路者全被一刀兩斷。

「鬼啊——！」趙秀才心臟猛的一哆嗦，撒腿就跑，「紅巾軍驅趕陰兵進城了！」

這一嗓子，可把敵樓中所有人都給嚇掉了魂，跟人打仗他們雖然怕，卻不至於嚇得提不起刀來，但是**跟陰兵作戰，已經死成了鬼，再砍一刀不還是鬼麼？原本就殺不掉的東西怎麼殺?!**

說時遲，那時快，趙秀才的話音未落，敵樓內和四周的兩百多守軍撒腿跑了一大半，剩下的一小半裡頭，也多是兩股戰戰，欲走不能的。

到了此刻，千夫長海魯丁才終於緩過神來，嘴裡含糊不清地叫了聲，飛身去砍鐵門閘的機關。那東西是控制搖轆和鐵閘的總樞紐，一旦被破壞掉了，鐵閘就永遠卡在門洞內，在重新修好之前，憑人力絕對不可能再將其提起來。

有李奇這種對淮安城知根知底的人在，哪能允許他的圖謀得逞，「攔住他！」後者怒吼著將手中盾牌丟了出去。

「嗚——！」表面包裹著鐵皮的圓盾掠起一陣風，正中海魯丁的後腦勺，將此人砸得向前撲出數步，一個跟頭撲到城牆外。

「啊——!」

「殺!」渾身是污泥的紅巾軍弟兄蜂湧而上，鋼刀齊舉，將驚慌失措的守軍砍得抱頭鼠竄。

「射!」幾個膽子大的元兵在一名牌子頭的指揮下，從敵樓頂層探出半個身子，向下施放冷箭，兩名紅巾軍弟兄倒地而死，身體下面淌滿了紅。

「殺光他們!」劉魁雙眼欲裂，大吼一聲，拎著鋼刀撲向敵樓內的木梯。

幾名少年帶著各自的親兵緊緊跟上，「叮叮噹噹」，從底層殺向二層，然後繼續向上猛攻。刀光在燭火下閃爍，血泉在凌晨的微風中像花一樣綻開。

「別戀戰，先放下吊橋，接都督進來!」

吳良謀揮刀砍翻擋在自己面前的負隅頑抗者，咆哮著衝向懸掛吊橋的機關。此物竟然是熟鐵所造，鋼刀砍上去濺起一溜火星，兩名躺在地上裝死的元兵忽然跳起來，刀鋒直奔他的左右大腿。吳良謀猛的一縱身，跳到機關上方，看到一個長長的手柄，朝著上面就是狠狠地一腳。

「嗚——!」刀光緊追著他的小腿而來，逼得他無法站立，不得不再度縱身跳到機關的另一側。

「嗚嗚嗚——!」手柄迅速動了起來，被一個巨大搖輪帶著，像紡車一樣高速旋轉。

一名元兵伸出鋼刀想去卡住搖輪，被吳良謀一刀削去了半截腦袋。另外一名元兵跳起來去砍吊索，陳德如鬼魅般在他身後出現，飛起一腳，將此人直接踹出了城外。

「你守在這裡，其他人跟我下去開門閂！」

也不管自己有沒有權力向對方發號施令，吳良謀向陳德大叫了一句，然後拎著鋼刀，重新沿著馬道往下猛衝。

十幾名從附近趕過來的民壯擋住去路，被他一刀一個砍得紛紛向下滾去。曾經做過船行大夥計的朱強帶著十幾名船幫弟子跟上來，短刀齊揮，將馬道上下殺得血流成河。

「殺紅巾賊！」更多的民壯在豪強家奴的帶領下朝著城門撲來，吳良謀根本無暇理睬他們，下了馬道，直撲甕城內門。

甕城裡頭也有守軍，像沒頭蒼蠅一般沿著內門洞向外湧。

「左軍吳參謀在此，不想死的讓開。」吳良謀大聲喊著，用鋼刀替自己開道。一支長矛刺向他的胸口，被他扭著身子避開。隨即他整個人和持矛者撞在了一起，將對方撞得站立不穩，踉蹌著後退。

「擋我者死！」吳良謀大喝一聲，鋼刀猛的刺向對方的胸口。刀尖處傳來一陣刺耳摩擦聲，半截刀刃從對方的後心處透了出去，被卡住，再也無法移動分毫。

他鬆開緊握刀柄的手，一把抓住對方的長矛，然後猛的抬起腳踹向對方的小腹，「去死！」對方嘴裡噴出一口血，雙目圓睜，氣絕而亡。

吳良謀雙手握住長矛中央，風車般左右撥打，刺向他的鋼刀和長矛紛紛被砸開，而他自己卻繼續大步前進，邊走邊像瘋子般喊著：

「我是朱都督帳下吳良謀，擋我者死！」

「紅巾大都督帳下參軍吳良謀在此，不想死者閃開！」

「閃開，我是吳良謀！朱都督帳下記室參軍吳良謀！」

瘋狂的吼聲伴著一個血淋淋的人影快速向城門滾動。倉促間刺過來的鋼刀和長矛要麼走空，要麼因為緊張而沒有傷到他的要害，而吳良謀卻越戰越勇，矛鋒、矛桿和矛尾全都變成了殺人利器，凡是被他碰到者，要麼當場身死，要麼躺在血泊中來回打滾。

「跟上吳將軍！」朱強帶著十幾名弟兄快速跟過來，沿著吳良謀開出的通道向前推進。

在他們身後，是數以百計的豪強家奴和民壯，然而他們卻不管不顧，只是努力守住吳良謀的後背。凡是想從背後偷襲吳良謀者，全都被他們用鋼刀砍翻在地。轉眼間，一行人就殺透了甕城防線，殺到了外門的城洞下，每個人身上的淤泥都被血漿染了個通紅。

城門洞下，一名漢軍百夫長帶領著十幾名士卒殊死抵抗，吳良謀一矛捅了過去，被對方用盾牌擋住，緊跟著，三桿長槍貼著盾牌邊緣同時向他刺了過來。

「啊——！」吳良謀被殺了個措手不及，趕緊快步後退，三桿長矛卻如毒蛇般尾隨而至，分別刺向他的喉嚨、小腹和大腿根。

「噹啷！」朱強從側面衝上，用鋼刀隔偏其中一桿，另外一名船行來的弟兄則丟出盾牌，將第二桿長矛砸歪，偏離吳良謀的要害。吳良謀自己也用手裡的長矛纏住最後一桿，奮力將其向身側推。眼前的盾牌忽然撤去，守門的百夫長冷笑著丟出一把短斧！

「咚！」有面圓盾從天而降，在最後關頭護住了吳良謀的面門，將短斧隔離在外。緊跟著，陳德雙腳夾緊繩索，像一隻蜘蛛般倒吊著出現在大夥眼前，未握盾牌的手裡，導火線「嗤嗤」冒著紅星。

「後退！」他大聲提醒了一句，借著慣性，將捆在一起、導火線已經燃燒了一半的四枚手雷丟進城門洞裡，然後雙腿猛的鬆開繩索，凌空朝城門洞內側有磚牆遮擋的位置落去。

「轟！」眼前紅光閃動，倉惶後退的吳良謀等人被氣浪推得一屁股坐到了地上。再看城門洞裡，負隅頑抗的元兵死得死，暈得暈，再也沒人能站起來。

「愣著幹什麼，還不去開門！」從地上翻滾而起的陳德向眾人喊了一嗓子，飛身撲進門洞。

吳良謀如夢初醒，也跟著跳起來，連滾帶爬地朝大門衝去。後邊還有鹽商的家奴不甘失敗，叫嚷著試圖奪回城門，卻被朱強帶著麾下弟兄結成刀陣，死死地擋在了門洞外面。

「朱兄弟，往裡靠，小心頭！」已經放完吊橋的李奇看得真切，俯下身子朝甕城內喊了一嗓子，然後毫不猶豫地扳動掛滿鐵釘的機關。

「轟！」上百斤的鐵釘從三丈高的空中高速砸落，將靠近城門洞內側的鹽商幾個家丁全都拍成了肉餅。

「釘拍下來了，不怕死的別躲！」

「二韃子，嘗嘗滾木的滋味！」

「大石頭，砸你腦門兒！」

渾身是血的劉魁等人從敵樓裡又衝了出來，站在甕城四周的牆上，將原本用來對付進攻者的防禦設施，劈頭蓋臉地朝試圖奪回城門的防守方砸去，砸得元兵和家奴們抱頭鼠竄，鬼哭狼嚎。

趁著這個間歇，陳德和吳良謀兩個合力拉住門閂的一端，將其一寸寸向上豎起。一條，兩條，三條。

「吱呀呀，吱呀呀——！」三條粗大的門閂被移走後，兩扇二尺多厚的木門被外邊的戰兵合力推動，「轟！」終於四敞大開。

「轟！」甕城內的元兵和二韃子家奴立刻失去了繼續掙扎的理由，像蒼蠅般抱著腦袋向城裡逃去，頃刻間就逃了個無影無蹤。

「耿再成，你帶領盾牌兵去肅清殘敵！」朱八十一一馬當先衝進來，站在甕城中央發號施令。

「胡大海，所有戰兵全都交給你，去給我拿下府衙！」

「劉子雲，你帶火槍兵跟上胡大海。聽從他的指揮。」

「朱晨澤，帶領弓箭兵佔領敵樓，與耿再成一道駐紮在北門，以防敵軍反撲！」

「徐一，去組織輔兵入城，跟在胡大海身後鎮壓地方，有趁火打劫或者負隅頑抗著，當場格殺！」

「周肖……」

一道道命令流水般被傳下去，然後被跟進來的紅巾軍將士毫不猶豫地去執行。

當甕城內只剩下徐洪三等親兵之後，朱八十一才看到站在城門邊，滿臉得意的吳良謀。

「好樣的！」他大笑著走上前，伸手拍打對方肩膀，「佑圖，好樣的！如果沒有你，我軍進不了淮安啊！」

「這次，我沒站在別人後邊！」吳良謀癡癡地朝朱八十一吐出一句話，身體倚著城門邊緣軟軟地癱倒。

火，無邊無際的幽蘭色火焰四處翻滾，所過之處，一切均化作灰燼。火海旁，一隊隊鬼差跑前跑後，用鋼刀和鐵棍驅趕著茫然的靈魂。

「吳良謀，從逆造反，十惡不赦，判受幽冥鬼火焚魂之苦，永不超生！」

滿身綾羅的判官崔珏舉著一張紙，乾巴巴地念道。黑霧在他身邊縈繞，沒人能看清他的面孔和眼睛。

牛頭馬面一擁而上，用叉子挑起自己，奮力丟進火裡。烈焰翻捲，痛楚瞬間深入骨髓，吳良謀忍不住張嘴大叫，卻發不出任何聲音，四下裡一片死寂，除了鬼怪們的獰笑聲。那獰笑聲像有形的鋸子，不停地在他的骨頭上來回拖動，每一次都是血肉横飛。

他昏了過去，再醒來時，發現自己被凍在一個巨大的冰塊裡，渾身上下一絲不掛。判官崔珏又捧著一疊判詞出現，依舊是雲山霧罩，真偽難辨，只是那判詞卻愈發地不講道理：

「吳良謀，身為讀書人卻自甘墮落，與妖人為伍，與反賊同流，不尊禮教，不守臣節。叛受寒冰鎮魂之之苦，永不超生！」

無數冷水從天空中潑下來，落在冰塊的表面，一層層將其加厚。吳良謀感覺到寒氣從肌膚直鑽心臟，就像一條條醜陋的毒蛇。他想喊，卻依舊發不出任何聲音；想掙扎，卻無法挪動四肢，只能眼睜睜地看著一條條寒冰之蛇在自己身體裡游動，凍僵自己的肌肉，骨骼，還有全身血脈。

而他卻無法像上次一樣昏過去，因為有一團火焰一直在他心臟深處跳躍，雖然微弱，卻令寒氣始終無法撲滅。

「庖有肥肉，廄有肥馬，民有饑色，野有餓莩，是率獸而食人也！」

「賊仁者，謂之賊；賊義者，謂之殘；殘賊之人，謂之一夫；聞誅一夫紂矣，未聞弑君也！」

「天地有正氣，雜然賦流形；下則為河嶽，上則為日星……」

「堯之都，舜之壤，禹之封；於中應有，一個半個恥臣戎，萬里腥羶如許，千古英靈安在，磅礴幾時通……」

多年來讀過的文章，如同乾柴一般支撐著心底那單薄的火苗，倔強地跳動。

「不是從逆，是老子早就想造反了！」吳良謀頭腦忽然清明起來，張開嘴大聲叫嚷。

雖然他依舊無法聽見自己的聲音，但是他卻相信，對面的崔判官聽得見，四下裡的鬼卒們聽得見，從他們臉上驚惶的神色，就知道他們肯定能聽見自己心底最真實的聲音。

「不是自甘墮落，夫子在一千八百年前就已經告訴老子，豺狼當道，必須反他娘的！」

鬼魂們嚇得臉色發白，爭先恐後地衝上來，試圖用冰塊凍住他的嘴巴，然而只要心中的火焰在跳動，不用張嘴，他依舊能發出屬於自己的聲音。

大音希聲。不用耳朵，每個人都能聽得見。

「翻遍四書五經，老子在裡邊從沒找到過『順民』兩個字，老子看到的是改元，看到的是誅賊，看到的是**民為貴**，**君為輕**。沒錯，老子就是反賊，天生的反

賊！這世道，除非不讀書，只要是讀書識字的，早晚都是反賊。」

鬼兵鬼將們雙手捂住耳朵，痛苦地以頭搶地。牛頭馬面、判官夜叉，一個個倉惶後退。有一首歌低低的在周圍流淌，像三昧真火般，令寒冰迅速消融垮塌：

「持鋼刀九十九，蕩盡腥膻才罷手，男兒不死雄魂在，滔滔長河萬古流……」

「轟！」鬼怪的世界分崩離析，金色的陽光照亮他的眼睛。

「啊！」吳良謀自己也被突然而至的陽光嚇了一跳，身體掙扎了一下，手腳亂舞。

「佑圖哥，你別嚇唬我，求求你了！嗚嗚，嗚嗚……」劉魁的聲音從耳畔傳來，一點點將他從夢境拉回現實。

吳良謀努力睜開眼睛，發現自己躺在一間乾淨的屋子裡，空氣中瀰漫著烈酒和草藥的味道。

「吳佑圖，你真的醒了！」正在哭鼻子抹淚的劉魁一下子跳了起來，手臂在半空中亂舞，「來人啊，快來人啊！吳佑圖醒了，吳良謀這王八蛋真的活過來了。謝天謝地，他總算沒有死！」

「劈裡啪啦！」外邊傳來一串忙亂的腳步聲，緊跟著十幾名渾身裹著白布的色目人衝進屋子，一個個嘴巴像連珠箭般大聲說著陌生的語言，眼裡充滿了喜悅，接著是幾張熟悉的面孔：陳德、逯德山、徐一、朱強互相推搡著，誰也不肯讓誰。

「滾，都給我出去，他現在需要安靜！」蘇先生的面孔最後一個從門口出現，手裡的包金拐杖戳在地板上「咚咚」做響。

「都給我滾出去，伊本，劉魁，逯德山，你們三個留下，其他人都給我滾外邊待著去！」

老爺子現在位高權重，脾氣也水漲船高，眾人誰也不敢頂撞他，撇了撇嘴，悻悻地離去。

蘇先生慢吞吞地蹭到床前，先伸出三根蘭花指，煞有介事地給吳良謀把了把脈，然後評論道：「嗯，脈象沉穩有力，乃血氣充盈之相。伊本，你們天方人的辦法看來是見效了，你放心，都督答應過的事，從來不會反悔！」

「多謝長者誇讚！」渾身包在白布裡的色目人伊本，卻能說一口流利的漢語，點點頭，帶著幾分自得的說：「即便不是為了都督的承諾，我們也會全力救治他。天方人不只是商人和權貴的幫凶，我們當中大多數人都和這裡的百姓一樣，懷著一顆仁愛之心。」

「好了，我知道了！」蘇先生擺擺手，「醫館的事我會抓緊，你們那個葶薺頭神廟，我們紅巾軍也不會阻止，但是，你們可以傳你的教，卻不能逼著別人信，更不能去找和尚、道士還有那些十字教徒的麻煩！」

「不是葧薺，是阿拉伯圓頂，那是一種非常高明的建築手段，能幫助人們聆聽真主的聲音！」伊本鄭重糾正。「此外，尊敬的長者，請允許我告訴您，穆斯林都是一群平和的人，只有受到別人欺凌時，才會展現自己的勇武！我們跟那些打著十字的異教徒之間的衝突，完全是他們……」

「好了，好了！」蘇先生再度不耐煩地打斷，「我們紅巾軍不在乎別人信什麼，只要你們不煽動老百姓鬧事，就隨你們去！今天不說這些，你趕緊再給吳兄弟瞧瞧，別留下那個你們說的那個什麼後遺症！」

「是，伊本願意為您解憂！」伊本答應著，走到床邊。擺開一個隨身的箱子，從裡頭拿出一大堆稀奇古怪的東西，有錘子，剪子，長針，還有打造得如蟬翼一樣薄的小刀。

吳良謀嚇得用求救的眼光看向劉魁，劉魁好像對此早已見怪不怪，笑道：

「佑圖兄，這些玩意兒雖然古怪，可你這條小命卻是他們救回來的。別怕，都督說過了，如果你有個三長兩短，淮安城裡的所有色目人都會被趕走，誰也不准再多停留一天！」

「淮安？」吳良謀愣了下，這才想起自己昏迷之前，好像打開了淮安城的城門。

他努力扭動了一下身體，想爬起來，卻發現手和腳都軟軟的，根本使不出任何力氣。

「我暈了多久時間？都督已經將淮安城拿下來了？」

「還說呢，你一昏就是整整半個月，老子都準備給你買棺材去了！」劉魁抬手在臉上抹了一把，紅著眼抱怨道：「別動，讓這個色目人給你檢查。他跟都督打過包票，如果治不好你，他就自己給你償命！」

「吳某何德何能，值得都督如此大動干戈！吳某一條賤命，沒也就沒了，怎麼能為此讓都督失了民心！劉老二，你也不勸勸都督！」吳良謀聲音裡充滿了感動。

「我呸！」劉魁衝著地面做嘔吐狀，「說得好聽，你怎麼不自己醒過來勸啊！一睡就是半個月，老子都快被你給嚇死了，哪管得了那麼多！」

「你這……」吳佑圖欲繼續呵斥，卻被色目人伊本按住了肩膀，叮囑道：「別動，你大病初癒，最好不要多想，給你治療的事，是我主動攬下來的。真主心懷悲憫，不會讓我眼睜睜地看著你病死……」

「咚！」他的話被蘇明哲用一記拐杖戳地聲打斷。

老先生撇了撇嘴，道：「行了，別撿著便宜賣乖了，只要醫館能開起來，這淮安城中，不知道多少人會變成你們的信徒！比那臭和尚拿下輩子糊弄人來得快，也遠好過買那十字教徒的贖罪卷！你以為你那點齷齪心思，我家都督沒看出來麼？是看在你這醫館能活人的份上，不願意跟你計較而已。趕緊看病，看完了病，老夫這裡還有事跟他說呢！」

「我可以向真主立誓，給吳將軍治病的時候，沒想那麼多！」色目人伊本立刻紅了臉，高舉起一隻手抗議。

「老夫生平最不信的就是發誓！」蘇先生又將拐杖在地上頓了頓，說道：「無論你打的什麼心思，只要守我家都督的規矩，老夫才懶得跟你較真，可若是被老夫發現你敢壞了規矩，哼……老夫可不會管你是誰的信徒，反正老夫這輩子做的孽已經夠下十八層地獄了，多被一個神仙惦記上，沒準他跟閻王爺還能打起來，讓老夫白撿個大便宜！」

「噢，太可怕了！您這是瀆神，我沒聽見，阿本剛才什麼都沒聽見！」伊本嚇得臉色煞白，一邊抹著汗，一邊嘟囔。

「好好看病！」蘇先生卻不在乎，杵著拐杖大步流星走向窗口。

以他的年紀，根本用不到以拐杖代步，可有這麼一根東西在手裡，和沒這麼一根東西，感覺卻完全不一樣，就好像是諸葛亮的扇子和呂奉先的畫戟，往手裡一抓，氣勢立刻就上來了，不用管嘴裡唱的是什麼戲詞！

伊本被老先生的氣勢震得目眩神搖，不敢怠慢，立刻施展十八般「兵器」，給吳良謀來了個上上下下大檢查。

再三確定後，才深深地吐了口氣，向蘇先生討好地報告道：「稟告長者，吳將軍的身上的傷口都已消了腫。朱都督提純出來的烈酒，比我們原來用的好十倍，他說的加大傷口透氣的法子，也收到了奇效。如果長者准許的話，阿本願意將這個法子寫入書中，讓後人皆傳誦都督之名！」

「只要是歌頌我家都督的，你儘管寫！」蘇先生將雙手搭在拐杖的包金獸頭上，一臉嚴肅地說：「但是那個蒸酒的法子，你們色目人不准傳播出去，否則，老夫一旦發現，就唯你是問！」

「明白，阿本明白！」伊本連連點頭，「長者儘管放心，真正的穆斯林，除了醫生之外，絕不沾酒，不光不能喝酒，連釀酒、販酒的生意都不能沾，否則必定會受到真主的懲罰！」

「神仙管的是死後，老夫管的是生前，總之，你等好自為之！這裡如果沒什麼事了，就去別處忙吧！明天別忘了再來檢查一次！」蘇先生霸氣盡露。

「是！阿本先行告辭！」伊本唯唯諾諾地答應著，將家什收拾進隨身箱子裡走了。

蘇先生待其背影去遠，才回過頭道：「非我族類，其心必異。要不是都督護著你們，還想在城裡開醫館？老夫連落腳地都不會給你們留！」

「他們得罪過您老麼，您老怎地看他們如此不順眼？」吳良謀不禁問。

「你們這些小孩子懂什麼？」蘇先生橫了他一眼，解釋道：「不花錢給你看病，白送藥材給你，還時不時登門噓寒問暖，自兩漢起，哪次神棍們鬧事不都是這個路數?!所謂開醫館，不過是做得更高明一些罷了，藥錢最後從哪兒來，還不是要著落在信徒身上?!老夫當年做弓手時，每年不知道跟各路神棍……」

說起當年的弓手生涯，他才忽然又想起自己現在是紅巾軍的人，某種程度上，也是神棍的一員，立刻覺得有些尷尬，嘆了口氣，「算了，跟你們說這些，你們也不懂，小孩子家，記住咱們老祖宗說的話，敬鬼神而遠之就是了！」

吳良謀是標準的儒家子弟，對怪力亂神原本就不怎麼信，劉魁則跟他恰恰相反，逢神就拜，見廟燒香，玉皇大帝、如來佛祖和各路大仙都平起平坐，不分高低，所以這兩人聽了蘇先生的話，只是微微一笑，誰也不願意再繼續刨根究底。

那蘇明哲卻被他自己的話觸動了心事，又輕嘆了口氣，道：

「你剛醒，老夫不多打擾你，最近半個多月來咱們左軍的一些事情，等老夫走了，你們哥倆慢慢說吧！老夫只交代一句，新軍是咱們將來安身立命的本錢，錢糧器械，老夫這裡絕對優先供應，但你等也要爭氣，別辜負了都督的厚望才是！行了，你們聊著，老夫再去看看其他人去！」說罷，又用拐杖戳了戳地面，雄赳赳氣昂昂地走了。

「老爺子這是怎麼了？」吳良謀被說得滿頭霧水，望著蘇先生的背影問。

「嗨，還不是被劉福通給鬧的！」劉魁向外看了看，伸手關上門，「紅巾軍老營那邊派人來，封了都督一個大官，什麼淮東大總管。李總管也升了一級，叫做江北大總管，再加上趙君用這個剛出鍋的歸德大總管，咱們徐州紅巾現在弄了三個大總管出來。以後的事，麻煩大著呢！」

「什麼時候的事，都督怎麼說？」吳良謀愣了愣，眉頭緊鎖。

自家都督升官進爵是件好事，但一下子被升到與芝麻李、趙君用平起平坐的地步，**怎麼看怎麼都透著一股陰謀味道**，明眼人一下就能看出其中貓膩來！

「信使是前天晚上到的，據說一口氣都沒喘，在路上跑了三天三夜！」劉魁撇撇嘴，滿臉不屑，「跑了三天三夜，居然一點累的樣子都沒有，還知道跟咱們都督討要紅包、酒肉和女人！」

「都督給了？」

「都督直接告訴他，沒有這規矩，紅巾軍是來拯救百姓於水火，不是來禍害百姓的！」

「那信使怎麼說？」

「他敢怎麼說，趕緊跟都督賠罪，說他自己是說笑話唄！敢多囉嗦一句，不用都督下令，弟兄們就把他丟到淮河裡頭去餵王八！」

「嘿！」吳良謀撇嘴，對方肯定說的不是什麼笑話，只是碰了個大釘子，自己給自己找臺階罷了。只是朱都督如此處理，恐怕那信使回去之後，不會說左軍什麼好話，甚至在劉福通的面前搬弄是非都極有可能。

「都督肯定是把他給得罪了，但即便滿足了他的要求，咱們左軍也落不到什麼好！」沒等吳良謀把其中利害想清楚，耳畔又傳來劉魁的聲音：

「那劉福通壓根就沒安好心，左軍一日定淮南，天下震動，緊跟著，李總管那邊就把宿州給拿了下來，然後趙長史瞧著眼熱，也親自帶兵出去支援吳二十二，把睢陽與徐州之間位於黃河南岸的幾個縣城全用火藥給炸塌，一鼓而下。而劉福通那邊卻吃了個敗仗，連先鋒官韓咬柱都被也先帖木兒給抓去砍了，然後就冒出了給咱們升官這事兒來！」

「哦，是這樣，趙長史操之過急了！」吳良謀經驗雖少，腦子轉得可是一點都不慢，稍加琢磨，立刻就明白了事情的前因後果。

徐州和睢陽之間的幾個縣城，早就人心惶惶，趙君用出兵去奪的話，即便不用火藥炸牆，也費不了太大力氣。只是這樣一來，宿州和徐州就徹底連成了一片，再加上個財稅重地淮安，芝麻李表面上所擁有的實力隱隱已經能和紅巾軍主力比肩，也無怪乎劉福通會心生忌憚，想出這麼一個分封諸侯的主意來。

其實對付這個計策也非常簡單，書本隨便翻翻，就能找到很多先例，只要趙君用和朱八十一同時表態，告訴劉福通派來的使者，二人功微德薄，不敢愧領總管之職，願意繼續在芝麻李麾下並肩作戰就行了，想必以劉福通的眼界，不至於連最基本的大局觀都沒有，會冒著跟徐州紅巾決裂的風險繼續強行推行他的分封之計。

但這**一切的前提是，趙君用和朱八十一兩個能甘居人下！**

對於自家都督，吳良謀非常瞭解，肯定不會辜負芝麻李的一番信任，但趙君用可就不敢保證了，從以往打交道的經驗上看，那廝絕對不是個安分的主兒。

想到這兒，他忍不住問：「都督呢，都督接受劉福通的分封了麼？趙君用有沒有派人過來通氣？」

「當然沒接受！」劉魁笑了笑，「咱們都督又不是傻子，豈能輕易中了別人的圈套?!他當場命人把淮東大總管印信封了，請信使帶回了潁州。但此事沒這麼容易了結，隨著信使來的，還有幾個明教的神棍，正準備在淮安城裡設壇講法，廣招門徒。另外，趙君用那邊，打著支援淮安的名義，把吳二十二他們也都從徐州調了過來，人馬已經上了船，估計兩三天之內就到了。」

「將作坊呢，姓趙的把咱們左軍的將作坊怎麼樣了？」聞聽此言，吳良謀立刻大急，一把拉住劉魁的手連聲追問。

「你這人，說劉福通用計對付咱們時，你不著急，這會兒反倒擔心起一個將作坊來！」劉魁看了他一眼，滿臉不解地道：「放心！有咱們蘇先生這老狐狸在，將作坊還能被趙君用給吞掉？淮安城被攻破的消息一傳到徐州，老先生就打著運送軍械的名義把工匠們一批批隨船運了過來，只有實在不願意離開徐州的幾個，才留給了趙君用。」

「那趙君用就眼睜睜放大夥走了？」吳良謀又愣了，簡直不相信自己的耳朵。

「不放又能怎麼樣？」劉魁一臉得意，「剛開始，他急著去外邊立功闖名頭，沒顧上打將作坊的主意，等他從外邊回到徐州，肯走的工匠連同家人都早走得差不多了，為了一個空殼子，他還不至於跟咱們都督翻臉。況且都督也沒虧了他，從淮安府庫繳獲的鹽稅銀子，可是直接給他分了二十萬兩過去！」

二十萬兩買回吳二十二等人，還有左軍的將作坊，自家都督這本錢下的不可謂不重，有了二十萬兩官銀做本錢，趙君用連十個將作坊也建起來了，當然犯不著就此跟朱八十一翻臉。只是，**此後趙君用和朱都督恐怕很難再站在一起並肩作戰了，雖然兩人一直就是貌合神離。**

·第十章·

引蛇出洞

從長遠角度上講，左軍這一招引蛇出洞玩得漂亮至極！
非但占足了道義上的優勢，還徹底解決了治下的隱患。
如果鹽商們不自己上門的話，為了保持徐州紅巾的仁義形象，
朱都督還真不好現在就對他們動手。

「你不知道啊，那趙君用看似精明，眼皮子還是窄了些！」劉魁手舞足蹈地說：「二十萬兩他就滿足了，高興地把吳大哥他們送了回來，卻不知道咱們左軍前後在淮安城裡足足繳獲了這個數……」

「多少？三百萬？怎麼會有那麼多！」吳良謀被嚇了一跳，看著劉魁豎起的三根手指，難以置信。

「對，三百萬！只多不少！」劉魁四下看了看，壓低了嗓子，「怕咱們沿途打劫，淮安城這半年的鹽稅都沒敢往大都運，全堆在府庫裡，白白便宜了咱們。另外，還有城破當晚被抓到出壯丁幫著官府對付咱們的幾家大鹽商，全被咱都督給抄了家。呵呵，咱們原來都覺得都督心軟，還偷偷議論過他，這回我可算是明白了，**都督心軟**，**那是針對沒招惹過他的人**，對這些鹽商可是真狠啊，呵呵！可惜你當時昏睡著，沒看見！」

「那些人呢，就連掙扎都沒掙扎一下？」吳良謀好奇地問。

「怎麼沒有！」劉魁帶著幾分佩服說：「發現左軍只有四千多人，城裡那些鹽商們就偷偷勾結了起來，在城破後的第三個夜裡試圖奪回淮安，結果一下子中了都督的埋伏，被胡大海和劉子雲兩個殺了個人頭滾滾，淮安城就徹底消停了，再也沒人敢跟咱們都督對著幹。不但淮安，連帶著東面的幾個縣城沒等徐達帶著大軍殺過去，便自己派人來接洽投降！」

「那恐怕就真的不止是三百萬兩了！」吳良謀笑了笑。

從鬼門關前走了一遭，他似乎成熟了，許多以前根本不會去想的事情，現在卻瞬間能看個通透；許多以前不會去注意的細節，如今卻像自己掌心的紋路一樣，只要低下頭去就能看得清清楚楚。

淮安的鹽商們必須剷除！即便他們不圖謀造反，徐州左軍也無法容忍他們繼續存在。每個鹽商都有數十萬家財，每個鹽商家裡都養著兩三百家丁，跟蒙元官府間有著千絲萬縷的瓜葛，除了表面上的這些，他們手中還控制著大大小小的煮鹽灶頭，每個灶頭下面，又控制著數十乃至數百灶戶和鹽丁……

可以說，鹽商們才是淮安城的真正官府！蒙元朝廷派來的達魯花赤和府尹、同知等，不過是漂在水面上的浮萍而已。以前這些浮萍背靠著龐大的蒙元朝廷，還能跟當地鹽商們達成一種巧妙的平衡勢力，而左軍背後卻沒有同樣的支撐，所以雙方衝突成了早晚的事，區別只是誰先動手而已。

鹽商們先動了，他們錯估形勢，以為只剩四千多兵馬的左軍是強弩之末，卻不知道這四千多兵馬與他們常見的那些官兵完全是兩個概念，連輔兵都能保持五天一操的他們，挾連番大勝之威，足以碾碎三倍乃至四倍於己的敵人。

於是，鹽商們毫無懸念地敗了，敗得十分徹底，左軍將淮安城內的鹽商們一網打盡之後，先前依附於鹽商們的那些亂七八糟的勢力也瞬間土崩瓦解，於是，鹽城、廟灣、軍寨等產鹽重地皆不戰而定。黃河與淮河上游的泗州、盱眙、清河、桃園等地，恐怕此時也是一日三驚，淮安這邊隨便派員將領出去走一遭，就能盡數納於治下了。

從長遠角度上講，左軍這一招引蛇出洞玩得漂亮至極！非但占足了道義上的優勢，還徹底解決了治下的隱患。如果鹽商們不自己上門找死的話，為了保持徐州紅巾的仁義之師形象，朱都督還真不好現在就對他們動手。

而鹽商們所能使用的手段，可不只是勾結起來起兵造反，給他們充足的時間，讓他們耐著性子將各自的隱藏力量完全調動起來，最後鹿死誰手，還真的未知。

只是**這招引蛇出洞之計，到底是出自誰的手筆**？無論從陰柔性還是狠辣性角度，都與吳良謀認知裡的那個朱八十一嚴重不符。

在他的認知裡，自家都督是個不喜歡用陰謀，也不善於用陰謀的人，自家都督喜歡堂堂正正，完全憑實力去碾壓。

也許都督變了？望著順紗窗透過來的瀲灩的日光，吳良謀輕輕地嘆了口氣。

時局在變，形勢在變，自己也在變，既然大夥都在變，朱都督自然也可以變得與先前不同。

只是這種變化到底是好還是壞？以後大夥該如何跟他相處，把他當作主公，還是可以同生共死的袍澤？他愣愣地想著，覺得自己心亂如麻。

「怎麼了？身上傷又疼了起來嗎？祿德山，你過來幫忙照顧他，我馬上去叫郎中！」見吳良謀的臉色一陣灰一陣白，劉魁嚇了一跳，伸手在他頭上摸了摸，撒腿就往外跑。

「別去！」吳良謀一把抓住了對方手腕，「沒事，我真的沒事，你別大驚小怪的。」

「真的沒事？」劉魁停住腳步，關切地說：「別見外，讓祿德山看顧你，我去找郎中。他現在是咱們新五軍的人了，以後大夥要同舟共濟！」

「我真的沒事，就是有點兒犯迷糊，昏睡了太久，聽什麼事都覺得很陌生！」吳良謀搖搖頭，收起紛亂的思緒，問：「倒是你說的新五軍，到底是怎麼回事？還有剛才蘇夫子說的新軍，又是怎麼一個安排？」

「哎，你看我這記性！把最重要的事情忘了！」

劉魁抬起手，狠狠給了自己腦門兒一巴掌。然後興奮地說：「你還不知道吧？你升官啦！新五軍指揮使，明威將軍，你等會兒，我去拿個東西！」

他大步流星跑到靠牆的櫃子裡，取出一個襯著絲絨的托盤，然後雙手捧著，跑回吳良謀的病床前，「看，你一直夢寐以求的紅銅護肩，上面還有個金星！」

「噢！」吳良謀吐了口氣，先前種種擔憂瞬間被沖散了一大半，紅銅護肩，自己當晚的努力終於有了回報。千夫長，可以單獨領兵，不用再被別人擋在身後當讀書人保護了，老爹交代的事也終於有了起步。

「看到沒，這個，**關鍵是這顆星！**」劉魁將托盤向前遞了遞，帶著幾分羨慕說：「沒有這顆星，你就跟我一樣，只是個千夫長，有了這個，你就是個指揮使，可以管六個我這樣的光牌！」

「指揮使？」吳良謀呆呆地重複。

「新五軍指揮使，明威將軍！」劉魁故意帶著幾分酸味說：「吳佑圖，**你賭贏了**，咱們都督現在財大氣粗，一口氣建了五支隊伍，都叫做新軍，從一排到五，你是第五軍的大頭目，別名指揮使。咱們這些人，唔，還有逯德山，以後都得聽你的了！」

「新五軍？指揮使？你們……」

吳良謀明顯有點反應不過來，呆呆地看著他，滿臉木然。

五軍，左軍被朱都督一分五，或者說，朱都督準備按照左軍的模樣重金打造出五支戰鬥力同樣強悍的隊伍，而**自己正是其中一軍的將主**！**這是何等的榮耀和信任，吳佑圖，你不是還在做夢吧**?!

不是夢，因為先前像影子一樣站在窗簾旁的逯德山走了過來，鄭重地向他施禮，「新編第五軍長史逯梁，見過吳指揮使！」

「別多禮，趕緊扶我起來，劉老二，我要給祿兄弟還禮！」

吳良謀掙扎著要下床，劉魁一把按住他，數落道：「找死啊你！找死也別趕現在，等把第五軍的事情弄利索了你再去死！眼下咱們這個軍還只是個空架子呢！只有官，沒有兵，從百夫長以下，都得你自己去弄。趕緊好好養傷，早一天幹活才是正經！」

他又對逯德山大聲嚷嚷道：「小祿子，你也是！能不能把讀書人的斯文勁兒改改！咱們都當兵吃糧了，哪那麼多講究！」

「劉校尉說得是，祿某盡力去改！」逯德山一掃先前那副清高樣，笑呵呵地點頭。

「那吳某就放任一回，請祿長史原諒！」見二人都不跟自己講虛禮，吳良謀只好慢慢又躺了下去。

「儘管躺你的！」劉魁揮揮胳膊，大咧咧地回道：「小祿子和我才沒功夫跟你計較這些呢！剛才咱們說到哪裡來著？對，空架子，第五軍現在還是個空架子呢！不光是咱們第五軍，其他幾個軍其實也差不多。原來左軍的戰兵差不多都分下來給大夥做軍官了。朱都督身邊同樣是個空架子，負責招兵的耿再成和李奇兩個，已經去下面的縣城了。在他們回來之前，你還可以繼續躺著，用不著幹任何事！那些雞毛蒜皮的小事都丟給我跟小祿子去弄就行了。他讀書多，一肚子鬼主意！」

「呵呵，那敢情好！」

吳良謀長出了口氣，第五軍，完完整整的一支新軍，雖然只是個空架子，可畢竟是歸自己指揮，並且自己完全可以按照自己理想中的模樣，從頭到腳一點一點地打磨它，讓它變得更加結實，讓它在今後越來越耀眼。

想到自己今後就要獨當一面了，他立刻激動得有些無法自已，掙扎著坐起來，將身體靠在牆上，喘息著問：

「都督交代過沒，咱們新編第五軍是多少兵額？具體怎麼弄，有個章程沒？你這個校尉和我這個明威將軍又是怎麼一回事？怎麼聽起來和原來大不一樣？」

「呵呵，我就知道你憋不住！」劉魁裂開嘴，道：「還明威將軍呢，一點都沉不住氣！算了，我一併告訴你吧，免得你著急。咱們這個軍，和其他幾個軍一樣，都是定額六千五百，三百親兵，三千戰兵，三千輔兵。另外兩百定額，則是各類文職。

「至於具體組建章程麼，大體就是逢三進一，三個團就是一個旅，三個旅則為一軍。咱們現在沒那麼多弟兄，也沒那麼多錢糧，所以都督說，每個軍下面暫且只設一個戰兵旅，一個輔兵旅。等今後地盤和人多了再繼續增加。至於我這個校尉和你這個將軍就更複雜了，還是讓祿德山說吧，他比我記性好，知道的事情也多！」

逯德山口齒比劉魁伶俐，讀的書又多，旁徵博引，很快就將幾個新稱呼的來龍去脈講了個清清楚楚。

原來用護肩標識身分的方法在左軍中推行開後，於最近幾次戰鬥都起到了非常好的效果，所以此番擴軍，朱八十一就跟麾下文武商量，將護肩的標誌更細化了，並且參照唐代武職散官的等級，做了針對性的調整。

最低級武職則為陪戎副尉，黑色護肩上列一個銅豆子，平素領一份半軍餉，協助夥長統領隊伍，戰時若夥長不幸身亡，則自動接替夥長，指揮本夥繼續隨同大隊人馬共同進退。

至於夥長，則為陪戎校尉，黑色護肩，上列兩個銅豆子。平素領雙餉，戰時帶領本夥奮勇向前。

夥長之上的副都頭為仁勇副尉，平素兼一個夥長，依舊為黑色護肩，上面則列三個銅豆子。若都頭不幸戰沒，則自動接替都頭，指揮本都三個夥。

到了都頭，則正式邁入軍官行列。武職為仁勇校尉，領三倍軍餉。肩牌為白色，上有一個銅條。

再往上的副百戶，又稱副連長，軍餉三倍半，肩牌上有兩個銅條。然後是百戶，也就是現在的連長，軍餉為士兵的四倍。白色護肩，上有三個銅條。百戶之上，副營長為宣節副尉。護肩變為黃色，上面帶有一個紅色月牙。

以此類推，營長為宣節校尉，護肩為黃，上列兩個月牙。副團長為翊麾副尉，護肩為黃，上有三個月牙。

團長，也就是原來的千夫長，為翊麾校尉，沿襲了原本千夫長的紅銅護肩，上面沒有任何標記，所以被劉魁戲稱為光牌。與此同列還有一軍的各部門參軍，也是紅色護肩，沒任何標記。

副旅長武職為致果副尉，護肩為紅色，上有一把金色的短劍。旅長為致果校尉，紅色護肩，上橫兩把短劍。

旅長之上，則為副指揮使了，紅色護肩上有三把金色短劍。武職昭武校尉，下面沒有副尉設立。與此同級的還有一軍長史，也是紅色護肩上有三把金色短劍。

至於一軍指揮使，則為明威將軍，紅色護肩上沒有短劍，只有一個偌大的金星，戰時憑此可以指揮兩個戰兵旅和一個輔兵旅。平素營規模以下隊伍，可以自行調動，無須向任何人彙報。戰時則獨領一軍，攻城掠地。所過之處，縣令以下官員可以隨意處置，縣令及其以上，若查實有怠慢軍機之舉，也可以直接撤職捉拿，過後再交有司慢慢處置。

如此一來，千夫長之下就有了陪戎副尉到翊麾副尉九個等級，層次極為分明。戰時士兵可以隨時向距離自己最近、武職最高的那個人身邊靠攏。而將士們立功之後升遷，也有了一個清晰具體的階梯，便於論功行賞，鼓舞士氣。

吳良謀稍加琢磨，就將這種新式武職標準看了個清清楚楚。比起蒙元朝廷現行的軍制，新軍制精細了恐怕五倍都不止。當然，對於各級將士的要求也提高了五倍不止。一旦推行開來，肯定會令左軍再一次脫胎換骨。

當然，整個左軍與徐州紅巾其他各部之間的距離，恐怕也會越行越遠，直到遠至彼此水火難以同爐的地步。

想到此節，他忍不住又皺了下眉頭，低聲問道：「都督在淮安推行這些，李總管那邊沒說些什麼嗎？畢竟咱們現在還屬於李總管麾下，萬一……」

「怪不得都督喜歡你，你小子就是心思細。」劉魁笑道：「我們當初都沒想到這層，只覺得以後再跟別人交手，將找不到兵，兵找不到將的情況就不會再出現了，誰也沒想過李總管願意不願意。不過，你的擔心多餘了，咱們那種護肩分顏色的辦法，李總管早就派人學了去。眼下他那邊跟咱們差不多，紅黃青白，等級分明，所以這回都督寫信跟他說明恢復唐制的事，他立刻派人回信說，先在左軍做起來，如果左軍這邊行之有效，他再派人過來取經。」

「李總管真乃豪傑也！」吳良謀又是一愣，隨即紅了臉，自己還是以小人之心度君子之腹了。

李總管既然能包容都督以前做的那些事情，就不會在乎軍制上的進一步改動。況且拿下淮安之後，朱都督完全可以自立門戶，素有氣度恢弘之稱的李總管，當然跟不會在左軍內部的事情上去指手畫腳。

想到拿下淮安之後，左軍所面臨的海闊天空局面，他在心中就又對逯魯曾佩服一次。甭看這個作戰計畫漏洞百出，打仗的時候貪生怕死，但在大局觀方面，卻著實是一等一。若不是他主動給朱都督獻了東下之策，恐怕眼下左軍還在繼續為如何讓一千多戰兵每天都吃上三頓飽飯而著急呢，哪有本錢像現在，新軍一建就是五支，總兵力瞬間擴大到原來的十倍?!

很顯然，逯德山能被派到新編第五軍當長史，十有七八也是為了酬謝老進士給左軍獻計之功。

不過，仔細看了幾眼臉上書卷氣未散的逯德山，吳良謀心中突然一凜。光是一個東進之策恐怕還不足以給祿家帶來這麼大的好處，屠盡城中鹽商的舉動，恐怕背後也有老進士的影子。

從徐州到淮安，輕舟順流而下，一天一夜足夠，而鹽商們造反的日子，剛好是城破之後的第三天，足夠老進士派人從徐州送信過來，或者自己親自趕過來。

「我要是李總管，也不會干涉咱們左軍的事情！」

劉魁的心思沒有吳良謀這般細膩，兀自揮舞著胳膊，滿臉興奮地解釋，「咱們都督多仗義啊！為了他，連淮東路大總管的職位都拒絕了。他知道後，還能為了這點小事故意把咱們都督往外頭推麼?況且咱們左軍強大了，對他也不無好處。這次打下淮安後，都督第一件事就是把府庫裡的繳獲封存了一半，算在他的名下。」

一半繳獲，即便不算從富商家裡抄來的浮財，恐怕也破百萬貫了，難怪芝麻李對朱都督信任有加！換了他麾下任何將領，哪怕是最為仗義的毛貴，恐怕都沒有朱都督這分豪氣，百萬兩銀子隨手就送了出去，連眼皮都不眨一下。

能把百萬兩銀子隨手送出去的人，將來成就必定不會囿於淮安一隅！受自家都督的感染，吳良謀心中瞬間也充滿了豪氣。

「既然咱們是新編第五軍，那前四軍都歸到了哪位哥哥名下？煥吾，德山，你們兩個還知道些什麼，不妨都說與我聽聽！」

「我就知道你會問！」劉魁得意洋洋地說；「聽好了，第一軍，咱們都督自己兼任指揮使，副指揮使劉子雲，長史逯魯曾。第二軍，指揮使胡大海，副指揮使老伊萬，長史于常林。第三軍，指揮使徐達，副指揮使王弼，長史李子魚。第四軍，指揮使吳永淳……」

「吳永淳……」吳良謀覺得這個名字很陌生。

「就是吳二十二，人家現在當了指揮使，所以改名了，還請祿老夫子取了字，叫什麼吳熙宇！」劉魁笑道：「他的副指揮使是陳德，長史沒找到合適的人，暫且空著。第五軍就是咱們，你是指揮使，耿再成回來後，當你的副指揮使，小祿子當你的狗頭軍師。下面，戰兵旅長都是指揮使自己兼職，輔兵旅長由副指揮使兼職。再往下，就是幾個千夫長，現在得叫團長了，我一個，阿斯蘭一個，還有一個是徐一，輔兵那邊則是裴七十二，周定、儲光。」

「哦！」吳良謀聽到各新軍主將的人選，都是平素自己非常佩服的人，輕輕點頭。

然而說到自家第五軍的事，卻發現幾個戰兵、輔兵的千夫長裡邊，熟悉的名字只有劉魁一個。忍不住問道：「韓老六、馮五還有孫三他們幾個呢，怎麼都督沒賞他們的功？」

「唉！他們幾個都是沒福氣的！」劉魁的臉色瞬間黯淡了下去，「馮五在奪門時背上中了一矛，當場就沒了。孫三本來好好的，就受了點兒輕傷，可破城第七天突然發起熱來，然後眼瞅著就斷了氣。大夫說是七日風，神仙也救不得。韓老六本來也要歸位的，虧得咱們都督請了色目郎中，許下若干好處，又派工匠連夜弄出兩個蒸酒的家什，用烈酒給他洗傷口。最後命是保住了，卻被郎中砍掉了一條腿，殘了！」

「啊——！」吳良謀身體往側面一歪，軟軟躺了下去。

先前因為獨領一軍的喜悅，轉眼就消失得無影無蹤。那麼多熟悉的夥伴，最後只剩下自己和劉魁兩個，而鑽陰溝的主意卻是自己出的，自己曾經殷切地希望能帶著他們一道博個封妻蔭子！

正失落間，劉魁突然又高興地說：「不過韓老六也算因禍得福，都督見他沒了一條腿，答應等他傷好後，讓他做淮安城鹽政大使，負責掌管各地的灶頭、灶戶和對外輸送官鹽。那可是個肥得流油的好缺兒，即便做個大清官，每年也能落到手裡三、四萬兩銀子！」

「一條腿的鹽政大使！」吳良謀苦笑，馬上取功名是需要付出代價的，「一將功成萬骨枯」不是句笑談，走在這條路上的人，其中大多數都會半途成為一具枯骨，無論他出身高低，血脈貴賤。

「有空你去跟六子說，讓他如果不想做一輩子鹽政大使的話，就看好自己和自己身邊的人。」看著呵呵傻笑的劉魁，他鄭重的交代道。

「你放心，韓六子知道分寸，他又不傻！」劉魁又憨憨地笑了笑，信口敷衍著。

在他看來，朱都督把鹽政大使的位置交給韓家小六，明顯有論功行賞的味道，只要韓六子不把手伸得太長，即便犯下點兒錯，念在他捨身鑽陰溝的份上，朱都督也會睜一隻眼閉一隻眼。

「算了，等哪天能站起來走動，我親自去找他吧！」吳良謀揮了下手。

這不是什麼分寸不分寸的問題，而是有沒有心胸和眼界的問題。左軍目前讀書人少，把當日被家人送入軍中歷練的這群少年也算在內，其中有很多是勉強能識字，根本沒上過任何私塾和官學的傢伙。

在攻克淮安之後，無論自身的實力還是今後的前景，左軍都迅速提高了數十個臺階。先前那種提銀子去請讀書人，對方都不肯買帳的尷尬局面將一去不返，短時間內，可能會有許多懷才不遇，或者原本就對朝廷非常不滿的豪傑名士蜂湧來投。這種時候，如果有人還不開眼地擺什麼老資格，那就是自己跟自己過不去了。朱都督即便念在先前的功勞上不予追究，心中對這樣的人也會失望至極，那人在都督心中的位置，很快就會被新的青年才俊填補上。

「我聽祖父說，都督準備將原來淮安達魯花赤的宅子騰出來當作集賢館。」劉魁聽不太明白吳良謀說什麼，卻不代表別人聽不懂，至少第五軍長史逯德山就理解了吳良謀的暗示，笑了笑道：

「原來被朝廷廢棄的學政，據說也要重新收拾起來。路、府、州、縣四級的學館已經被騰空了，眼下正在重金禮聘教諭。前段時間，蘇先生派人去揚州一帶暗中招攬的人手，最近也過來了一些，看情形，都督打算考核他們每個人的本事之後再論才而用！」

話說到了這個份上，劉魁才總算明白一點點味道來，不滿地說道：「是來跑官當麼？這幫傢伙早不來晚不來，可真是會挑時候！」

「這算什麼！」逯德山撇著嘴道：「不過才是一個淮安！你等著瞧吧，等咱們拿下了高郵、揚州、或者大軍南下兩浙，慕名來投的讀書人更多，那邊才是人窩子，朝廷的科舉多少年不開一次，考中了也未必給出路。這些年來，讀書人都快被憋瘋了，只要咱們左軍一直保持著目前這種百戰百勝的勢頭，就算不發一文俸祿錢，前來效力的讀書人也得擠破了城門。不信，你們等著瞧吧！」

「瞧就瞧，不信他們個個都能爬到老子頭上去！」劉魁心裡的不服勁頭立刻被激發了出來，嚷嚷道：「讀書多又怎麼了？老子也不是目不識丁！呵呵，老子不但讀過書，連陰溝都鑽過了，還怕他們這些窮酸！你們倆先忙，老子這就去給小六子提個醒去！讓他好自為之，將來別丟了咱們臉！」

說罷，再沒心情跟吳良謀說話了，飛一般的跑掉了。

「這小子！」望著他的背影，吳良謀和逯德山兩個人搖頭而笑，笑過後，卻都隱隱感覺到了一絲壓力。

說別人是錦上添花，**他們的資格其實也沒比新人老上多少**，乍被擺到一軍主將和長史的位置上，**肯定會有很多雙眼睛盯著，會成為新來者的目標**。

特別是逯德山，恐怕不少人都會認為他能夠坐上長史的位置，全是靠了祖父

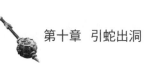

的功勞，自己並沒有什麼真本事。

想到今後要一同面對許多挑戰，逯德山主動走到病榻前，試探道：「逯某不通軍務，今後做事若有不周全之處，還請吳將軍不吝指點！」

「指點個屁！吳某懂的又比你能多多少！」吳良謀豪爽地道：「逯兄弟就別說客氣話了，咱們幾個商量著來，儘量別辜負都督的信任就是。」

「那是當然！」逯德山會心地點頭。「都督特意把咱們這些人安排到一起，想必也是有這層意思！」

「我猜也是如此，要不然派一名老將坐鎮第五軍豈不是省事的多！」吳良謀點點頭。

他和逯德山原本在朱八十一的幕府裡，曾經有互爭苗頭的味道，但是到了眼下這種階段，對二人來說，更重要的是齊心協力，儘快做出些名堂來，如此才能打消外邊那些不服氣者的窺探之意，在第五軍中真正站穩腳跟。

這點，吳良謀明白，逯德山心裡更明白。

兩個聰明人在一起，許多話都是一點就透，很快二人之間就熟絡了，交談的話題也迅速從外邊的變化轉到第五軍自身的建設上來。

架子早已經搭好了，兩人沒什麼能夠改變的地方，所以不再去浪費精力。如此，短時間內能顯出自身本領的，就只能落在新軍的戰鬥力形成速度和戰鬥力的強悍程度兩方面。對此，二人聊聊幾語便迅速達成了一致。

「不知道吳將軍發現沒有，都督編練新軍之法雖說出於唐制，卻與唐制有很大不同？」發現吳良謀的思路跟自己差不多，逯德山提出自己的意見。

「別老是吳將軍吳將軍的，吳某年長一些，私下裡你我不妨兄弟相稱！」吳良謀先糾正道，然後點頭說：「從剛才你和劉煥吾的說明中，愚兄的確感覺到它比唐制還精細了許多，總之和蒙元朝廷大相徑庭！」

非但是大唐，歷代中原王朝，軍隊的體制都比目前的蒙元要精細許多，以早期的府兵制為例，折衝府下有團，每團二百人；團下有旅，每旅一百人；旅下有隊，每隊五十人；隊下有火，每火十人。夥的下面，有時甚至還有設有伍，每伍五個人，才是最小最基本的作戰單位。

像蒙元軍制這般粗疏的，前所未有，但他們卻推平了南宋，橫掃女真和黨項，堪稱神奇。

「蒙古人多不識字！」從吳良謀的話語裡受到鼓勵，逯德山繼續說：「所以萬、千、百、十這種粗疏軍制，對他們來說是量體裁衣。小弟見都督一直在請先生教導將士們讀書，恐怕當時便是為了此刻在做準備！」

「都督所謀甚遠，你我望塵莫及！」吳良謀口不對心地讚頌了一句，然後示意逯德山有話儘管直說。

逯德山卻沒有按照他的要求去做，而是想了片刻，才道：「新軍制除了多出許多層次之外，還特別注重逢三進一，不知吳兄可曾留意？」

「這個我知道！」吳良謀對此深有體會，笑呵呵地道：「主要是為了指揮起來方便。說實話，打仗的時候，一個千夫長號稱身邊有十個百人隊，實際上能招呼起五個來就頂天了。通常只能管到三個，自己所在位置一個，左邊一個，右邊一個，其他完全靠百夫長的眼力！眼神好的，發現情況變化，立刻就領著自己麾下的弟兄跟了上來；眼力不好的，自家千夫長都殺到前面去了，他的百人對還在後邊撒羊呢，根本起不到任何作用！」

「吳兄說得極是，但可能並沒有完全猜中都督的心思！」逯德山沉吟道。

「莫非祿老弟還看出了其他端倪？不妨說出來，咱兩一起參詳！」

吳良謀想到逯德山身後還有一個逯魯曾，消息遠比自己靈通，便謙虛地說。

「敢不從命！」逯德山拱了拱手，道：「據小弟猜測，都督在新軍中推行逢三進一編制，恐怕是為了火器。你我兄弟想儘管有所建樹，恐怕也得著落在這火器上！那東西單獨拿出來，即便是火炮，也很難發揮威力，但萬一能編成合適陣列，不能說是所向披靡吧，同樣兵力交鋒，絕對輕易不會輸給別人！」

吳良謀眉頭緊鎖，有好幾次實戰經驗的他，當然知道火器的威力。即便是最普通的火繩槍，五十步內也能將號稱全天下最結實的瘊子甲打個對穿，可問題是這東西的裝填速度著實是慢得令人髮指。

吳良謀自己估算了一下，軍中號稱用槍第一高手連老黑用火繩槍發射一次，自己可以射出三箭。這還是拉滿了弓，仔細瞄準，保證箭箭不脫靶子後的結果。

倘若不仔細瞄準，而是對著某個大致區域進行覆蓋射擊，在連老黑開出一槍的時間，自己可以輕鬆射出六箭。以此類推，一隊弓箭兵和一隊火槍兵單獨對陣，在雙方都不披甲的情況下，火繩槍沒等發威，槍手就已經都被射成了刺蝟。

「難也得硬著頭皮上！」逯德山顯然這些天已經仔細考慮過新編第五軍的未來發展方向，繼續說道：「佑圖兄，小弟這麼說你別生氣。論臨陣機變，你我誰也比不上徐達；論武藝高強，恐怕胡大海一隻手就能打咱們兩個；論經驗資歷，咱們兄弟跟第四軍的吳二十二更是沒法比。眼下你我所能憑藉的，恐怕就是讀書多，思路比他人略活一些，如果你我連這兩項都不利用起來的話，恐怕咱們新編第五軍註定會成為最令都督失望的一支！」

「這是令祖的意思？」吳良謀悚然動容。

「不是，吳兄千萬不要誤會，家祖現在是第一軍的長史，自己事情還忙不過來呢，哪有時間管我！」逯德山用力擺手。

逯魯曾作為趙君用的老師，卻跑來輔佐朱八十一，這事本身就透著一股詭異的味道。而以老進士的謹慎，既然自己做了第一軍的長史，就未必肯再插手第五軍，以免其家族在朱都督帳下影響力過大，引起其他人的聯手打壓。

想明白了其中利害，吳良謀鬆了口氣，笑道：「德山言重了！令祖如果出言指點一二，吳某求還求不來呢，『誤會』兩個字又從而談起！不過，既然他老人家沒時間，咱們兄弟也只好閉門造車了，如果你有了好主意，不妨現在就說出來！」

「哪裡有什麼好主意，只是胡思亂想罷了！」逯德山也偷偷鬆了口氣，回道：「小弟這些天胡亂翻書，發現**歷朝歷代對陣法重視程度，莫過於宋**，以武器繁雜程度而言，宋軍也首推一指。」

「那又怎麼樣？大宋還不是屢戰屢敗，從高粱河一路輸到了崖山！」吳良謀不禁搖頭。

「可在高粱河之前，宋軍也平了南唐，滅了劉漢！」祿德山並非出身將門，對宋軍觀感不像吳良謀那樣差，反駁道：「其實一直到南渡之後，宋軍依舊不乏野戰中擊敗金兵和元兵的例子，只是整個朝廷內外已經潰爛，平白浪費了將士們的熱血罷了！」

「哦，那你說咱們能借鑑哪些陣形？」

「我只是在瞎想，具體還得佑圖兄來做決定。目前我能找到的陣形，有《武經總要》上面的常陣、平戎萬全陣、軍中八陣，還有韓忠武和吳武安遺留下來的弩陣和疊陣。那曾公亮是個文人，所述陣法未必實用，但韓世忠的弩陣和吳氏兄弟的疊陣，卻和眼下左軍的情況有許多相似之處，都是沒有多少騎兵，床弩的裝填速度未必比銅炮快多少，而神臂弓的使用麻煩程度也未必輸於火繩槍……」

「但火繩槍的生存能力依舊是個麻煩！」

「給他們穿上盔甲，穿上板甲的火槍兵，肯定能完敗弓箭手！」

「胡說，本來火槍手動作就慢，穿上了板甲和鐵盔，只能將火繩槍當棍子掄了！」

「那就不穿全身，只帶頭盔和前胸甲。反正臨陣脫逃，把後背賣給敵人的，死了也活該！」

「那也是上千副前胸甲板！」

「蘇先生不是放下話了麼？他會盡全力支持咱們新軍！」

……

兩個年輕人原本就膽子大，思路活，你一言，我一句，就在病榻旁設計起新編第五軍的作戰方案來。

起初進行得並不順利，因為無論是曾公亮記載的宋代常用軍陣，還是韓世忠、吳階、吳麟的疊陣，都是經過無數次實戰錘煉留存下來的陣法，每改動一處，都可能牽一髮而動全身。

有時候為了某一處兵種的調配，二人會爭得面紅耳赤，差一點就發誓老死不相往來，但爭執過後，很快又能繼續討論起軍陣的組成細節。

時間就在爭執中一天天飛速流逝，耿再成和李奇徵兵歸來了，各軍都補充到了三千人以上。新的一輪訓練開始，校場裡又響起枯燥的口令聲。

各衙門的人手終於湊齊，淮安官府重新開始處理前段時間積壓下來的各類案子。船幫糾集走私商人們，與黃河上游的官府達成默契，裝滿「私鹽」的船隊再度拔錨啟航，將天下聞名的淮鹽通過黃河和運河輸送到需要的地方。

沒錯，全是私鹽。蒙元朝廷不能認可紅巾軍的存在，但治下老百姓，無論是一等蒙古人還是四等南人卻都要吃鹽。所以聰明的地方官員們便果斷地放棄了對私鹽販子的追殺，任由後者將淮鹽源源不斷運到自己治下的城市和鄉村。

而各地原本就黑白通吃的鹽商，乾脆將私鹽直接運到自家庫房裡，然後再去官府走一道手續，就將其徹底「洗白」成了官鹽，經手人都賺得盆滿缽溢。

淮安內外，黃河南北，這個夏天，所有人都在忙碌，**誰也沒注意到，一種全新的實戰理念，就在兩個年輕人東一榔頭，西一棒子的敲打下，慢慢形成了最基本的輪廓。**雖然粗疏，卻從裡到外都是新的，與冷兵器時代的戰術理念對比起來，已經天翻地覆。

包括朱八十一本人，也沒留意到**就在自己身邊孕育著的奇蹟**，這個夏天他太忙了，忙得幾乎腳不沾地。與紅巾軍總部那邊的人打交道，與芝麻李派來的人打交道，與趙君用的人打交道，還有淮安城內迅速誕生的新鹽商，淮安城東被迫投降的地方官府，以及各地慕名來投，或者打算趁亂撈一票的讀書人，都牽扯著他無數的精力。令他根本沒有太多時間去干涉麾下每一支新軍的內部運作細節。

即便有時間，他也未必比吳良謀和逯德山兩個做得更好。朱八十一不是神仙，他只是一個被某隻穿越時空的蝴蝶不小心扇了翅膀的幸運兒，就算全盤吸收了朱大鵬的記憶和思維，頂多也是個工科技術宅的水準。

軍事方面，原本就非其所長，粗略知道的那點「乾貨」，能賣出來的早就賣光了，剩下的，則不可能在這個時代實現。

比如說，海陸空立體化打擊，比如說核彈洗地，他如果現在拿出來，甭說實現，連相信的人都未必找得到。

甚至連左軍目前大力推行的三三制和軍銜制，朱八十一最初也只是拿出個大致方向，具體細則，都是逯魯曾、伊萬諾夫等人，結合了唐代以降中原、西域，乃至同時代歐洲的軍隊實例，反覆推演出來的，與後世的三三制根本不可同日而語。

本來朱八十一還想在百人隊及其以上作戰單位內，再設立一個監軍職位。然而這個提議剛說出來，就被逯魯曾和蘇先生兩個聯手硬生生給扼殺了。

「君之視臣如手足，則臣視君如腹心；君之視臣如犬馬，則臣視君如國人；君之視臣如土芥，則臣視君如寇仇。」祿老夫子說話，向來是引經據典，一段《孟子》就讓朱八十一羞得滿臉通紅。

而蘇先生的話則更實在了，對朱八十一的打擊也越沉重。

「沒人！」老先生將拐杖朝地上一頓，大聲回道：「左軍當中，凡是能認幾個字的，至少都當百夫長了，你還想再弄個識文斷字的監軍出來？上哪兒變那麼多讀書人去？那些趕著跑來找你要官當的傢伙倒是識字，也都能說會道，你敢讓他們去麼？還監軍呢！沒幾天都不知道把隊伍監到誰家去了！」

逯老進士說的則是情理，這年頭講究的是君臣互信，如果當主公的對臣下連一點信任也沒有，直接撤換了就是，根本沒必要派什麼監軍。派去了，也未必能起到什麼監督的作用，反而會令臣子因為不被自家主公信任而心灰意冷，即使沒有造反之心，也再不肯賣命做事了。

正憤懣間，卻又聽逯魯曾清清嗓子，帶著幾分不滿道：「眼下都督的治下**不是人才匱乏，而是有賢才卻不得其用**。據老夫所知，集賢苑裡已經有人開始彈劍做歌，高唱『長鋏歸來兮』了，不知道都督幾時才能騰出空來，過去看上一看！」

「賢才，就他們，我看鹹菜還差不多！」蘇先生立刻將眼睛豎起來，像被人窺探了食物的看家狗一般大聲咆哮。

「蘇長史乃都督府長史，位高權重，且莫做此輕率之言！」逯魯曾將眉頭一皺，扭過頭看著蘇先生，義正詞嚴地說道。

「長史怎麼了，自打老夫跟了都督第一天起，他就知道我心直口快！」蘇先生又頓了下包金的拐杖，「都督建立集賢苑，用意雖好，但眼下來投奔的那些人，有哪個是有真本事的？不過是看好了左軍前途，才眼巴巴跑來搭順風車！」

「古有千金市馬骨之說！」

「買那麼多臭骨頭不嫌味道大麼？況且外面的人又不是沒長著眼睛，咱們都督如何待你這個老馬骨頭，他們看不見麼？」

「你，你個……」

「我，我怎麼了?!老夫雖然讀書少，卻知道官職乃國之重器，不可輕易於人！」

「停住，都停住！你們兩個幹什麼呢！」見逯魯曾和蘇先生兩個又開始吹鬍子瞪眼，朱八十一趕緊走到二人間大聲勸阻。

「老夫只是擔心，因為有人暗中阻撓，令都督平白擔上輕慢賢士之名！」逯魯曾能呵斥蘇先生，卻不敢對朱八十一太過分，喘了幾口粗氣，恨恨地說道。

「無功勞者不可為官，乃左軍的規矩！」蘇先生梗著脖子道：「老夫寧可背上罵名，也不會讓某人為了一己私心而壞了左軍來之不易的大好局面！」

「行了，都少說兩句！」朱八十一被吵得頭大如斗，厲聲呵斥。

蘇先生立刻啞了火，手扶包金拐杖大喘特喘；逯魯曾也被氣得夠嗆，潔白的鬍子在嘴巴上翹起老高。

二人的爭執，其實還是由於左軍的過快擴張而引起，由於先前沒有任何人才儲備，導致打下淮安這座超大城市後，根本沒有足夠的人手去管理。而與都督幕府內人才匱乏的情況形成鮮明對比，眼下專門為了接待前來投奔的讀書人而設立的集賢館，卻是人滿為患。

左軍打下淮安之後，前途瞬間變得無比光明，蒙元朝廷幾十年的野蠻統治，又的確過於不得人心，因此兩河上下，**很多心懷大志的讀書人，都主動向淮安城湧來，希望能輔佐徐州左軍，光復華夏河山**。

還有許多原本沒什麼志向，但在蒙元朝廷那邊混不上官做的，發現朱八十一有希望能成就霸業之後，也願意拿身家性命賭一場功名富貴。加上蘇先生先前偷偷派人去揚州、高郵一帶招募來的，短短一個月內，專門為了接待讀書人而騰出來的達魯花赤府邸竟然無空屋可住。害得蘇老先生不得已又調用了原本屬於褚布哈的宅院，才解決了這些才子們的安居問題。

請續看《燕歌行》5 秘密法寶

燕歌行 卷4 獨家買賣

作者：酒徒
發行人：陳曉林
出版所：風雲時代出版股份有限公司
地址：10576台北市民生東路五段178號7樓之3
電話：(02) 2756-0949
傳真：(02) 2765-3799
執行主編：朱墨菲
美術設計：許惠芳
行銷企劃：林安莉
業務總監：張瑋鳳

初版日期：2020年5月
版權授權：蔡雷平
ISBN：978-986-352-815-9
風雲書網：http://www.eastbooks.com.tw
官方部落格：http://eastbooks.pixnet.net/blog
Facebook：http://www.facebook.com/h7560949
E-mail：h7560949@ms15.hinet.net
劃撥帳號：12043291
戶名：風雲時代出版股份有限公司

風雲發行所：33373桃園市龜山區公西村2鄰復興街304巷96號
電話：(03) 318-1378
傳真：(03) 318-1378
法律顧問：永然法律事務所 李永然律師
北辰著作權事務所 蕭雄淋律師

行政院新聞局局版台業字第3595號 營利事業統一編號22759935

定價：270元

國家圖書館出版品預行編目資料

燕歌行 ／ 酒徒 著. -- 初版 -- 臺北市：風雲時代，
2020.02- 冊；公分
ISBN 978-986-352-815-9（第4冊；平裝）

857.7 109000129